Rainer Bressler, Jurist im Ruhestand und Schriftsteller, geboren 1945, ist Schweizer und lebt in Zürich. In den Jahren 1980 bis 1993 profilierte er sich als Hörspielautor, dessen Hörspiele von Radio DRS produziert und ausgestrahlt wurden.

Bisherige Veröffentlichungen:

7 Hörspiele:
Tom Garner und Jamie Lester; Morgenkonzert; Folgen Sie mir, Madame; Aufruhr in Zürich; Nächst der Sonne; Geliebter / Geliebte; Gaukler der Nacht; Beinahe-Minuten-Krimi
Produziert und ausgestrahlt in den Jahren 1979 bis 1993

Geliebter / Geliebte. 8 Hörspiele, Karpos Verlag, Loznica 2008

Privatzeug 1856 bis 2012. Versuch einer Spurensuche, 5 Bände:
Spur 1 Reisen; Spur 2 Spielen; Spur 3 Schreiben; Spur 4 Dichten; Spur 5 Weben
BoD 2012 bis 2016

Pink Champagne, satirischer Roman, BoD 2020

Schattenkämpfe, Roman, BoD 2020

Kraut & Rüben, Kurzgeschichten, BoD 2020

Rainer Bressler

Reise-Impressionen

Erzählungen
von Begegnungen
in 43 Jahren

© 2020 Rainer Bressler

Lektorat und Korrektorat: Rainer Bressler
www.rainerbressler.ch
Umschlagbild: Rainer Bressler, Key West, Gouache, 1980

Herstellung und Verlag: BoD – Books on Demand,
Norderstedt

ISBN: 978-3-7519-8331-0

Bibliografische Information der Deutschen
Nationalbibliothek:
Die Deutsche Nationalbibliothek verzeichnet diese
Publikation in der Deutschen Nationalbibliografie;
detaillierte bibliografische Daten sind im Internet über
http://dnb.dnb.de abrufbar.

Für

meine Freunde, Schriftstellerkollegen

und Reiseenthusiasten

Ursula Reist und Andreas Pritzker

Inhalt

Hintergrund dieser Erzählung

Der Vater animiert den noch nicht elfjährigen Sohn in seiner Freizeit, Aufsatzschreiben und Orthografie zu üben. Der Sohn ist ratlos, was er schreiben soll. Der Vater regt an, einen Bericht über die soeben an der französischen Riviera verbrachten Sommerferien zu schreiben. Verspricht dem Sohn, für jede fehlerfrei geschriebene Seite 10 Rappen zu bezahlen. Der Sohn packt die Chance und schreibt, was das Zeugs hält. Lässt das Geschriebene von seinem sieben Jahre älteren Cousin Peider auf Schreibfehler durchsehen. Verspricht diesem im Gegenzug, seine Mädchengeschichten, die er zufällig mitbekommen hat, vor dessen Eltern zu verschweigen.

Sommerferien im Riviera Beach Club auf der Halbinsel Gien

Frankreich 1956

An einem schönen Sonntag im Juli fuhren wir nach Genf mit dem Zug. Peider kam mit bis Genf. Er blieb dort in Ferien. Um vier Uhr kamen wir in Genf an. Dort holten uns Frau Evard, Ruth's Tante und Ruth ab. Wir bekamen bei ihnen ein Znacht. Nach dem Essen ging die Reise nach Toulon los. Der Zug fuhr mit einer Dampflokomotive. Wir waren mit einer Frau und einem jungen Fräulein im Coupé. Mein Schlaf war nicht lange. Endlich wurden die Koffern ab dem Netz genommen und der Zug hielt in Toulon. Wir waren aus dem Zug gestiegen, als wir in den Autocar gingen, der uns zum Riviera Beach Club bringen sollte. Wir sahen auf dem Weg viele Palmen. Die meisten waren unten erfroren. Die Sonne brannte heiss. Im Beach Club war für uns alles ganz neu. Das Essen musste man selbst Plateaus holen. Aber wie waren wir erstaunt, als wir die kleinen Häuschen sahen. Wir hatten das Zimmer Nr. 50. Wie klein war ein Zimmerchen! Wir waren erstaunt, als wir den grossen Sandstrand sahen. Auch bestaunten wir den grossen Spielplatz mit der grossen Schaukel, der Rutschbahn, dem Rundlauf und den Schaukeln. Das Minigolf war noch im Bau, dafür waren das Tennis und das Rennvelo fertig. Als wir wieder zu unserem Häuschen kamen, zogen wir die Badehosen an und gingen an den Strand, wo wir das Wasser genossen. Um Zwölf gingen wir ins Restaurant und assen zu Mittag. Nach dem Essen gingen wir auf den Spielplatz, wo wir schaukelten und uns mit andern Kindern befreundeten. Aber allzu lange blieben wir nicht dort, denn das Wasser zog uns an. Man musste nicht schwimmen können, denn man hatte weit hinaus Stand. Der Vater kaufte eine Tauchbrille, um zu tauchen. Denn die Augen konnte man im Salzwasser nicht offen haben. Aber mit der Brille sah man alles ganz klar bis zum Grund. Als es uns Kindern im Wasser verleidete, gingen wir an den Strand und suchten Müschelchen und Schneckchen. Als das Abendessen vorbei war, gingen Bettina und ich mit Maya auf den Spielplatz, wo wir die grosse Schaukel benutzten, bis uns die Mutter zum ins Bett Gehen rief. Den Dienstagmorgen verbrachten wir auf dem Spielplatz und im Wasser. Im Wasser war noch eine Frau, die brachte mir bei, auf das Wasser zu liegen. Am Nachmittag kamen Adanks zu uns. Bettina und ich zeigten Christine und Madeleine den Spielplatz. Auch das Wasser benutzten wir. Wir Kinder wagten uns so weit hinaus, bis wir keinen Stand mehr hatten. Die Erwachsenen schwammen im Wasser herum. So verbrachten wir den ganzen Nachmittag im Wasser und am Strand. Am Abend verabschiedeten sich Adanks von uns. Das war ein schöner Nachmittag. Nach dem Nachtessen durften wir noch bis Neun auf den Spielplatz. Der nächste Tag war Mittwoch. Die Sonne brannte heiss, der Wind ein bisschen, Wolken entdeckten wir keine. Nach dem Essen benutzten wir, Bettina und ich, den Spielplatz. Unsere Spielkameradin hiess Maya Gassmann. Das Meerwasser zog uns an. Bald waren wir in die Badkleider geschlüpft, aber auch bald am Strand. Ich probierte zu schwimmen, aber sank immer hinunter. Am Strand trockneten wir uns, indem wir Ball spielten. O Schreck, alle drei Kinder waren trocken, als wir den Ball im Wasser schwimmen sahen. Wir machten eine Wette, wer den Ball zuerst habe, aber es waren alle gleichzeitig beim Ball. Da rief uns die Mutter zum Essen. Nach dem Essen gingen wir auf den Spielplatz. Die Stunde war vorbei, als wir aus dem schattigen Spielplatz gingen und Wasser und Sonne benutzten. So verging der ganze Tag, während wir schwammen und mit dem Ball spielten. Am Abend, als wir uns zu Bett legten, schmerzte der Rücken, denn ich hatte den Sonnenbrand. Donnerstag kam herangerückt. An dem Tag sollten wir die Adanks in Le Brusc besuchen. In Toulon holten uns Herr und Frau Adank mit dem Auto ab. Sie fuhren mit uns zum Hafen, wo wir eine Hafenrundfahrt machen durften. Wir beschauten auch das grosse Kriegsschiff, die Jean Bart. Auch sahen wir Flugzeugträger, Kreuzer und Unterseeboote. Das Wasser wellte, das Schiffchen schaukelte ein bisschen. Wir sahen aber auch den Hafen von Ludwig dem Vierzehnten. Als wir das Schifflein verlassen hatten, schauten wir die Stadt noch an. Bettina kaufte sich eine Halskette und ich mir eine Sonnenbrille. Wir liefen wieder zum Hafen, konnten zum letzten Mal noch einen Blick auf die Jean Bart werfen. Schnell waren wir mit dem Auto in Le Brusc. Madeleine und Christine zeigten uns ihre Zimmer. Wir bekamen auch ein Mittagessen. Madeleine zeigte uns nach dem Essen Theaterstückli. Auch Christine und ich machten Theaterlis. Das machte uns Spass. So verging der ganze Tag. Wir verabschiedeten uns von Christine und Madeleine. Herr und Frau Adank führten uns nach Toulon, wo wir den Autocar bestiegen, der uns zum Beach Club bringen sollte. Wir nahmen das Essen ein. Es waren noch Lichtbilder, die wir sehen durften. Nach dem Morgenessen am Freitag ging es auf den Spielplatz mit Maya und Cecile. Das Baden vergassen wir aber auch nicht. Wir machten eine Wette, wer zuerst bis zum Hals unter Wasser war. Natürlich war ich zuerst. Ich lag schon ins Wasser, wo es uns erst zu den Knien kam. Auch den Ball gebrauchten wir. An der Sonne waren wir gerade trocken, wenn wir aus dem Wasser kamen. Bald mussten wir das Mittagessen einnehmen. Nach dem Essen machte es uns Freude zu schaukeln. Aber die Rutschbahn hinunter rutschten wir mit den Badehosen nicht gut. Das Meerwasser wellelte ein bisschen, was uns sehr freute. Ich trank viele Schlücke vom Wasser, es war aber unappetitlich. Es gelüstete uns Kinder, Pedalo zu fahren, was wir aber nicht durften. Auch hatten wir am Strand schon viele Müschelchen und Schneckchen gefunden. Aber wir merkten nicht, dass wir in Frankreich waren, denn die meisten Leute des Beach Club sprachen deutsch. Aber so schönes Wetter hatten wir in der Schweiz nie. Beim Baden dünkte uns der Tag nicht lang. Wir gingen darum nicht so gerne ins Bett.

Am Samstag begrüsste uns wieder das schöne Wetter. Wir badeten am Morgen nicht, dafür spazierten wir mit Mutter und Vater. Wir sahen Bambus. Es sah wie Mais aus. Wir wussten zuerst nicht, dass es Bambus war. Während dem Laufen verging der ganze Morgen. Wir nahmen das Mittagessen ein. Evards meldeten sich für den Sonntag an. Nach dem Essen badeten wir mit andern Kindern. Wir durften alle Kinder zusammen das grosse gelbe Gummiboot nehmen und damit im Wasser herumfahren. Aber als wir keinen Stand mehr hatten, mussten wir wieder gegen das Land rudern. Innen war das Boot voller verdorrter Pflanzen. Wir bekamen darum immer schmutzige Füsse. Aber wenn wir dann aus dem Wasser gingen, war der Schmutz schon weg. Wir zogen das Boot an Land und gingen ins Restaurant und liessen uns das Abendessen schmecken. Am Abend waren im Beach Club Lichtbilder. Bis die Lichtbilder begannen, gingen Cecile, Maya, Bettina und ich auf den Spielplatz. Auf einmal kam ein Mann, vor dem wir uns fürchteten. Wir meinten es sei ein Räuber. Er sprach französisch. Cecile, die Französisch verstand, übersetzte uns, was der Mann sagte. Da merkten wir, dass es der Nachtwächter war. Da rief uns plötzlich die Mutter, denn die Lichtbilder begannen. Nach denen mussten wir ins Bett, was uns nicht gerade passte. Der nächste Tag war Sonntag. Wir genossen auch das Wasser, wie an den andern Tagen auch. Am Nachmittag kamen Evards. Wir zeigten ihnen den ganzen Beach Club. Auch sie wollten baden. Es war schön, nur das Wasser störte uns, denn es schwammen so verdorrte Pflanzen herum. Dann blieben sie einem an Fingern und Zehen hängen. Aber gegen hinaus wurde das Wasser ganz klar. So verging der Tag und Evards mussten heim. Der andere Tag war Montag. An diesem Tag konnten wir nicht baden. Denn schon früh fuhr der Autobus nach Toulon ab. Dort warteten Evards und Adanks auf uns. Vati, Herr Evard, Christine, Madeleine und Ruth fuhren mit Evards Auto nach Marseille. Frau Adank und Frau Evard, Mutti, Herr Adank,

Bettina und ich fuhren mit Adanks Auto. Wir waren in Marseille angelangt, aber Evards Auto sahen wir nicht. Wir fuhren auf die Notre-Dame de la Garde. Die Aussicht war schön, über die Stadt Marseille. Wir sahen gerade wie ein Schiff in den Hafen von Marseille kam. Auf einmal hörten wir Autotüren knarren und als wir schauten, waren nun Evards auch auf der Notre-Dame de la Garde. Wir machten Fotografien, schauten die Kirche von innen und aussen an. Als wir das alles gesehen hatten, fuhren die beiden Autos ab. Wir fuhren zu einem Restaurant, wo wir unser Picknick assen. Auch schauten wir die Stadt an. Da begegnete Herr Evard einer Wahrsagerin. Die wollte ihm wahrsagen, aber er wollte nicht zuhören. Darum ging sie weiter. Wir bestiegen nun das Auto und fuhren heim zu. Wir fuhren auch zu Evards, zum Zeltplatz und tranken etwas. Adanks brachten uns nach Toulon. Mit dem Autobus fuhren wir heim. In Hyères hatte der Bus lange Aufenthalt, darum schauten wir die Stadt an. Es hatte schöne Palmen. Die Heimfahrt war nicht mehr lang. Wir langten erst am Abend im Beach Club an. Aber wir konnten das Abendessen gleich noch haben. Wir mussten gleich ins Bett.

Am Dienstag gingen Mutter und Vater nach Monte-Carlo. Dafür kam die Familie Evard zu uns. Nach dem Essen fuhr Herr Evard mit uns Pedalo. Das war lustig. Herr Evard fischte uns Seesterne heraus. Wir fürchteten uns zuerst vor den Tieren. Aber als die Stunde vorbei war, schwamm das Boot an Land. Dort verteilten wir die Seesterne. Auf einmal sagte Herr Evard: „Zieht euch an. Wir wollen mit dem Auto schnell fort." Er führte uns nach La Capte. An einen Ort kamen wir, wo wir sahen, dass es eine Halbinsel ist. Es war eine Ecke und halb um die Ecke floss Wasser. Auch fuhr Herr Evard an eine Schiffhaltestelle mit uns. Dort fanden wir farbige Steine. Als wir heimfuhren, kam auch gerade der Autobus, in dem die Mutter und der Vater waren. Da verabschiedeten sich Evards. Am Mittwoch badeten wir. Nun konnte ich schwimmen, 100 Züge waren das Meiste. Mit Maya spielten wir Ball. Es machte uns Spass, den ganz grossen Ball zu nehmen. Aber da kamen Trix und ihr Bruder, die rollten den Ball ins Wasser. Wir suchten Müschelchen und Schneckchen. Am Abend waren Lichtbilder, die wir auch anschauen durften. Nachher mussten wir ins Bett. Der Donnerstag kam. Das Baden gefiel uns. Die Sonne genossen wir auch. Bei mir schälte sich der Rücken, darum brannte es ein bisschen, wenn ich zu fest an die Sonne ging. Ich probierte auch den Rückenschwumm im Wasser. Aber dies brachte ich nicht fertig. Die letzten Tage mussten wir noch viel ins Wasser, weil man bei uns zu Hause nicht so gut baden konnte. Wie manchen Schluck Wasser dass ich geschluckt hatte beim Rückenschwimmen, als ich immer unterging, weiss ich auch nicht mehr. Nach dem Mittagessen benutzten wir auch den Spielplatz. Das Wasser zog uns auch an. Der letzte Lichtbilder-Vortrag war heute. Es war Freitag. An dem Tag sollten Evards und Adanks zu uns kommen, denn Evards fuhren heute fort. Am Nachmittag kamen die beiden Autos. Wir badeten, Ruth, Christine, Madeleine, Bettina und ich. Es war lustig, als wir auf einmal keinen Stand mehr hatten. Die Oberfläche des Meeres war gewellelet. Da hatten wir von Zeit und Zeit wieder Stand. Als das Wasser uns zu kalt war, gingen alle miteinander ins Restaurant und assen und tranken etwas. Dann gingen wir mit Evards ans Auto. Sie verabschiedeten sich und fuhren fort. Adanks und wir badeten weiter. Aber bald gingen auch Adanks.

Der Samstag kam herangerückt. Die Koffern wurden gepackt. Das letzte Mal wurde gebadet. Koffern standen herum. Die Leute, die fort reisten, standen parat und warteten auf den Autocar. Cecile, Maya, Silvia, Bettina und ich machten ab, dass der von uns, der der erste sei, für alle Platz besetzte. Der Autocar kam herangebraust. Alle Leute stiegen ein. Wir Kinder konnten alle beisammen sitzen. Nun mussten wir Abschied nehmen vom Beach Club. In der Bahnhofhalle von Toulon warteten wir auf den Zug. Endlich kam der Zug. Wir stiegen ein. Es hatte viel zu wenig Platz. Wir fanden Platz bei zwei französischen Herren. Auch Gassmanns kamen in das Coupé. 9 Stunden waren wir auf der Fahrt, als der Zug in Genf hielt. Durch den Zoll gingen wir. Nachher assen wir ein Zmorgen. Ein Zug brachte uns nach Brugg. Es waren schöne Ferien, über die ich mich freute.

Die Reise fand 1962 statt, die Erzählung dazu wird 2020 aus der Erinnerung aufgeschrieben.

Ein Traum geht in Erfüllung: Paris

Frankreich 1962

Wir wohnen im obersten Stockwerk des Mitteltraktes des Hauptgebäudes der Heil- und Pflegeanstalt Königsfelden. Im unteren, dem ersten Stock des Gebäudes, in der weitläufigen Wohnung, der Direktoren-Wohnung mit den Repräsentationsräumen der Klinik, wohnen Tanti und Götti, mit meinem Cousin Peidi, Fräulein R. als Dienstmädchen und Yvette, dem Au-Pair Mädchen aus Lyon. Bin ich nicht in der Schule oder mit Kameraden unterwegs, hänge ich gerne in der Wohnung von Tanti und Götti herum, wo immer etwas läuft und immer jemand da ist, mit dem ich meine Zeit unterhaltsam verbringen kann. Seit mein um acht Jahre älterer Cousin Peidi nicht mehr so oft rum ist, vergnüge ich mich dort am liebsten mit Yvette, die bloss drei Jahre älter ist als ich. In Cousin Peidi habe ich ein gutes Vorbild. Er sieht blendend aus, ist ein Mädchenschwarm und versteht sich bestens darauf, jedes Mädchen, das er möchte, zu erobern. Ich muss sehr bald erkennen, dass Cousin Peidi bei Yvette klar bessere Chancen hat als ich. Mich behandelt sie wie einen kleinen Jungen, den kleinen Bruder, mit dem sie bei Gelegenheit etwas rumknutschen und Geheimnisse austauschen kann. Sie tut sich schwerer mit Deutschlernen als ich mit Französischlernen. So unterhalten wir uns meist auf Französisch. Ich lese auch ihr Paris-Match und ihr Jours de France, die sie regelmässig kauft. In ihrer Zimmerstunde hängen wir in ihrem Zimmer rum und hören französische Chansons. Sie liebt Juliette Gréco und deren Chansons. Yvette schminkt sich ihre Augen, wie Juliette Gréco sie sich schminkt, dicke schwarze Striche um die Augen.

Von Cousin Peidi bekomme ich einen alten Radio-Apparat, als er einen neuen erhält. Bei der Suche nach Sendern, die mir gefallen, stosse ich auf Europe Numéro 1. Da kommen regelmässig französische Chansons. Auch die neusten. Ein Lied elektrisiert mich, als ich es zum ersten Mal höre. Das Lied wird danach immer wieder gesendet. Ich bekomme Sängerin und Titel mit. Edith Piaf mit ‚Milord' von Georges Moustaki und Marguerite Monnot. Ich bin verrückt nach diesem Lied. Ich bin verrückt nach Liedern, die Edith Piaf singt. Ich stürze mich auf alles, was über Edith Piaf in den Zeitungen steht. Irgendwo schnappe ich auf, dass Edith Piaf am Boulevard der Lannes wohnt. Ich schreibe ihr – auf Französisch – einen Fan-Brief und erhalte, just zu meinem Geburtstag am 3. Dezember, Post aus Paris. In einem Briefumschlag eine Autogrammkarte von Edith Piaf! Auf einer Seite ein Foto von ihr während ihres Auftritts, in ihrem legendären schwarzen Kleid, um den Hals ein dünnes Goldkettchen mit einem Kreuz dran, ein Geschenk, das sie von ihrer Freundin Marlene Dietrich erhalten haben soll. Auf der andern Seite in Handschrift mit einem schwarzen Kugelschreiber, „Pour Rainer Bressler, cordialement Edith Piaf". Ich bin im siebenten Himmel.

Endlich, nach langen Jahren, kommt der Übertritt ins Gymnasium in Zürich. Ich bin sechzehn. Am Gymnasium freunde ich mich mit Urs an, der ebenso verrückt nach französischer Kultur ist wie ich. Wir lesen Camus, Mauriac, Gide. Kaufen uns aus unserem Taschengeld französische Autoren in für uns erschwinglichen livres de poche-Ausgaben. Nicht nur die französische Sprache und Literatur verbinden uns. Wir besuchen auch jede neue Inszenierung im Schauspielhaus, stehen an, um uns als billigste Möglichkeit ins Theater zu gehen Klappsitze zu ergattern. Wir lieben gutes Schreibgerät und haben jeder einen Parker-Füller. Wir rauchen lässig Gauloises Zigaretten – und falls das Budget es zulässt Lucky Strike ohne Filter. Wir sind verrückt nach den französischen nouvelle vague-Filmen, schwärmen für Jeanne Moreau und Jean-Paul Belmondo. Und wir lesen Brecht und hören andächtig Lotte Lenya zu, die Lieder von Brecht / Weill singt.

Urs und ich sind siebzehn und überzeugt davon, dass wir nicht weiterleben können, wenn wir während der Herbstferien nicht nach Paris reisen können. Ich habe während der Sommerferien als Hilfsarbeiter in den Kabelwerken Brugg gearbeitet, um mir einen eigenen Grammophon kaufen zu können. Vom verdienten Geld ist noch etwas übrig. Es sollte reichen für die Zugreise nach Paris und Aufenthalt dort in einer Jugendherberge. Uns ist von Anfang an klar, dass wir um die Einwilligung der Eltern in unser Reise-Projekt hart kämpfen und geschickt, äusserst geschickt vergehen müssen. Urs hat einen Trumpf in der Hand. Anlässlich des Familienurlaubs in Arcachon hatten sie aus dem Gepäck auf dem Gepäckträger auf dem Dach des Autos während der Fahrt einen Schlafsack verloren. Der

Finder des Schlafsacks, ein Franzose mit Wohnsitz Paris, las auf der Hülle es Schlafsacks Name und Adresse des Besitzers und teilte mit, der Schlafsack könne bei ihm in Paris abgeholt werden. Unser Plan nun ist, dass Urs sich seinen Eltern gegenüber bereit erklärt, mit mir, seinem Freund, nach Paris zu reisen und den vermissten Schlafsack zu holen. Während ich meinen Eltern erkläre, mein Freund Urs müsse im Auftrag seiner Eltern einen Schlafsack in Paris abholen und er habe Schiss, alleine auf so eine weite Reise zu gehen. Es sei nun Freundespflicht, dass ich ihn begleite.

Wie im Grunde nicht anders zu erwarten war, bricht Vati in schallendes Gelächter aus und spottet, „noch nicht ganz trocken hinter den Ohren, eine Flasche im Sport, dass es für mich als Vater, eine Schande ist, doch verrückte Ideen im Kopf, die von keinem vernünftigen Mensch ernst genommen werden können." Eine echte Enttäuschung ist Mutti, die auf eine so bestimmte Art Vati zustimmt, dass mir sogleich klar ist, ich werde sie nicht rumkriegen können. Urs und ich treffen uns am nächsten Morgen wie gewohnt am Hauptbahnhof Zürich, erstehen uns bei Zigarren Dürr an der Bahnhofstrasse je zwei offen verkaufte Zigaretten zu je fünf Rappen, auf denen zwar in mildem Grau auf dem Zigarettenpapier aufgedruckt ist, ‚unverkäufliches Gratismuster'. Dann setzen wir uns an die Bar des Café Litéraire und schwemmen unseren Ärger über die beidseitigen niederschmetternden Ergebnisse rauchend mit Espresso runter, bevor wir zur St. Annagasse hetzen, um vor dem Klingelzeichen das Schulhaus und unser Klassenzimmer zu erreichen, doch mit einem klaren Plan über das weitere Vorgehen.

Beim Nachtessen verkünde ich meinen Eltern, dass die Eltern von Urs unseren Paris-Plan voll und ganz unterstützten und ich mit meinem Verbot von Mutti und Vati wie ein Idiot dastehe. Die kleine Schwester wirft keck hin, „In dem Fall musst auch du reisen." Vati und Mutti sehen sich schweigend, kopfschüttelnd und ihre Augen verdrehend an. Ein Lichtblick ist, dass meine Eltern erklären, bevor sie sich zu meinem unsinnigen Projekt äussern, die Eltern von Urs kennenlernen zu wollen. Bei Urs läuft es glücklicherweise analog ab und so kommt ein Treffen unserer Eltern in unserem Lieblingslokal, im Select zustande, wo die Eltern sich gegenseitig an einem Vierertisch beschnuppern und die Angelegenheit besprechen, während Urs und ich an der Bar herumhängen und Maulaffen feilhalten.

Der Vater von Urs holt uns mit ernsthafter Miene an den gemeinsamen Tisch zurück und bittet Vati, den Jungs den Entscheid zu eröffnen. Urs und ich können es kaum fassen. Wir sind total verblüfft. Wir dürfen gemeinsam reisen und bekommen erst noch die Zugfahrt und ein bescheidenes Taschengeld geschenkt. Wir sind so ausser uns vor Freude dass wir sogar die Ermahnungen, die in unseren Augen lachhaft sind, über uns ergehen lassen. Sie behandeln uns wie kleine Jungs. Dabei sind wir durchaus stadtgängig, was wir tagtäglich bei unserem Schulbesuch in Zürich beweisen. Wir lassen uns nicht verführen, wir lassen uns nicht übertölpeln. Schliesslich sind wir nicht auf den Kopf gefallen. Die Sorge der Eltern, dass wir uns in Paris von Werbern für die Fremdenlegion mit Alkohol abfüllen und dann besoffen direkt in eine Kaserne verfrachten liessen, ist lächerlich. Doch wir ärgern uns nicht. Wir freuen uns.

Der Nachtzug vom Hauptbahnhof Zürich nach Paris ist direkt. Man braucht in Basel nicht umzusteigen. Kommt am Morgen früh an der Gare de l'Est in Paris an. Wir haben uns schlau gemacht, wissen, dass wir die Métro zum Pigalle nehmen und es von da bloss wenige Schritte zur Jugendherberge sind. Alles kein Problem. An der Place Pigalle steigen wir die Treppe hoch aus dem Métro-Schacht, jeder hübsch ein Köfferchen in der Hand. Oben angekommen, beraten wir uns kurz, welche Richtung einzuschlagen und wie der Platz zu überqueren ist. In dem Moment quatscht uns jemand an. Ein sympathisch lächelnder Schwarzer. Dahinter ein zweiter sympathisch lächelnder Schwarzer.

„Ihr sucht bestimmt die Jugendherberge. Sie liegt an jener Strasse dort."

„Ja, ja, das haben wir uns auch bereits überlegt."

„Das Gebäude ist nicht leicht zu erkennen. Wir begleiten sie und zeigen es ihnen. Kommen sie, wir tragen ihre Koffer. Nein, nein, das macht uns nichts aus. Wir tun es gerne. Wir wollen auch nichts dafür ..."

Die Beiden greifen nach unseren Koffern und ich denke, na ja, nette Leute in Paris.

In dem Moment pflanzt sich breit und imposant ein Polizist zwischen uns auf. Ein Schwarzer mit beeindruckendem Körperumfang. Er zischt den anderen beiden Schwarzen zu, „Verzischt!". Er hätte nichts zu sagen brauchen. Unsere beiden Schwarzen lassen unsere Koffer fallen und rennen, kaum hatten sie den Polizisten wahrgenommen, davon und sind verschwunden. Der Polizist und sein Kollege klären uns auf.

„Diese Typen haben es auf naive Ausländer abgesehen. Kaum haben sie das Gepäck der Leute in der

Hand, rennen sie auf Nimmerwiedersehen davon. Die Jugendherberge übrigens ist bereits besetzt. Da kommen sie nicht unter. Wir können ihnen ein kleines Hotel zeigen, das nicht teurer ist als die Jugendherberge. Kommen sie."

Das kleine Hotel erweist sich als Glücksfall. Der Schlafsack ist rasch zurückerobert, ein Finderlohn abgeliefert. Und wir schwelgen in der Luft von Paris. Die Bouquinisten der Seine entlang. Das Jeu de Paumes. Und, wir glauben es kaum, im Studio des Champs Elysées wird Brechts ‚Dans le jungle des villes' gegeben mit Sami Frey in einer Rolle, den wir in Agnès Vardas ‚Cléo de 5 à 7' gesehen hatten und der ein Verhältnis mit Brigitte Bardot haben soll. Ganz ausser Rand und Band gerate ich, als wir auf dem Boulevard des Capucines vor dem Olympia vorübergehen und mir die Anzeige in die Augen sticht ‚Tour de Chants Edith Piaf avec Théo Sarapo'. Ich haue vor Überwältigung Urs beinahe um. Er schaut mich entgeistert an.

„Du, du, ich kann es kaum glauben, Edith Piaf tritt hier im, im, wie heisst es?, Olympia auf. Ich MUSS für Karten anstehen."

Zum Glück ist Urs gutmütig. Wir tragen ja immer Bücher mit uns rum. Daher macht es uns nichts aus, längeres In-der-Schlange-Stehen in Kauf zu nehmen. Ich kann nicht anders. Urs zuckt mit den Schultern. Ich erinnere mich wieder, erst neulich hatte ich irgendwo gelesen, dass Edith Piaf ihren griechisch stämmigen Frisör Théo Sarapo geheiratet, was selbstverständlich, weil er Jahrzehnte jünger ist als sie, einen Skandal verursacht hatte. Meine Freude ist riesig, dass wir zufällig an diesem Olympia vorbeigekommen sind. Ich schicke Stossgebete zum Himmel, dass es für diesen Abend, unseren letzten Abend in Paris noch Karten gibt.

Obschon ich die Hoffnung realistisch als sehr klein einschätze, wenn ich die lange Schlange vor uns sehe. Ich kann es kaum glauben. Wir bekommen noch zwei Karten. Stehplätze zwar. Doch der Tafel mit den Preisen entnehme ich, dass Sitzplätze unser noch verbleibendes Budget bei Weitem überstiegen hätten.

Ich kann es kaum erwarten. Ich verzwatzle beinahe. Wir strömen am Abend mit riesigen Menschenmassen in diese riesige Musical Hall, die, wie ich mich inzwischen schlau gemacht habe, der Olymp des Chansons ist, wo alle Stars auftreten. Ein riesiger Saal mit Balkon, Grau in Grau mit grauem Vorhang vor einer riesigen Bühne. Die Stehplätze befinden sich hinter der hintersten Reihe. Wir schaffen es zumindest, uns Plätze in der ersten Reihe der Stehenden zu ergattern.

„Da sieht man kaum nach vorne! Die Bühne ist zu weit weg," flüstere ich Urs zu, der mir schnippisch zu bedenken gibt, ich hätte unbedingt hierher kommen wollen.

Musik beginnt zu spielen. Der Vorhang geht auf. Artisten, Jongleure, Schlangenmenschen, Trapezkünstler veranstalten auf der riesigen Bühne einen Zirkusspektakel. Der Lärmpegel im Saal bleibt laut, trotz des Spektakels auf der Bühne. Ich mag Zirkus nicht sonderlich. Und dann erst noch aus dieser Distanz, aus der das Herumgezappel auf der Bühne kaum klar zu verfolgen ist. Ich könnte mir dir Haare raufen, dass ich mich auf ein solches Spektakel eingelassen habe.

Nach einer endlos langen, objektiv wohl nicht übermässig langen Zeit ist der Spektakel zu Ende. Der Vorhang geht zu. Die Musik verstummt. Das Licht im Saal geht an. Der Lärmpegel des Geschwätzes der Zuschauerinnen und Zuschauer bleibt konstant. Hübsche Demoiselles mit Bauchläden gehen herum und verkaufen Süssigkeiten. Nach einiger Zeit dieses Treibens erfolgt ein Klingelzeichen. Das Licht geht aus. Das Geschwätz verstummt. Es ist mucksmäuschenstill. Aus einem Lautsprecher ertönt eine laute Stimme, ‚Voici Edith Piaf!‘. Tosender Applaus. Der Vorhängt öffnet sich. Das Orchester ist im Hintergrund, nicht sonderlich beleuchtet. In der Mitte des Vordergrundes der Bühne ein einsames Mikrophon auf einer Ständer. Von rechts kommt klein und zerbrechlich auf diese riesige Bühne Edith Piaf hervor, strebt auf das Mikrophon zu. Tosender Applaus. Edith Piaf lächelt ins Publikum. Sie erreicht das Mikrophon, das sie auf dem Ständer überragt. Mit einem Grinsen ins Publikum, das mit Gelächter und erneut aufschwappendem Applaus begrüsst wird, macht Edith Piaf sich am Mechanismus des Mikrophonständers zu schaffen, schraubt daran herum, bis das Mikrophon auf der für sie passenden Höhe, respektive Tiefe ist. Der tosende Applaus hört nicht auf. Ein Tusch des Orchesters. Mit Arm- und Handbewegungen gebietet Edith Piaf Ruhe. Es wird wieder mucksmäuschenstill.

„De Louis Poterat sur une musique de Charles Dumont ‘Le billard electrique’.“

Die Stimme der Piaf füllt den Raum, lässt den Raum erbeben. Selbst aus der Perspektive des hintersten Winkels der Music Hall wächst diese kleine zerbrechliche Frau mit der ins Innerste der Sinne zielenden Stimme über ihre tatsächliche Kleinheit heraus und füllt den Raum, als Mensch, als Künstlerin, als Sängerin, die das Drama einer kleinen Begebenheit als unter die Haut gehende Erfahrung zu vermitteln versteht. Piaf ist Stimme und alles füllende

Präsenz. Ich vergesse alles um mich herum. Ihre Lieder leben in mir. Ich schwelge in ‚Milord', ‚Lucien', ‚Non, je ne regrette rien', ‚La foule', bis sie nach einem Applaus Ruhe gebietet und mit herrischer Stimme Théo herbefiehlt und den Befehl mit einer Handbewegung unterstreicht. Verlegen nähert sich der grosse, junge Théo Sarapo. Er, der Riese, und sie, die Zwergin, intonieren als frisch Verliebte, Verheiratete ‚A quoi ça sert l'amour'. Bei diesem so unschuldig ehrlichen Manifest einer scheinbar unmöglichen Liebe bleibt kein Auge trocken.

Ein Jahr später erliegt Edith Piaf ihrer Krebserkrankung. Einen Tag später stirbt Jean Cocteau, mit dem sie befreundet war.

Hintergrund dieser Erzählung

Die Erzählung ist in Kurzform am 29. März 1969 im Aargauer Tagblatt erschienen.

Sizilien Streiflichter

Italien 1968

Sizilien – eine Name zu lesen auf gelben Plastikflaschen mit Zitronensaft, auf papierenen Orangenhüllen, auf Weinetiketten, in Zeitungsartikeln über Erdbeben, über Mafia, über Ätna Ausbrüche, in Filmreklamen, wenn es um Scheidung auf Italienisch geht ...

Zum Empfang Schirokko. Abends um Neun noch gegen 40 Grad Celsius. Der temperaturmässig nicht allzu verwöhnte Mitteleuropäer liegt erst mal flach und kann den Tageszeitungen entnehmen, dass diese Hitze selbst auf Sizilien für Schlagzeilen sorgt, wenn auch entsprechend der italianità nicht als nationale Katastrophe präsentiert, aber als mit Stolz erfüllender Rekord.

Das Gefälle zwischen Tag und Nacht. Während des Tages pulsiert Palermo von Motorenlärm, Hupen, Schreien. In der Nacht ist die Stadt ruhig und menschenleer und der geneigte Suchende findet schwer ein kleines Bistro, dessen Kellner auf der Terrasse bereits kurz nach der Abendessenszeit Stühle und Tische zusammenstellen und – ketten. Auf die Frage, ob nun das Lokal geschlossen sei, erklären sie sich lachend bereit, noch Wein zu servieren. Das Nachtleben spielt sich nicht in Palermo, aber im nahe gelegenen, mondänen Badeort ab.

Der Tourist fällt in Palermo auf. Besonders in der Nacht. Ein kleiner Wagen hält an. Junge Menschen fragen, ob man Lust hätte, sie in ein Dancing zu begleiten. Häuserreihen, holprige Strassen, Bahnübergänge in engen Kurven, Vorstädte im Mondlicht kühl und kahl und nüchtern. Das Auto biegt zwischen Hecken in einen Park ein. Zwischen Bäumen taucht eine altehrwürdige, dreigeteilte Fassade auf, zwei Flügel und ein Mittelteil mit geschwungener Freitreppe von zwei Seiten auf eine Eingangsterrasse führend. Vor dem Palazzo geparkt nicht die üblichen Kleinwagen, von denen es im Palermo wimmelt, aber Wagen mit erregenden Namen, die für den ultimativen Luxus Italiens stehen.

Verschiedene Korridore, dann ein länglicher Raum, ein Saal, Marmorboden, keine Möbel, die Wände mit reich verzierter und bemalter Täfelung. Auf elfenbeinfarbenem Untergrund schlichte Ornamente in Blau und Grün, unterbrochen von Medaillons mit Landschaften und Schäferszenen. Von der Decke hängen barocke, mit Kerzen bestückte Muranoleuchter. Die sizilianischen Begleiter erwähnen, Visconti habe diesen Raum für einige Szenen in seinem Film „Il Gattopardo" ausgewählt. Der Nightclub befindet sich unter freiem Himmel auf der riesigen Terrasse, die zum Park hin gibt. Jazz-Musik von einem

Orchester. Kellner in weissen Jacketts. Jeunesse dorée in Eleganz und dekadentem Stil.

Die Rundreise im Bus. Giuseppe als Fahrer. Die Frage nach der Mafia quittiert Giuseppe mit einem milden Lächeln und starrt dann in eine andere Richtung, als ob er sich auf etwas konzentrierte. Nach der Wiederholung der Frage nach der Mafia, schaut er nicht auf und lässt wie beiläufig fallen, eine Mafia gäbe es nicht. Nach dem Hinweis, dass selbst die seriöseste Schweizer Presse über die Mafia schreibe, wird Giuseppe ernst und sagt leise, darüber spreche man nicht. Sie stelle das grösste Problem Siziliens dar. Früher einmal sei sie eine Organisation gewesen, vor der man sich gefürchtet, die manchmal zugeschlagen und Terror repräsentiert habe. Inzwischen jedoch brauche sich der Unbeteiligte nicht mehr zu fürchten. Die Mafia wirke nicht mehr im Verborgenen. Sie habe alles durchdrungen. Alles sei mafioso, insbesondere auch die Regierung. Und daher sei sie schwer zu bekämpfen.

Auf den Strassen liegen immer wieder blutende, winselnde, verletzte Hunde. Giuseppe sagt, ma que fa?! Auch Bauern und Landarbeiter fahren ruhig an diesen verendenden Tieren vorüber.

Auf dem Markt in Palermo. Üppige Auslagen von Gemüsen, Früchten und Fischen. Zwischen den Ständen plötzlich zwei Knaben, sehr jung, acht oder neun Jahre alt, die sich wutentbrannt und hemmungslos anschreien. Sie bedrohen sich gegenseitig und gestikulieren wie wild herum. Plötzlich zückt einer der Knaben ein Messer und will mit blitzender Klinge auf den andern Knaben einstechen. Ein älterer Herr tritt dazwischen und hält den Messerstecher fest.

Dieser zappelt im Griff des älteren Herrn und wirft sein Messer fluchend in weitem Bogen hinter einen der Marktstände.

Segesta. Stundenlange Busfahrt von Palermo aus durch öde Landschaft ins Landesinnere. Alles wirkt verstaubt und ausgetrocknet, die Hügel, die Täler, die Strasse und selbst das spärliche Grün. Wie eine endlose, zerklüftete Steinwüste. Plötzlich dann taucht am Horizont, weit weg, auf einem dumpf begrünten Hügel unter dem blauen Himmel ein griechischer Tempel auf. Und was in der Ferne so niedlich klein, spielzeughaft wirkt, wächst im Näherkommen zu wuchtiger Monumentalität heran, bis es, am Fusse des Hügels angelangt, beinahe wieder verschwindet in der Verjüngung der Höhe. Dann der Aufstieg auf dem mäandernden Pfad. Und die überwältigende Schlichtheit der monumentalen Ruine und der Rundblick über das weite Land.

Ätna. Auf dem Gipfelbereich angekommen nimmt man ehrfürchtig und Distanz haltend aufsteigende Schwefeldämpfe wahr. Der einheimische Reiseführer versichert, es sei absolut ungefährlich. Wir könnten uns gefahrlos den Kratern nähern und in die Krater hinein schauen. Zuerst noch zögernd, dann immer mutiger bewegt man sich zwischen den grösseren und kleineren Kratern, wagt sich ganz nahe an die Abgründe, starrt hinunter in die brodelnde Tiefe, atmet die Schwefeldämpfe ein. Ein Mitreisender fragt, wie alt denn diese Krater seien. Unterschiedlich, antwortet der Reiseführer. Es gäbe ältere und neuere Krater. Der, neben dem wir gerade stünden, sei erst vor drei Monaten plötzlich aufgegangen. Diese Bemerkung jagt den Schrecken in die Glieder und die Schritte auf diesem Boden werden wieder sachte zögernd, als ob man sich auf Eierschalen vorwärts bewegte.

Giuseppe hatte den ganzen Tag über frei gehabt, weil Museumsbesuche auf dem Programm gestanden hatten und der Bus nicht benötigt worden war. Am Abend jedoch wünscht man eine Trattoria ausserhalb der Stadt zu besuchen.

- No, no, Signore, no es possibile ... Ich muss mich absolut strikte an die Arbeitszeiten halten. Ich darf keine Überstunden machen, selbst wenn ich es wollte. Die Gewerkschaft, sie verstehen. Nein, nein, das geht nicht. Sie haben absolut recht, wenn sie erwähnen, ich hätte den Tag über frei gehabt. Doch, ehrlich, ich bin grundsätzlich für einen Einsatz zur Verfügung gestanden. Abends jedoch ist nicht meine Arbeitszeit. Obwohl, wenn ich ehrlich bin, ich habe eine Frau, viele Kinder, alle möchten immer genügend zu essen haben - . Sagen wir 100 Lire pro Person, dann fahre ich, doch erzählen sie es niemandem!

Ein anderes Mal hält Giuseppe unterwegs an, verschwindet und erscheint wieder mit einem Korb voller frischer Trauben. Auf die verstohlene Frage des Reiseleiters hin, ob diese Trauben zu Lasten der Reisekasse gingen, lächelt Giuseppe wie ein Grand-Seigneur. O nein, Trauben erhalte man beinahe kostenlos. Doch die Gruppe sei offensichtlich sehr gerührt und denke, er habe sich die Trauben etwas kosten lassen.

- Sagen sie bitte den Leuten am Ende der Reise, schauen sie, Giuseppe ist ein grosszügiger Fahrer. Geben sie ihm ein rechtes Trinkgeld.

Giuseppe zwinkert und konzentriert sich wieder auf die Strasse und den Verkehr.

Verspätung beim Abflug. Palermo-Rom. In Rom werden wir den Anschluss nach Zürich verpassen. Man bittet die Hostess um einen Flugplan. Man möchte Alternativflüge heraussuchen. Ein charmantes Lächeln der bezaubernden Hostess. Ihr Anschlussflug in Rom ist doch mit der italienischen Fluglinie. Da können sie sicher sein, dass dieser Flug mindestens eine Stunde verspätet sein wird. Ihren Anschluss schaffen sie bestimmt!

Nachparadies in Paris

Frankreich 1970

„Ich bestehe darauf, dass wir Lady B. besuchen, ein Höflichkeitsbesuch," sagt Ruth mit solcher Bestimmtheit, dass ich denke, bloss nicht argumentieren, schlicht nachgeben.

Die alte Lady bedauert am Telefon, so flüstert Ruth mir mit über der Sprechmuschel gehaltener Hand während des Gesprächs zu, uns nicht bei sich zuhause empfangen zu können. Sie erhole sich gerade von einer leichteren Lungenentzündung. Wie schade usw. Dann aber kommt eine Verabredung dennoch zustande. Weshalb und warum die Lungenentzündung plötzlich kein Hinderungsgrund mehr ist, bekomme ich nicht mit. Nur soviel: 19 Uhr, Hôtel Crillon, gleich nach dem Hoteleingang links, ein gemütlicher Raum.

Wir stehen an der Place de la Concorde. Ruth im kleinen Schwarzen, ärmellos, Biedermeierbrosche mit der kleinen Perle unter dem Ausschnitt des Kleides. Ich im Tauf-Hochzeits-Beerdigungs-Premieren-Nadelstreifenanzug und so. Wo zum Teufel ist das Hotel?! Nirgends! So ein Mist! Oder etwa doch? Dort, du …

Diskreter Eingang, uniformierte Hotelpagen, deren Blicke sehr klar vermitteln, was sie von uns kleinen Leutchen halten. Ja, ja, wir sind in dieser aalglatten Welt halt Provinztrampel. Doch wir haben ein Ziel und halten tapfer durch. Zu allem Überfluss fallen uns beim Betreten der Hotelhalle vor Staunen ob der eleganten Pracht unsere Kinnladen runter. Gleich nach dem Eingang links ...

Wir stehen mitten in prächtigstem Empire. Teppiche, Wandbekleidung, riesige Spiegel, Schreibtische Stühle, Salontische, Fauteuils, alles schönstes Empire. Wir setzen uns in Fauteuils an einen der Salontische und harren der Dinge, die da kommen. Noble Ruhe. Jemand kommt, setzt sich an einen der Schreibtische, schreibt etwas und geht wieder. Durch die geöffnete Flügeltüre sehen wir emsige Geschäftigkeit beim Hoteleingang und in der Hotelhalle.

Ruth bekommt mit, dass ich auf meine Armbanduhr schaue. Lady B. werde bestimmt kommen. Sie ziehe immer eine Schau ab, doch mit Klasse. Eine Erscheinung, wie man sie nicht jeden Tag sehe. Ich überlege mir, was man hier an Getränken bestellt, falls plötzlich ein Kellner auftauchen und nach unseren Wünschen fragen sollte. Mir wird ungemütlich bei der Vorstellung, welche Preise hier wohl für Getränke verlangt werden. Ich entnehme den kaum merklichen Zuckungen um die Nasenlöcher und dem Mund von Ruth, dass sie nervös ist und frage mich, wie ich auch für sie die Situation entspannen kann. Ich frage sie, wer denn Lady B. sei.

„Ich habe sie bloss ein-, zweimal gesehen im Kurhotel Bad Schinznach, wo sie zur Kur weilte. Sie ist eine bezaubernd-verrückte Dame, die anscheinend sehr reich ist. Französin, mit einem englischen Namen. Ungefähr 80 Jahre alt, nehme ich an. Sie bestand darauf, dass ich mich unbedingt bei ihr melde, wenn ich je nach Paris komme."

Die Worte verklingen. Ich starre Löcher in die Wand. Das heisst, ich zähle goldene Bienen auf der grünen Tapete, studiere das Muster des Teppichs und die Räume die die verschiedenen Spiegel spiegeln. Und da, in einem der Spiegel sehe ich eine Gestalt und weiss, sie muss Lady B. sein.

Von Kopf bis Fuss in mauve gekleidet. Wallende Stoffe. Hut mit Schleier. Handschuhe. Etwas zittriger Gang und graziöse Handbewegungen. Sie bleibt vor uns kurz stehen. Hebt den Schleier aus dem Gesicht auf den Hut. Steuert mit ausgestreckten Armen und gurrenden Ausrufen auf Ruth zu.

„Ma chère enfante …"

Gefälligkeiten, mildes Lächeln, Augenzwinkern, Augenbrauen Anheben, wohlgeformte Sätze mit sanfter Stimme hingeworfen, dazwischen das kaum merkliche Ringen der alten Dame nach Luft, und wieder sprudeln Gefälligkeiten. Sie nimmt gerührt das kleine Paket entgegen, das Ruth ihr reicht.

„Hauchdünn von Sprüngli! Meine liebste Schokolade! Aus meinem liebsten Geschäft!" usw.

Kaskaden von kleinen Bemerkungen, kleinen Geschichten und Anekdoten prasseln auf uns nieder, die die Vertrautheit der alten Dame mit Elsa Triolet, Malraux und dem amerikanischen Botschafter in Paris, Sergeant Shriver nahe legen. Ich denke für mich, wer kennt diese zur Zeit von Lady B. berühmten Namen heute noch. Auf der fahlen Haut der Arme und auf dem Mauve der verschiedenen Kleidungsstücke glitzern Diamanten, Smaragde und Gold.

„Sie müssen mir unbedingt erzählen … Ich brenne so danach zu hören … Ich kann es kaum erwarten, bis sie mir sagen …," dabei sprudelt die alte Dame von eigenen Geschichten über, dass wir uns eigene Erzählungen ersparen können.

„Die Zeiten ändern sich, meine Lieben. Versuchen sie heute, einen Parkplatz für ein Auto in der Nähe der Concorde zu finden. Ein Ding der Unmöglichkeit. Schweren Herzens habe ich mich von meinem Rolls Royce und meinem Chauffeur getrennt. An der Rue Saint François war das noch anders gewesen, doch im Faubourg …Ich passe mich an. Alten Zeiten nachzutrauern ist unnütz!"

Lady B. zupft mit eleganter Geste einen der mauven Handschuhe von der Hand. Von den verrumpfelt knochigen Fingern schillern im Rhythmus der Bewegungen ihrer Hand hochkarätige Brillanten im Licht auf. Leise oder laut sprechend beherrscht sie die Szene und belebt, abwechselnd mit weit ausholenden Gesten oder nur subtilem Spiel ihrer Augen das daher plätschernde Geplauder.

Die Zeit verstreicht. Inzwischen ist neun Uhr. Hunger meldet sich. Ich bezweifle, dass Lady B. uns zum Essen einladen wird. Zumindest hat sie noch nicht die geringste Andeutung in dieser Richtung gemacht. Falls wir sie einladen sollen, geraten wir in eine echte Bredouille. Uns fehlen schlicht die Moneten, um sie in ein ihr angemessenes Lokal, geschweige denn das Restaurant in diesem noblen Hôtel de Crillon einzuladen. Zum Glück hat noch kein

Kellner diesen Raum betreten. Ich bin mir nicht sicher, ob die Etikette verlangen würde, dass ich Lady B. einen Drink offeriere. Befürchte, dass sie auf einem sündhaft teuren Champagner bestehen könnte.

„Mes chers enfants, ich halte sie bestimmt auf. Je suis désolée. Jetzt haben sie Beide mir alter Frau abhören müssen. Ich habe sie bestimmt gelangweilt. Doch sie sind so gentils und haben nichts gesagt. Und nicht einmal einen Drink haben wir hier erhalten. Wie dumm von mir, mich mit ihnen in diesem Raum zu verabreden. Ich könnte mich ohrfeigen. Im Hôtel de Crillon ist der Schreibsalon der einzige Raum, in dem nicht serviert wird. Weil die Leute ungestört bleiben wollen. Entschuldigt meine Kopflosigkeit. Ich will sie nicht weiter aufhalten. Wo werden sie essen? Rufen sie mich morgen an! Ja? Ich werde sie zu einem ganz, ganz kleinen, bescheidenen Nachtessen bei mir zuhause einladen. Mes chers enfants, bonsoir!"

Mit Grandezza entschwindet Lady B., in Richtung Ausgang, vorbei an Hotelpagen, die sich ehrerbietig vor ihr verbeugen.

Lady B. hat uns telefonisch zu sich gebeten, zu einem bescheidenen Nachtessen. Pünktlich stehen wir im zweiten Stock eines sehr eleganten Hauses vor ihrer Wohnungstüre und klingeln. Es dauert einige Minuten. Wir hören, dass sich im Innern der Wohnung Schritte der Wohnungstüre nähern. Lady B. öffnet die Türe selber, strahlend, nicht mehr ganz so ausgesucht aufgetakelt wie im Hôtel de Crillon, doch immer noch höchst elegant und perfekt assortiert. Sie strahlt und schwatzt. Angemessenen Schrittes gehen wir hinter Lady B. her durch einen breiten, langen Korridor, in dem unzählige Dinge meinen Blick anziehen. Ein antikes gotisches Chorgestühl. Das antike Zifferblatt einer Uhr, das vom Boden bis zur Decke des hohen Raumes reicht. Ein riesiges Ölgemälde, das offensichtlich Lady B. in jungen Jahren in einer Ballrobe darstellt. Lady B. entschuldigt sich im Gehen, dass ihre Mädchen heute ihren freien Tag hätten, sie daher alles selber machen müsse. Dabei wendet sie sich um und lacht darüber, wie ich neugierig einzelne Dinge hier im Korridor bestaune.

„Sie hätten meine Villa im Bois sehen sollen. Da hatte es noch viel mehr solches Zeugs. Ein wertvolles Ameublissement ist gut und schön, doch Kuriositäten machen viel mehr Spass. An der Rue Saint-François hatte ich auch noch Einiges mehr gehabt, doch hier bin ich platzmässig etwas eingeschränkt. Ja, ja, das bin ich, auf dem Ölbild. Vor vielen Jahren. Molyneux hatte mir dieses Traumkleid für einen Bal de l'Opéra kreiert. Damit hatte ich Furore gemacht. Tout Paris hat über mein Kleid gesprochen. Kommen sie, wir gehen in den Salon. Ich werde ihnen auch hier im Salon die paar Häppchen servieren, die vorbereitet sind."

Der Anblick dieses Salons verschlägt mir, der ich in Zürich auch in guten Häusern verkehre, den Atem. Es dominieren die Farben blau und grün, Möbel aus der Zeit von Louis XV, üppigste Kommoden aus Edelhölzern und goldgefasste Konsolentische mit Marmorabdeckungen, Spiegel, Fauteuils, Tische, Stühle, Kristall, Silber, Onyx und Alabaster. In einem Silberrahmen eine Fotografie. Neugierig, wie ich bin, schaue ich genau hin.

„Mein Mann. Ein Foto von Cecil Beaton. Sie wissen doch, wer Cecil Beaton ist? Schon lange her."

Auf dem Salontisch ist aufgedeckt mit weissem Limoges Porzellan mit einem reliefartigen Rand aus Gold und Blau. Kristallgläser, wie Lady B. lachend bemerkt, aus Böhmen. Und Gewürztraminer aus ihrer Heimat, dem Elsass. Lady B. bittet mich, die Flasche zu öffnen und einzuschenken. Sie reicht eine Platte mit Saumon Fumé und Toast-Broten herum. Sie konversiert und lächelt und lacht und scheint sich über alles zu freuen, was wir schätzen, was wir sehen und was wir fragen. Die Zeit zerrinnt. Eine zweite Flasche Gewürztraminer wird geöffnet. Wir trinken und Lady B. schwenkt unmerklich vom Small Talk zu persönlicheren Dingen.

„Ich war eine der ersten Frauen, die in St. Moritz in Hosen Ski gelaufen ist. Ehrlich! Das war kurz nach der Jahrhundertwende gewesen. Sie glauben mir nicht? Mein Mann war Engländer. Er war vernarrt in die Berge. So sind wir nach St. Moritz gefahren. Wir sind viel herumgereist. Wir sind sogar über die hohe Tatra gefahren. Und stellen sie sich vor, wir hatten mitten auf der hohen Tatra eine Panne: Achsenbruch! Wir telegrafierten an das Werk in England. Nach wenigen Tagen bereits kam eine Reparaturbrigade angereist. Und kurz darauf konnten wir unsere Reise in unserem Rolls Royce fortsetzen. Das waren noch Zeiten gewesen. Mein Mann ist immer selber gefahren. Er wollte keinen Chauffeur um sich haben. Wenn wir unterwegs ein Hotel suchten, hielt mein Mann sich immer an die Devise, nie mit einem Rolls Royce vorfahren! Wenn sie dieses Auto sehen, verdoppeln sie die Preise. Kommt man zuerst zu Fuss, machen die Hotels die viel besseren Angebote. Ja, mein Mann war sparsam gewesen. Doch das mit den Skihosen haben sie mir nicht geglaubt, sie ungläubiger Thomas. Warten sie …"

Auf wackligen Beinen durchquert Lady B. hastig ihren Salon und verschwindet im angrenzenden Zimmer. Die Türe bleibt dabei leicht angelehnt. Ich vermute, dass sie mir etwas zeigen will. Ich gehe ihr nach. Stosse die Türe ganz auf und betrete den anderen, ebenso grossen Raum wie der Salon. Gegen eine Wand gestellt ist ein einfaches Bett. Den Wänden entlang stehen Schränke, Büchergestelle und Kommoden. Die mit Brillanten und Smaragden bestückten Finger von Lady B. wühlen in einer offen stehenden Schublade. In alten, vergilbten Papieren. Triumphierend hält sie mir einen alten Zeitungsausschnitt unter meine Nase. Datiert 1902. Eine englische Zeitung. Das Foto einer jungen, behosten Frau auf Skiern. Ein Text, der Lady B. als Frau in Hosen preist.

„Vous voyez!"

Kurz im Vorübergehen liebkost Lady B. gerührt die auf einer Kommode stehende Kühlerfigur eines Rolls Royce.

„Das ist alles, was mir geblieben ist. – Warten sie, warten sie, kommen sie, ich habe noch etwas, das sie sehen müssen …"

Sie eilt voraus in einen weiteren riesigen Raum, der bis auf einige Schränke und Kommoden und einen einsamen Tisch leer steht. Einem der Schränke entnimmt sie eine alte Schuhschachtel, trägt diese behutsam zum Tisch, stellt sie sachte ab und hebt vorsichtig den Deckel der Schuhschachtel. Lässt mich einen Blick in die Schuhschachtel hinein werfen und sieht mich mit erwartungsvoll fragendem Blick an.

„Da staunen sie, was?"

Ich staune nicht im Geringsten. Ich starre auf einen Haufen von verschiedenfarbigen Stofffetzen mit ausgefransten Enden. Die Stofffetzen voller mir nicht bekannter Symbole, Zeichnungen, Buchstaben- und Zahlenfolgen. Sterne, Striche, Farbenfolgen. Mir dämmert. Militärabzeichen.

„In dieser Schachtel bewahre ich beinahe alle militärischen Abzeichen, Gradbezeichnungen und Truppeneinteilungen der Alliierten aus dem zweiten Weltkrieg auf. Sie mögen sich fragen, weshalb. Es war harte Arbeit, alle diese Abzeichen zu sammeln. Das können sie mir glauben. Ich hatte mich für karitative Aufgaben im Rahmen des Roten Kreuzes zur Verfügung gestellt. Ich erledigte gewisse Dinge für Offiziere, die im Hôtel de Crillon untergebracht waren. Seither ist das Hôtel de Crillon mir das liebste Haus in Paris. Die älteren Angestellten des Hotels kennen mich noch aus jener Zeit. Einem der Offiziere sagte ich, I really love the tiny badge on your uniform. Er offerierte mir das Abzeichen als Geschenk. Ich durfte eine kleine Schere nehmen und mir das Ding fein säuberlich von der Uniform abschneiden. Von da an trug ich immer meine kleine Schere auf mir. Fragte, kaum erspähte ich ein Abzeichen, das ich noch nicht hatte, entschuldigen sie, darf ich? Und ritsch ratsch. Dann wurde ich kecker und entschuldigte mich erst nach dem Ritsch-Ratsch. Die Offiziere waren jeweils paff gewesen. Doch keiner hatte mir mein Handeln übel genommen. Eine Dame darf sich Vieles erlauben. Vorausgesetzt sie macht es mit Charme. Ich hatte ihn zur Genüge. Und hatte ihn auch sehr oft eingesetzt … Warten sie."

Lady B. zieht aus einer Schublade ein kleines, ledernes Etui. Öffnet das Schnappschloss und sieht mit melancholischem Blick hinein. Sie flüstert die Erklärung in den Gegenstand im Etui hinein.

„Sein Purple Heart. Einer der höchsten militärischen Orden. Er hatte ihn kurz vor seinem Tod verliehen bekommen. Dann ist er gefallen. Ein Freund von ihm hat mir dieses Etui mit dem Orden überbracht. Er habe es für den Fall seines Todes so angeordnet. Doch er, er ist nie wieder gekommen!"

„Dann war ihr Mann ein Kriegsheld gewesen?"

„Mein Mann leistete doch nicht Militärdienst bei den Amerikanern," begehrt Lady B. aus ihrer Nachdenklichkeit aufschreckend auf. „Mein Mann war Engländer gewesen! – Wir dürfen chère Ruth nicht zu lange alleine lassen. Kommen sie."

Durch die beinahe leeren oder bloss notdürftig möblierten Räume folge ich Lady B. in den prächtig und üppigst ausgestalteten Salon.

„Sie fragen sich bestimmt, weshalb ich da, wo logischerweise die salle à manger und dann die bibliothèque sein sollte, die Räume beinahe leer stehen und meine chambre unmittelbar neben dem salon eingerichtet habe. Sehen sie, junger Mann, das ist das Alter. Das Gehen fällt mir schwer. Vom salon durch endlose Korridore und Zimmerfluchten in meine chambre zu gelangen, würde mich überfordern. Ich habe mich genau nach meinen Bedürfnissen eingerichtet und verzichte auf allen überflüssigen Plunder."

Zurück im Salon sitzt sie in bewundernswert aufrechter Haltung in ihrem Louis XV-Fauteuil und hüpft konversierend in anregendem Tonfall von Mauriac, über das Maxim, zu Roger & Gallet, dem Hotel Drei Könige in Basel zu Cartier, um auch diese Geschichte noch zum Besten zu geben.

„Gehe ich also zu Cartier. Place de Vendôme, sie verstehen. Um ein paar Schmuckstücke reinigen zu lassen. Mir fällt gleich auf, dass der Herr, der mich bedient, Stilaugen bekommt beim Anblick meines Armbandes. Handelt es sich dabei doch um ein Prachtstück des Hauses Cartier aus den 30-er Jahren, Art Déco. Wollte er mir doch tatsächlich das Armband abkaufen. Zurückkaufen."

„Das Armband, das sie tragen?"

„Nein, nein. Ein anderes. – Entschuldigt, mes enfants. Die alte Tante wird schrecklich müde …"

Ruth und ich schütteln unsere Köpfe. Ich gestehe Ruth, dass ich total verärgert gewesen war über ihren Plan, in Paris, wo wir tausend andere Dinge hätten unternehmen können, unbedingt Lady B. zu treffen. Inzwischen aber hätte ich mein Urteil revidiert und könne mir nichts Anregenderes vorstellen, als Lady B. kennengelernt zu haben. Wir können uns seit diesen Begegnungen endlos unsere Köpfe über das mögliche Leben von Lady B. zerbrechen und werden dabei nicht klüger.

„Entschuldige," entschuldigt Ruth sich leicht verlegen, „ich hatte nach meiner Begegnung mit Lady B. im Kurhotel im Park Bad Schinznach, wo die Crème de la Crème der ganzen Welt und auch gekrönte Häupter absteigen, nicht ahnen können, wie es tatsächlich um sie steht. Sonst hätte ich dir eine Begegnung mit ihr nicht zugemutet ."

„Du brauchst dich nicht zu entschuldigen. Wie steht es tatsächlich um Lady B.? Ist doch egal. Sie ist eine vergnügte alte Frau und freut sich ihres Lebens. Was will man mehr!"

Alles gute Zureden nützt nichts. Ruth schämt sich irgendwie, dass sie mir diese Begegnung mit Lady in Paris zugemutet hatte.

Ruth erhält eine kurze Notiz von Lady B.. Sie werde sich kurz im Kurhotel im Park in Bad-Schinznach aufhalten. Ruth ist während dieser Zeit abwesend und im Übrigen so sehr beschäftigt, dass sie unmöglich nach Bad-Schinznach reisen kann, um Lady B. zu besuchen. Ich übernehme den Part.

Am Empfang des Hotels lasse ich mich bei Lady B. melden und nehme dann Platz in der Hotelhalle. Es dauert nicht lange und Lady B. kommt, aus einem der Lifts steigend, auf zwar immer noch etwas wackligen Beinen, doch mit würdevollen Schritten in einem stahlblauen Kleid, einem gleichfarbigen breitkrempigen Hut und flatternden grünen Foulards angerauscht. Um den Hals, an Armen und Fingern Gold und Smaragd und Brillanten. Verführerisches Lächeln, Ausrufe des Entzückens, die ganze Palette von Zeichen, die der französische Charme zur Verfügung stellt. Sie erinnert mich an die grandiose Schauspielerin Françoise Rosay, die ich als alte Dame noch auf der Bühne in Paris hatte bewundern können. Sie findet es entzückend, in meinen so niedlichen Fiat 500 steigen zu dürfen.

„Fahren sie mich bitte nach Zürich. Ich muss zu Sprüngli am Paradeplatz. Mon cher, ich bin etwas erkältet. Air-Conditioning hasse ich. Im TEE ist man dieser Zugluft ausgeliefert und kann nichts machen. Kommen wir in Lenzbourg vorbei? Ich liebe la confiture de Lenzbourg. Kennen sie diese Konfitüre? Einfach himmlisch."

„Confiture de Lenzbourg kenne ich nicht."

„Eine weltbekannte Firma. Müssen sie unbedingt kennen."

„In Lenzburg kenne ich bloss Hero. Da hatte ich in Semesterferien mal kurz gearbeitet. Doch eine Firma namens ,La confiture de Lenzbourg'."

Später werde ich herausfinden, dass das, was Lady B. La confiture de Lenzbourg nennt, und Hero identisch sind. Diesmal gelingt es mir auch, durch geschickt platzierte Zwischenfragen die Erzählströme von Lady B. so zu kanalisieren, dass sie nicht in allen möglichen und unmöglichen Themen herum mäandert, aber nach und nach mit Daten und Tatsachen aus ihrem Leben herausrückt.

Lady B. wird als Tochter eines Arztes im Elsass geboren. Anlässlich eines Englandaufenthalts lernt sie ihren späteren Mann, Lord B., kennen. Lord B. ist fils à papa. Der Vater ist Reeder. Lord B. braucht nie für ein Einkommen zu arbeiten. Lady B. hasst England und fühlt, wie sie von der englischen Aristokratie herablassend behandelt wird. Sie zieht mit ihrem Mann nach Paris. Dort wird sie gesellschaftlich nicht ausgegrenzt. Gehört im Nu zusammen mit ihrem Mann zum Tout Paris. Ihr Alltag besteht aus Reisen im Rolls Royce, aus schicken Ozeandampfern und aus Bällen. Im Krieg dann die grosse Liebe, der geheimnisvolle Amerikaner. Lord B. ist unversöhnlich. Spricht kein Wort mehr mit ihr. Willigt erst kurz vor seinem Tod in eine Scheidung ein. Lässt ihr als einziges Vermögen das schöne Haus im Bois de Boulogne. Seither wechselt sie zu immer günstigeren Adressen, lebt vom Verkauf des wertvollen Mobiliars des schönen Hauses und von ihrem Schmuck.

„Jetzt wissen sie alles. Sie ausgemachter Schlingel, sie, dass sie mich dazu gebracht haben, bei der Wirklichkeit zu bleiben. Ich bin ein abgetakeltes Wrack. Im Moment habe ich noch einige wertvolle Dinge zu verkaufen. Kann mir den gewohnten Lebensstil noch leisten. Ich bin jetzt 90. Bis ungefähr 93 oder 94 reichen meine Sachwerte. Ich hoffe, dass ich dann etwa sterbe. Zu behaupten, ich lebte in paradiesischen Zuständen ist übertrieben. Doch ich geniesse so etwas wie ein Nachparadies. Die Alte hat ihr Leben aus vollsten Zügen genossen. Noch lebt sie. Und jetzt junger Mann, bei diesem schönen Wetter, brauche ich einen Schluck Champagner. Kennen sie hier in der Nähe zum Beispiel in kleines Schlösschen, das heute ein Restaurant ist, mit einer hübschen Terrasse? …"

An meinem Arm hat Lady B. ihren grossen Auftritt auf der Terrasse des Restaurants des Schlössleins Böttstein …

Die nackte Wahrheit in Scheveningen

Holland 1970

Kaum habe ich mein Lizenziat in Juristerei in der Tasche, besuche ich im Friedenspalast in Den Haag einen Sommerkurs der Carnegie Foundation in internationalem Privat- und Völkerrecht. Ich fahre in meinem MG Midget in Racing Green hin. Wohne bei Freunden der Familie, Herr und Frau van Overbeek. Im Sommer vermieten van Overbeeks Zimmer ihres Hauses an Studenten und vereinzelt auch an Dozenten des Sommerkurses. So kommt im Haus der van Overbeeks eine bunt gewürfelte Schar zusammen. Neben mir wohnen dort noch zwei amerikanische, ein französischer und ein schwedischer Student, alle frisch gebackene Juristen. Van Overbeeks sind herrliche Gastgeber, kennen den Betrieb des Sommerkurses und der Nebenveranstaltungen, können immer mit Rat und Tat beistehen und verwöhnen, wie Frau van Overbeek die Studenten nennt, ihre Jungs nach Strich und Faden. Ich geniesse es, diesmal nicht alleine Gast in deren Haus zu aber, doch in den Mitstudenten anregende und fröhliche Gesellschaft zu haben. Frau van Overbeek bereitet für ihre Jungs ein üppiges Frühstück vor mit allem, was das Herz begehrt. So herrscht bereits am Morgen aufgeräumte Stimmung, selbst wenn wir Jungs meist etwas verschlafen sind, weil wir am Abend immer einen Grund zum Feiern finden.

Zu meinem Erstaunen ist unter den Studenten des Sommerkurses der Anteil der Frauen recht hoch. Da ist die frisch als Juristin promovierte Juristin aus Algiers, die ihren Doktorvater, der am Sommerkurs einen Kurs gibt, begleitet. Da ist eine junge Juristin aus Sao Paulo. Die Französin mit einem ellenlangen Namen, der auf Nobilität schliessen und sie seufzen lässt, „ses noms à tiroirs, quelle horreur, quand il faut donner son nom!". Doch am meisten hat es mir die hübsche Polin angetan, die mir zwar immer hübsch zulächelt, sich aber total distanziert zeigt. Ich schliesse mich von Anfang an Hans, dem Schweden der Jungs der van Overbeeks, an und wir machen gemeinsam die Gegend unsicher. Hans schlägt vor, dass wir, bevor wir mit den Mitstudentinnen anbändeln, die Gegend auskundschaften, um zu wissen, wohin wir die Mädels in Den Haar ausführen können. Rasch finden wir heraus, dass die Ausgehmeile in Scheveningen ist, dem am Meer gelegenen, an Den Haag angrenzenden Badeort. In Scheveningen ist der Hotspot, wie wir bald feststellen, das Kurhaus. Bei der ersten Erkundung bleiben wir jedoch neben dem Kurhaus, in einem Theater hängen, in dem gerade das US-amerikanische Skandal-Musical ‚Hair' von Gerome Ragni, James Rado und Galt MacDermot über die Hippie Bewegung gegeben wird, das wir selbstverständlich sehen müssen, um auch mitreden zu können. Denn weder in Zürich, noch in Stockholm hatte man bisher Möglichkeiten gehabt, dieses Musical zu sehen. Nach der Aufführung nehmen wir das Kurhaus unter die Lupe. Da gibt es verschiedene Dancings und Bars. Überall herrscht beste Stimmung. Hans und ich quatschen verschiedene Mädels an, tanzen und amüsieren uns bestens.

Kein Wunder, dass wir beim Frühstück etwas verschlafen sind, doch Frau van Overbeek ist glücklich, wenn ihre Jungs den Aufenthalt in Den Haag geniessen. Ermahnt uns aber eindringlich, die Kurse zu besuchen, sehr aufmerksam zu sein etwas fürs weitere Berufsleben zu lernen. Seit Jahren beherberge sie Studenten des Sommerkurses. Einige seien inzwischen selber Professoren und Dozenten am Sommerkurs. Die beiden Amerikaner und der Franzose sind neugierig darauf, wo wir gefeiert haben. Frau van Overbeek ermahnt uns, dass an diesem Abend solches Feiern ausgeschlossen sei. Wir, die Studenten, hätten eine Einladung zum Empfang beim Bürgermeister von Den Haag. Der Bürgermeister und die Stadt geben sich jedes Jahr die Ehre, die Studenten und Dozenten zu einem Empfang ins Stadthaus einzuladen. Das sei ein sehr gediegener Anlass. Smoking sei Pflicht. Es gebe herrliche Häppchen und Champagner. Und jeder Student und jeder Dozent werde dem Bürgermeister persönlich vorgestellt.

Nach dem Nachmittagskurs reicht es gut, nochmals ins Overbeeksche Haus zurückzukehren und sich fein zu machen für den Abend. Der Anlass ist in der Tat sehr gediegen. Die Prozedur mit der Vorstellung beim Bürgermeister eine amüsante Angelegenheit und dann fliesst der Champagner in Strömen. Hans und ich finden, in dieser gelösten Stimmung finde man einen viel ungezwungener Kontakt zu den Studentinnen als in den Vorlesungsräumlichkeiten, wo alle immer so geschäftig tun und die Fachgespräche überwiegen. Wir tauschen uns angeregt darüber auf, welche Mitstudentinnen sich als besonders interessant erwiesen haben. Hans hat bemerkt, dass ich ein Auge auf Halina, die Studentin aus Polen geworfen habe, und ermuntert mich, mein Glück bei ihr zu versuchen. Er nehme es mir nicht übel. Schliesslich möchte er sich noch etwas mit Jeannette, der Französin, unterhalten.

Das Verhalten Halinas irritiert mich total. Ihre Blicke interpretiere ich als einladend, sogar auffordernd, doch sobald ich mich ihr nähere und sie in ein Gespräch verwickle, schielt sie verstohlen nach links und nach rechts, um, sobald sie einen Dozenten erspäht, sich bei mir zu entschuldigen und diesen Dozenten in ein Gespräch zu verwickeln. Als ich sie wieder einmal für mich habe, meint sie, ich brauche mich nicht immer gleich zu verdrücken, wenn sie Dozenten anhaue. Schliesslich sei das die einmalige Gelegenheit, diesen bewährten Fachleuten die Fragen zu stellen, die einen tatsächlich interessieren. Halina wirkt so überlegt und so überaus vernünftig. Sie hängt auch immer wieder mit einem etwas älteren Mitstudenten aus Polen zusammen, den sie, wie mir scheint, nicht besonders zu mögen scheint. Mit dem sie aber dennoch immer wieder zusammensteckt. Sie will, so scheint mir überdies, die Gelegenheit nutzen, möglichst viele Kontakte mit berühmten Leuten – denn viele der Dozenten sind berühmte Fachleute auf ihrem Gebiet – zu knüpfen. Doch irgendwie bringe ich ihre Ausstrahlung, den Eindruck, den sie auf mich macht, mit ihrem tatsächlichen Verhalten und ihrer Kopflastigkeit nicht zusammen. Ich bedaure sehr, dass sie es nicht versteht, sich etwas gehen zu lassen und einfach fröhlich zu feiern. Andere Frauen sind offener. Zum Schäkern und zum Flirten bereit, tasten ab, was ist und was sein könnte, so dass ein Prickeln einen durchrieselt. Doch Halina kann ich mir, ob ich es will oder nicht, nicht aus dem Kopf schlagen. Irgendwie verfolgt sie mich. Nicht tatsächlich. Was ich gerne gehabt hätte. Bloss im Geist.

Plötzlich kippt das Wetter. Sturm ist angesagt. Nach der Nachmittagsvorlesung, als ich auf dem Parkplatz der Akademie, das Verdeck meines MG hoch ziehe, geht

Halina vorüber. Zum Glück ist niemand vom Damenflor, der meist herum ist, da. Halina scheint mich nicht gesehen zu haben. Ich haue sie an. Sie dreht sich etwas verärgert um.

„Es wird gleich zu regnen beginnen, kann ich dich irgendwohin fahren."

Halina sagt mir, sie wohne da und da. Falls ich sie dorthin fahren würde, wäre es sehr nett von mir. Im Wagen dann ist sie wieder ganz normal. Und als ich sie frage, ob sie zum Beispiel Lust auf eine heisse Schokolade am Strand von Scheveningen hätte, was bei angekündigtem Sturm sehr reizvoll sei, ist sie sofort begeistert. Ich schwärme ihr vor, wie toll es sei, hinter einer Glaswand zu sitzen, gleich hinter dem Strand und die Wellen zu beobachten. Dabei im Trockenen heisse Schokolade zu trinken.

In Scheveningen angekommen, besteht Halina darauf, dass wir zuerst, den Sturmwinden zum Trotz, einen Strandspaziergang machen, am Rand der auf den Strand fallenden Wellen und der aufspritzenden Gischt. Dort blüht sie auf. Ein Gespräch ist schwierig. Wellen und Gischt tosen. Man kann das eigene Wort kaum verstehen. Ganz abgesehen davon, dass Kleider und Haare im Sturmwind arg zerzaust werden. Doch mit der Zeit haben wir es raus, unsere Köpfe so nahe zusammenzustecken, dass – unter stetem Lachen über die Schwierigkeiten beim Verstehen der Worte – eine lockere Unterhaltung möglich ist.

„Ihr habt es schön. Ihr könnt feiern, wie ihr wollt. Nein, nein, auch ich geniesse es ausserordentlich, hier zu sein. Es ist etwas ganz Besonderes. Nein, du, wenn ich nicht feiere, dann ist es nicht des Geldes wegen. Du brauchst mir nichts zuzustecken. Obwohl, ich bin ja hier mit einem

Stipendium. Sonst wäre ein Studium an der Sommerakademie für uns Polen nie und nimmer möglich. Die Einschreibegebühr, die Reise, der Aufenthalt. Für uns ist bei euch im Westen alles schrecklich teuer. Und von meinem Stipendium musste ich einen Teil in der Botschaft deponieren. Ich darf nicht zu viel Geld ausgeben. Das ist nun mal so. Doch mein Problem ist nicht das Geld. Mein Problem ist der Mitstudent aus Polen. Du hast ihn bestimmt bemerkt. Irgendwie ist es ja normal, dass man in der Fremde vorwiegend mit Landsleuten zusammensteckt. Und ich muss so tun, als ob wir einen normalen Umgang hätten. Ich bezweifle, dass er Jurist ist. Er ist auch Einiges älter. Wenn ich ihn gewisse Dinge frage, dann leiert er Antworten runter, als ob er etwas auswendig gelernt hätte. Er ist Spitzel. Auf mich angesetzt. Wenn ich wo bin, taucht er immer irgendwo auf. Ich bin mir sicher, dass er mich beobachtet. Meine Kontakte registriert und weitermeldet. Ich habe die Chance, an der Uni Krakau eine beste Stelle zu bekommen. Wenn ich mich hier nicht richtig, wie unsere Regierung es von mir erwartet, verhalte, dann bedeutet das das Aus für meine Stelle. Ich würde mich so gerne mit dir unbeschwert unterhalten und mit deiner Clique fröhlich feiern, doch es geht nicht. Und bloss hier, wo die Wellen und die Gischt tosen, dass wir unmöglich abgehört werden können, kann ich offen reden. Mich absetzen kann ich nicht. Ich habe meine Eltern und Geschwister in Krakau, deren Leben ich unbedingt nicht gefährden darf. Ich hoffe, du verstehst. Sobald wir im Lokal sitzen und es ruhig ist, fühle ich mich nicht mehr frei, offen zu dir zu sprechen. Du hast einmal erwähnt, dass du und der grosse Schwede ‚Hair' besucht habt. So etwas darf ich mir nicht erlauben. Es könnte als subversiv interpretiert werden. Und zu allem Elend kann unsere Regierung sich damit brüsten, wie liberal und offen sie ist, dass sie Studenten, sogar mit Stipendium, erlaubt an einer Sommerakademie im Westen Kurse zu besuchen. Es ist ein Hohn! Und doch bin ich so glücklich hier zu sein. Was ich dir berichtet habe, muss unser Geheimnis bleiben. Ich bin bei Weitem nicht die Einzige, die unter solchen Machenschaften zu leiden hat. Überall gibt es Menschen, die im Auftrag von Mächtigen andere Menschen bespitzeln, um diese gefügig zu machen. Wenn ich mich mit naseweisen Fragen an die Dozenten der Sommerakademie wende, dann bin ich, so nehme ich an, sicher, dass ich keinen Anlass für meinen Spitzel gebe, mich anzuschwärzen. Würde er mitbekommen, dass ich mit euch feiere und menschlich warm werde, dann würde Böses über mich an die Regierung zuhause berichtet. ..."

Hintergrund dieser Erzählung

Diese Erzählung erschien in der Mai-Ausgabe des Schweizer Beobachters 1978 und wurde im Rahmen einer Literatursendung von Radio DRS, Studio Basel, im Oktober 1978 vorgelesen.

Unter südlicher Sonne: Pantelleria

Italien 1971

Luftveränderung? Aber sicher! Im Flugplan der Swissair überfliege ich die Tarife und suche nach dem besten Distanz-Preis-Verhältnis. 500 Franken kann ich investieren. Für 500 Franken komme ich in irgendeine Hauptstadt Europas oder ... nach Pantelleria, beinahe Afrika, so weit weg für einen knapp noch bezahlbaren Flugschein. Selbstverständlich weiss ich zu Beginn noch nicht, wo Pantelleria liegt. Doch wozu besitzt man Atlanten!

Die Reise: Zürich, Rom, Palermo, weiter mit einer kleinen Maschine, Zwischenhalt in Trapani und dann weg von Sizilien in Richtung Afrika. Unter uns das Meer. Die Maschine beginnt den Sinkflug. Weit und breit kein Land in Sicht. Kurz vor dem Versinken im Meer taucht doch noch eine gewellte Betonpiste auf einer kleinen Insel auf: Pantelleria, das Ziel meiner Reise. Wenige Kilometer auf wenige Kilometer. Anscheinend ohne besondere Sehenswürdigkeiten. Auch gut so, das Dasein geniessen!

Sonntag. Am Morgen mache ich mich zu Fuss auf, um vom Inselende, an dem sich die Stadt befindet, zum gegenüberliegenden Inselende zu gelangen. Ich gehe während Stunden auf der staubigen Landstrasse, immer wieder von stinkenden und röhrenden Kleinwagen überholt. Mondlandschaften aus schwarzem Lavastein wechseln mit sanften, terrassierten Hügeln voller Reben ab. Und dann immer wieder in der Landschaft am Meer ein Hotelkasten im Bau. Blaues Meer, blauer Himmel, keine Bäume, bloss Sträucher. Weissgetünchte Steinklötze als Wohnhäuser, je Klotz ein Zimmer mit kleiner Kuppel, mehrere ineinander verschachtelte Klötze als Mehrzimmerhaus. Da und dort ein Esel. Nach Stunden noch kein Inselende in Sicht. Dafür eine Bushaltestelle. Zwei ältere Frauen warten schwatzend. Ich geselle mich zu ihnen. Wann der Bus denn kommen sollte?

„Um zehn Uhr."

„Jetzt ist aber zwei Uhr nachmittags."

„Sehen Sie, das ist eben so: Der Buschauffeur ist Reliquienträger, und heute ist Prozession. Da fährt er eben den Bus, wenn die Prozession vorüber ist. Es wird nicht mehr lange dauern. Kommen Sie aus Neapel?"

Zuerst denke ich, dass mich die beiden alten Weiber in schwarzen Röcken und schwarzen Kopftüchern verulken. Doch ihnen scheint es bitterernst zu sein mit ihrer Frage. Ich verneine und füge hinzu, dass ich aus der Schweiz komme.

„So", mein die Eine und:

„Also aus Rom", die Andere.

Während ich ihnen erkläre, dass die Schweiz ein Land sei, das nördlich von Italien liege, schauen sie mich beide mit grossen Augen an, bis eine der beiden Frauen sich endlich fasst und der anderen erläutert, er meint Mailand.

Ich lasse es dabei bewenden. Ich radebreche weiter auf Italienisch, das ich nie gelernt habe, bloss vom Lateinischen her neu erfinde. Pantelleria sei so schön.

„Klar ist unsere Insel schön, das heisst, noch ist sie es. Doch die Regierung macht alles kaputt. Madonna, Madonna. Sie wissen doch, was mit den Liparischen Inseln geschehen ist?"

Ich verneine.

„Die Regierung hat die Gefangenen der Mafia nach Lipari ins Exil geschickt. Nun müssen die ärmsten Bewohner von Lipari mit frei herumlaufenden Gefangenen zusammen leben. So kann man nicht leben. Die Regierung glaubt, mit uns machen zu können, was ihr gefällt."

Der Bus kommt. Wir steigen ein. Nach wenigen hundert Metern die nächste Haltestelle. Die beiden Frauen steigen aus und wünschen mir einen schönen Aufenthalt. Dann fährt der Bus weiter, einen Hügel hinan, nur wenige Meter: ein paar Häuser. Er hält an. Endstation. Ich stelle fest, dass das, was auf der Landkarte wie eine Agglomeration ausgesehen hatte, lediglich ein paar vereinzelte, weissgetünchte Klötze sind, die irgendwo in der Landschaft stehen, doch bei weitem keine Stadt, geschweige denn ein Dorf. Dann eine steil abfallende Felsenküste und das Meer. Ich frage den Chauffeur, ob es hier denn keine Wirtschaft gibt. Er verneint. Die nächste Gaststube sei auf halbem Weg zurück in die Stadt.

„Wann geht der nächste Bus zurück in die Stadt?"

„Am Abend."

„Scheisse!"

Der Chauffeur beruhigt mich. Er fahre nun mit seiner Vespa zurück in die Stadt, um den Rest des Nachmittags mit seiner Familie zu verbringen. Dann fahre er jeweils wieder hierher zurück, um am Abend den Bus planmässig wieder in die Stadt zurück zu fahren. Falls ich möchte, könnte ich mit ihm auf der Vespa zurückfahren. Vielleicht bloss den halben Weg, bis zur Gaststube. Ich bin glücklich, als ich hinten auf der Vespa sitze und der Staub von der Landstrasse aufwirbelt. Als der Chauffeur anhält, zu einem Haus zeigt und erklärt, dort sei die Gaststube, lade ich ihn zu einem Bier ein, doch er lehnt ab. Er habe seinen Kindern versprochen, gleich zurück zu kommen. Ich trinke ein Bier. Vor der Gaststube eine Kreuzung. Beide Wege führen zur Stadt. Der Weg, auf dem ich ursprünglich aus der Stadt gekommen war, der Küste nach, der andere durchs Inselinnere. Ich wähle den Weg durchs Inselinnere.

Die staubige und steinige Strasse windet sich hügelaufwärts, links und rechts Mauern aus aufeinander geschichteten Steinen. Es ist heiss. Die Lust auf ein weiteres Bier wächst. Weit und breit kein Haus, bloss Steine. Keine Menschen, kein Verkehr. Alleine und verlassen mitten auf der Insel Pantelleria. Was habe ausgerechnet ich in dieser Steinwüste verloren! Eine Fata Morgana? Nein, am Strassenrand drei Häuser. Keine Ruinen. Bewohnte Häuser. Und am ersten Haus hängt erst noch eine blecherne Reklametafel einer Getränkefirma, die Farben verwaschen, das Email teils zerschlagen zwar, doch immerhin, eine Reklametafel an einem Haus. Das weckt Hoffnungen. Der Hauseingang verhangen mit einem Vorhang aus Plastikschnüren mit farbigen Glasperlen. Ich trete ein und stehe mitten in der guten Stube. Eine Familie starrt mich verwundert an. Ich frage, ob ich hier ein Bier bekommen könne. Der Familienvater grinst.

„Ach so, verstehe. Die Reklametafel! Fehlanzeige! Vor Jahren befand sich hier das Depot einer Getränkefirma. Doch das ist vorbei. Wir haben nichts mehr damit zu tun. Wir hätten die Reklametafel längst entfernen sollen. Doch alle Leute wissen es. Doch im Nachbarhaus befindet sich ein kleiner Lebensmittelladen. Da können sie ein Bier bekommen."

„Ist der Laden heute, an einem Sonntag, überhaupt geöffnet?"

Der Familienvater runzelt seine Stirne und geht zum Fenster, schaut raus und sagt dann, sie seien alle zu Hause. Er sehe, wie sie in ihrer Stube sässen. Wieder Plastikschnüre mit farbigen Perlen anstelle einer Haustüre und dann der kleine Krämerladen. Tausendundeine Sache in kleinen Holzgestellen. Eine dicke Frau bewegt sich aus einem hinteren Raum durch eine Türöffnung und pflanzt sich hinter dem Verkaufstisch auf. Ohne ein Wort auszusprechen, bloss mit einem Blick und einer knappen Bewegung ihres Kinns fragt sie mich, was ich wünsche. Ich entschuldige mich für die Störung und frage, ob der Laden überhaupt geöffnet sei.

„Sie sehen doch, dass ich hier bin."

„Bei uns sind die Läden am Sonntag geschlossen ..."

„Bei uns eben nicht. Ich bin ja hier. Und was verkauft ist, ist verkauft – ecco!"

Ich frage, ob sie Bier hätten. Sie fragt zurück, ob ich es hier zu trinken oder mitzunehmen wünsche. Sie öffnet mir eine Bierflasche und ruft ins hintere Zimmer, „Maria, ein sauberes Glas. Presto, presto! Der Herr wartet". Maria bringt das Glas. Maria ist das jüngere Ebenbild ihrer Mutter. Ich trinke das Bier und die beiden Frauen schauen mir stumm zu. Als ich das Bier beendet habe, sagt die ältere Frau, dieses Wetter mache Durst. Ich stimme dieser Feststellung zu und bitte um ein weiteres Bier. Die ältere Frau reicht mir die geöffnete Flasche. Die beiden Frauen sind je an einer Seite in den Türrahmen gelehnt. Zwischen ihnen tauchen aus dem hinteren Raum Gesichter von Kindern auf. Unzählige Augenpaare starren mich. Die ältere Frau ergreift plötzlich das Wort.

„Haben Sie Lust auf Spaghetti? Wir haben soeben gegessen. Es sind noch welche übrig."

Sie komplimentiert mich hinter dem Tresen durch die Türöffnung hindurch in den hinteren Raum, die Stube, zwischen dem Spalier von mit geöffneten Mündern staunenden Kindern hindurch. Sie bittet mich am Esstisch Platz zu nehmen und verschwindet durch eine geöffnete Türe in die Küche, wo ich sie Spaghetti aus einer Pfanne in einen Teller schöpfen sehe. Der Pulk von Kindern kämpft um den einzigen Stuhl, der noch am Esstisch steht. Zum Schluss sitzen sie alle auf dem einen Stuhl, ihre Kinns auf den Tisch aufgestützt, mich stumm anstarrend.

„Hier! Essen Sie! Meine Spaghetti, gute Spaghetti. Ich immer gute Spaghetti. Woher kommen Sie?"

Nach meinen früheren Erfahrungen halte ich mich bei der Nennung meines Herkunftslandes bedeckt und benenne es ausweichend als im Norden liegend.

„Deutschland oder Schweiz?"

Riesiges Staunen.

„Ein Sohn arbeitet in Deutschland. In der Nähe von Frankfurt. Es gefällt ihm dort nicht, doch verdient er gut. Was wollen Sie, er vermisst die guten Spaghetti von Mama. Povero ragazzo! Wird bald wiederkommen. Giovanni, ebenfalls ein Sohn, war in der Schweiz. Jetzt ist er wieder hier. Wo ist Giovanni? Geht, geht, holt Giovanni, sagt ihm, jemand aus der Schweiz ist hier. Schnell, schnell, geht schon! Was hat das Schicksal mich mit euch langweiligen Kindern geschlagen! Kommt nicht einmal von selber drauf, Giovanni zu holen!"

Zwei der Kinder gehen widerwillig raus.

„Sind sie nicht süss, meine zwei Kleinen. Die beiden Jüngsten. So süss!"

Ich lobe die landschaftlichen Schönheiten der Insel. Mama lächelt. Ich lobe das schöne Wetter. Mama lächelt. Ich sage, dass ich mich hier wie zu Hause fühle. Mama lächelt. Ich frage nach den Geschäften im Laden. Mama setzt eine Trauermiene auf und jammert mit larmoyanter Stimme.

„Wer soll denn in meinem Laden schon etwas einkaufen?! Wer?! Niemand hat Geld. Woher sollen die Leute Geld haben?! Und Touristen verirren sich keine hierher. Sie bleiben an der Küste und die Läden dort machen die grossen Geschäfte. Stellen Sie sich vor, was ich an Vorräten hier habe. Und auf allem bleibe ich sitzen. Mama mia, was für schlechte Zeiten! ..."

Dann taucht Giovanni auf mit den beiden Jüngsten im Schlepptau.

„Das ist mein Giovanni. Er spricht die Sprache, die man in der Schweiz spricht. So, Giovanni, nun sprich mal so, wie man dort spricht!"

Giovanni spricht ein paar Worte Französisch. Alle hören andächtig und staunend zu.

„Ecco, Giovanni spricht Ihre Sprache und Sie antworten ihm in Ihrer Sprache. Seht ihr, ihr müsst, wenn ihr grösser seid, in die Fremde gehen und Sprachen lernen ..."

„Giovanni hat in der Schweiz Französisch gelernt. Ich spreche zu Hause Deutsch. In der Schweiz spricht man Deutsch und Französisch ..."

Mama sagt, also sie könne nun wirklich nicht beurteilen, was Giovanni für eine Sprache spreche. Er spreche die Sprache, die man in der Schweiz spreche. Der Beweis dafür sei, dass ich mich mit ihm unterhalten täte. Sie fragt mich, ob ich noch etwas Spaghetti wünsche. Ich frage Giovanni, ob es ihm in der Schweiz gefallen habe. Giovanni zuckt mit den Schultern. Die Schweiz sei schon gut. Verdient habe er dort gut. Ob er zurück in die Schweiz gehen möchte? Giovanni windet sich, spielt mit den Fingern beider Hände, fixiert dann seine Schuhspitzen und sagt leise, doch klar: nein! In der Schweiz könnte er nicht leben. Während er leise und gepresst spricht, schaut er immer wieder kurz auf, um seinen Blick dann gleich wieder zu senken. Die Arbeit in der Schweiz sei ihm zu streng gewesen. Das sei er von hier einfach nicht gewohnt gewesen. Dann hätte ihm ein Zuhause gefehlt. Er habe auf dem Bau gearbeitet. Der Arbeitgeber habe in einer Holzbaracke, die auf eine Werkhalle aufgestellt worden war, Unterkünfte vermietet. Über eine Hühnerstiege habe man die Unterkünfte erreicht. Ein breiter Korridor mit Holztischen und Holzbänken, wie in Zelten bei Volksfesten. Am Kopfende des Korridors links die Küche, recht die Waschgelegenheit und Toiletten. Blechlavabos, Röhren mit Löchern, Installationen der primitivsten Art. Es hätte weder eine Dusche noch ein Bad gegeben. Dann die Zimmer, vollgestopft mit vier Doppelbetten, einem einfachen Holztisch und acht Stühlen. Jeder Bewohner habe einen kleinen Schrank im Korridor zugewiesen bekommen. So hätten sie leben müssen und erst noch recht viel Geld vom Lohn abgezogen bekommen. Er sei sich zwar keinen Luxus gewohnt, doch dort, bei solchen Unterkünften sei man automatisch zu einem Menschen zweiter Klasse geworden. Dorthin möchte er nie mehr zurückkehren. Er hätte damals genügend Geld gespart, damit die Familie das Land mit den Rebstöcken, das sie angeboten bekommen hatten von Nachbarn, hatten kaufen können. Damit ist die Sache für ihn erledigt gewesen.

„Was machen Sie jetzt?"

„Was es zu machen gibt."

„Fischen Sie?"

„Jeder Mann fischt hier. Als Hobby. Doch nicht als Beruf."

„Haben sie Reben?"

„Alle haben hier Reben. Für den Eigengebrauch. Wir produzieren etwas Wein für uns selber. Jeder macht das. Weshalb sollen wir Wein verkaufen? ..."

Von ausserhalb des Hauses dringen die Geräusche quietschender Autobremsen und des Schlidderns eines Autos auf der Naturstrasse hinein. Ein Motor verstummt. Eine Autotüre wird zugeschlagen.

„Sergio, mein Ältester. Er studiert in Palermo", klärt Mama auf. Der junge Mann bleibt im Türrahmen erstaunt stehen und lässt sich von Mama wortreich erklären, dass es mit dem Fremden am Esstisch in der Stube seine Richtigkeit habe. Er begrüsst mich mit dem Gehaben eines Weltmannes, dem die Niederungen des Alltags eher lästig sind.

„Was studieren Sie?"

„Naturwissenschaften."

„Semesterferien?"

„Ach nein."

Mama möchte fernsehen. Der Fernseher bringe ihr das Leben aus der Fremde in die Stube hinein. Das sei ja so spannend. Man müsse einfach wissen, wie es draussen zugehe. Der Vorspann eines Krimis flimmert über den Bildschirm. Wolkenkratzer, Autoschlangen, Amerikanerwagen, eine auf Italienisch synchronisierte Stimme sagte unter anderem Monreale ...

„Kaum zu glauben, schreit Mama entzückt-erschüttert auf. Sehen Sie, das ist Monreale."

„Ja," sage ich.

„Ich stamme aus Sizilien. Aus Trapani. Als junge Frau bin ich einmal in Palermo gewesen. Und da haben wir auch Monreale besucht. Wie sich Monreale verändert hat, sehen Sie bloss!"

Ich versuche, das Missverständnis aufzuklären, nämlich dass der Ort neben Palermo, mit dem maurischen Kloster, zwar Monreale heisse, doch noch immer in etwa so ausschaue, wie er vor –zig Jahren gewesen sei. Das Montreale vom Bildschirm schreibe sich jedoch leicht anders und befinde sich in Kanada. Mama schüttelt ärgerlich ihren Kopf.

„Das ist doch klar. Sie haben Monreale gesagt. Wenn das nicht Monreale wäre, hätten sie nicht Monreale gesagt. Basta!"

Ihre Söhne hören schweigend zu, lächeln zu mir hin, schneiden hinter dem Rücken der Mama Grimassen, um Nachsicht für sie zu erheischen. Der Film läuft ab mit Schiesseisen, Knallereien, Toten, harten Männern und schönen Frauen. Mama seufzt, „haben wir es schön und ruhig auf Pantelleria. Keine zehn Pferde würden mich nach Trapani zurück bringen."

Bevor ich mich verabschiede, zücke ich meinen Geldbeutel und frage, was ich für Speis und Trank schulde. Mama schaut mich indigniert an und sagt strahlend, „nichts!"
„Nein, nein, ich möchte klare Verhältnisse ..."
„Wollen Sie mich beleidigen?! Von einem Fremden würde ich nie Geld nehmen. Fremde sind Gäste. Sergio, du fährst den Herrn in die Stadt zurück. Der Herr möchte bestimmt in die Stadt zurück. Wie soll er sonst in die Stadt zurück kommen."

Sergio und Giovanni bitten mich, auf dem Beifahrersitz des Autos, des neusten Fiat-Modelles mit allen möglichen Schikanen, Platz zu nehmen. Mama steht mit den Kleinen vor dem Haus und winkt.

Ich frage Sergio, wie es komme, dass er ein brandneues Auto besitze, wo die finanziellen Ressourcen doch offensichtlich knapp zu sein schienen. Sergio und Giovanni lachen. Sergio erklärt.
„Ich bin der älteste Sohn der Familie und studiere. Die nächste Universität ist Palermo. Weil wir arm sind,

bekomme ich für das Studium Stipendien, die auf dem Lebenskostenniveau von Palermo berechnet sind. Meine Anwesenheit in Palermo ist jedoch bloss für die Prüfungen erforderlich. Bei den Prüfungen muss ich gut sein, um weiterhin Stipendien zu erhalten. Die Bücher zum Büffeln habe ich hier auf Pantelleria. Wenn ich die Prüfung unter den ersten drei meines Jahresganges schaffe, erhalte ich zusätzlich als Auszeichnung eine Geldprämie. Von meinen Stipendien lebt meine Familie auf Pantelleria bestens. Ich habe mir Mühe gegeben und den ersten Preis gemacht bei den Prüfungen. Die Prämie hat gerade ausgereicht, um die erste Anzahlung für diesen Fiat zu leisten. So ist das nun mal. Alle hier machen es so."

Sonntag Spätnachmittag in der Stadt. Dem Quai entlang gehen Gruppen von Menschen auf und ab. Kleine Gruppen von jungen Frauen, die sich die Arme eingehakt halten und kichern und tuscheln, sobald sie eine kleine Gruppe von jungen Männern passiert haben. Wir mischen uns unter die Leute. Animierte, fröhliche Stimmung, Blickgeplänkel, Verlegenheiten ... Ich frage Giovanni und Sergio, ob ich sie nicht zu einem Drink einladen könnte.

„Normalerweise gehen wir nicht in die Bar. Wir promenieren dem Quai entlang, wie das hier alle tun ..."

Ich bestehe darauf, dass ich sie einladen möchte. Die beiden lassen sich nicht lange bitten und klären mich dann in aufgeräumtester Stimmung auf, dass der schönste Ort die Weinstube am Quai sei. Wir betreten das Lokal. An einfachen Tischen sitzen meist ältere Männer. Bloss wenige haben ein mehr oder weniger gefülltes Glas vor sich. Ich sage dem Kellner, wir hätten gerne drei Bier. Sergio korrigiert mich.

„Ein Bier mit drei Gläsern."

Dann raunt er mir zu, ich sähe doch, dass die meisten Leute sich nicht einmal etwas zu Trinken leisten können und ohne Glas hier sitzen. Eine Flasche Bier für uns drei sei bereits genügend Verwöhnung. Alles andere wäre übertrieben. Hinter der Theke, neben der grossen Registrierkasse steht eine alte, würdige Frau in einem langen, schwarzen Rock und mit einem schwarzen Kopftuch, aus dem ein paar graue Haarsträhnen hervorschauen. Sergio und Giovanni fragen mich, wie die Schweizerinnen seien. Ob es zutreffe, dass die Schweizerinnen ohne weiteres mit Männern schlafen dürften ohne verheiratet zu sein. Später erhebe ich mich, um mit der Frau in Schwarz die Rechnung zu begleichen. Sie schaut mir direkt in die Augen und spricht mit fester Stimme.

„Sie sind nicht von hier. Sie sind ein Fremder. Es ist mir eine grosse Ehre, in meiner einfachen Weinstube einen Fremden bewirten zu können. Sie und Ihre Freunde sind heute meine Gäste."

Mit meinem Protest komme ich nicht weit. Sie unterbricht mich und weist mich mit nobler Geste zurecht. Sie lächelt huldvoll, als ich mich überschwänglich bei ihr bedanke. Als Sergio, Giovanni und ich wieder auf dem Quai sind, ist er beinahe wie ausgestorben. Dämmerung. Die Menschen sind nach Hause gegangen. Der Sonntag ist vorüber. Wann sehen wir uns wieder?

„Wohl kaum. Morgen früh geht mein Flug zurück in die Schweiz."

„Wirst du wieder einmal nach Pantelleria kommen?"

„Vielleicht."

„In dem Fall, bis später!"

Ich komme noch kurz auf die verrückten Leute hier zu sprechen, die einen Touristen vor sich haben, keinen reichen, doch einen, der über wesentlich mehr Geld im Geldbeutel verfügt als sie. Und der Tourist schaffe es nicht, sein Geld auszugeben.

„Mein Freund, wir sind zwar arm, doch unseren Stolz haben wir!"

Am nächsten Morgen stehe ich neben dem Bus, der mich zum Flughafen bringen soll. Plötzlich taucht Giovanni aus einer der Gassen des Städtchens auf. Er drückt mir eine notdürftig mit einem Zapfen verschlossene Weinflasche ohne Etikett in die Hand.

„Ein Andenken. Ein besonderer Wein, von unseren Reben. Ein ganz besonderer Wein. Gib Acht, der Korken hält nicht gut. Wir bedienen uns eben mit Wein direkt aus dem Fass und benötigen kaum je Flaschen ..."

Mit dem Bus zum Flughafen. Die Passagiere werden an einem behelfsmässigen Tisch vor dem Flughafengebäude abgefertigt. Das Gepäck der Passagiere stapelt sich auf einem Gepäckkarren. Auf der andern Seite des Flughafengebäudes steht eine Propellermaschine, alle Türen geöffnet. Piloten und Kabinenpersonal sitzen in den Ausgängen der Maschine und unterhalten sich, Beine baumeln ins Leere. Zwanzig Minuten vor Abflug. Ich denke, wenn die Maschine pünktlich abheben soll, wäre es an der Zeit, mit dem Laden des Gepäckes zu beginnen. Doch nichts geschieht. Die Passagiere unterhalten sich ruhig mit denen, die sie zum Flughafen gebracht haben. Idyllische Ruhe. Die Zeit verstreicht. Noch fünfzehn Minuten bis zum Abflug.

Noch zehn Minuten. Noch Fünf. Ich antizipiere bereits eine gewaltige Verspätung, das Verpassen des Anschlussfluges in Palermo, dann des Anschlussfluges in Rom. In welcher Stadt werde ich stranden? Wie peinlich, im Geschäft anrufen zu müssen, hallo, ich bin noch immer in Italien! Mit gespielter Lässigkeit und Ruhe frage ich einen Flughafenangestellten, wann die Abflugzeit der Maschine sei.

„Ecco, sie ist längst vorüber. Doch Carlo fliegt heute nach Trapani mit dieser Maschine. Sobald Carlo kommt, wird die Maschine abheben. Machen sie sich keine Sorgen, Carlo kommt bestimmt. Capito?"

Später fährt ein kleiner Fiat vor dem Flughafengebäude. Eine vielköpfige Familie quillt aus dem kleinen Blechbehältnis. In ihrer Mitte Carlo mit zwei Koffern und einer Reisetasche. Tränen fliessen. Carlo wird umarmt. „Carlo mio!" Und mit einem Mal kommt Leben, sogar Hektik in die Lethargie, Gepäck wird geladen, Passagiere reissen sich von ihren Liebsten los und einer der Gepäcklader springt noch herbei, als Carlo bereits auf der Gangway steht, klopft ihm auf die Schulter. Vom tiefen Brummen bis zum hellen Surren der Motoren, vom leichten Vibrieren des Rumpfes bis zum Schütteln und dann brescht die Maschine mit voller Kraft davon über die holprige Piste, hebt ab und entschwebt von Pantelleria in Richtung grössere Insel, Sizilien. Unter uns das Meer. Hinter uns Pantelleria.

Der Star: New York

USA 1971

Ein wohliges Gefühl. In 10'000 Metern Höhe über dem Meer, über dem Ozean zu schweben, Musik in den Ohren. Die Swissair kann ihre neuen Jumbo-Jets nicht füllen, bietet günstigste Tarife für Jugendliche bis 26 Jahren an. Sofort zugreifen. Und im Flieger sitzen. Corky, den arbeitslosen Schauspieler und meine mich amüsierende Zufallsbekanntschaft vom letzten New York-Aufenthalt mit der Wohnung im Zentrum von Manhattan, wo man jederzeit unterkommen kann, mit einem Blitz-Besuch überraschen. Aus der Musikanlage im Flieger ein Lied aus einem Musical. Katharine Hepburn im Musical ‚Coco‘ über das Leben der Coco Chanel als Coco. „The world belongs to the young, that's an order, so I hear ... so well come on, sweet bird of youth, it's eye for eye and tooth for tooth."

Kennedy Airport. Telefonzelle suchen. Hörer abheben. Dime in den Apparat stecken. Nummer wählen. Trrr trrr trrr trrrr.

„Hallo Corky!"

„Du? Weshalb telefonierst du? Wo bist du?"

„Kennedy Airport. Soeben gelandet."

„Ich glaube es nicht. Du hier?!"

„Ich hier! – Was ist?"

„Du … es ist nämlich so … ich freue mich riesig, dass du hier bist. Seit ein paar Wochen habe ich einen Job. Eine Rolle in einem Musical. Das jetzt, nach den Aufführungen am Broadway in der Provinz Aufführungen hat. Wir Schauspieler werden in einem Bus zum Vorstellungsort gefahren. Ich muss, muss den Bus unbedingt in einer Viertelstunde erwischen … Warte, warte, ich habe eine Idee. Jim, ein Freund von mir, wird heute zusammen mit seiner Frau die heutige Vorstellung besuchen. Der Vorstellungsort ist ganz in der Nähe des Kennedy Airport. Lass mich mal nachdenken. Am Kennedy Airport kenne ich im Sektor der Braniff Bob. Gehe zum Sektor der Braniff, frage dort nach Bob und sage Bob, dass er dich so lange hüten soll, bis Jim dich abholt. Tschüss. Ich werde jetzt Jim anrufen. Es wird bestimmt klappen. …"

Und, o Wunder, es klappt. Im Sektor der Braniff finde ich Bob. Bob bietet mir Whisky an, bis er sagt, „O, dort kommt Jim!". Im Nu befinde ich mich eingequetscht in einem alten Amerikaner Schlitten in Gesellschaft von Jim, Glenda, Dorothee und Ron. Sie seien Freunde von Corky. Toll, dass ich eigens aus der Schweiz anreise, um Corky in diesem Stück zu sehen. Ob das Matterhorn noch stehe. Hahaha. Wenn Corky schon mal ein Engagement habe und nicht als Taxifahrer jobben müsse, sei es Ehrensache, hinzugehen und zu applaudieren. Um was für ein Stück es sich handle. Egal. Hauptsache, Corky habe einen Job.

Jim manövriert seinen Schlitten auf dem riesigen Parkplatz in einen der wenigen freien Parklücken. Ich staune und werde belehrt. Das sei Servolenkung. Unser Grüppchen nähert sich dem Theatergebäude. In riesigen blinkenden Lettern steht geschrieben, Ginger Rodgers in ‚Coco'.

Anstehen an der Kasse, um die reservierten Karten abzuholen. Dann Anstehen an der Bar, um uns Dry Martinis und Popcorn zu erobern. Die Leute strömen. Das Foyer ist zum Bersten voll.

„In der Provinz sind diese Broadway-Produktionen ein riesiges Ereignis. Insbesondere, wenn so ein Weltstar – ich habe soeben gesehen, dass Ginger Rodgers mitspielt, total verrückt, Corky an der Seite von Ginger Rodgers – wie Ginger Rodgers mitspielt. – Entschuldige, offensichtlich hat Corky das nachträglich erst für dich reservierte Ticket nicht mehr neben uns erhalten. Jetzt kannst du mit den Dreien zusammen gehen und ich werde den Einzelplatz …"

„Nein, nein. Ihr müsst zusammenbleiben. Wir sehen uns in der Pause hier."

Auf dem Weg zu meinem Sitz in diesem riesigen Theater kaufe ich mir noch ein Programm. Noch habe ich Katharine Hepburn mit diesem Song aus eben diesem Musical im Ohr, den ich im Flieger gehört hatte, im Ohr. Katharine Hepburn scheint mir eher einer Coco Chanel zu entsprechen, als das ‚American Girl' Ginger Rodgers mit wallend weissem Haar, den rundlichen Wangen und der glatten Haus, wie sie vom Deckblatt des Programmhefts lächelt. Corky spielt im Stück den Frisör der Coco. Ich finde meinen Platz und setze mich. Mir scheint, dass die Vorstellung ausverkauft ist.

Das Licht geht aus. Musik setzt ein. Scheinwerfer, die Show beginnt. Über Coco Chanel habe ich im Laufe meines Lebens aus Zeitungen und Illustrierten so viel mitgekriegt, dass mir ihre Person vertraut ist und ich von ihrem Leben, das in diesem Musical nacherzählt wird,

Einiges weiss. Ginger Rodgers betritt als Coco mit Grandezza und im klaren Bewusstsein, dass sie der Star des Abends ist, die Bühne. Sie wird mit riesigem Applaus begrüsst und ist sichtlich berührt. Ich staune, dass sie als Verkörperung von Coco Chanel einen rosaroten Morgenrock und im Haar ein rosarotes Mäschchen trägt, was ich mir von der wirklichen Coco Chanel nicht vorstellen kann. Kaum beginnt Ginger Rodgers nach dem Begrüssungsapplaus zu spielen, gibt sie alles, gibt eine phantastische Person, die auf der Bühne herumquirlt, tanzt und spricht und schreit und singt und alle mitreisst. Nach jedem Lied Begeisterungsstürme des Publikums. Für Momente tritt Ginger Rodgers dann aus der Rolle, nimmt die Begeisterungsstürme dankbar entgegen, bedankt sich mit unzähligen Verbeugungen und legt ihre Rechte unzählige Male aufs Herz, um dann, wenn das Stück wieder weiter geht, die Musik einsetzt, wieder voll und ganz im Stück zu sein. Corky als Cocos schwuler Frisör hat ein drolliges Lied und schmeisst eine prächtige Performance auf die Bühne, was auch ihm Begeisterungsstürme des Publikums einbringt, über die sich Ginger Rodgers, am Rande stehend, sichtlich ebenfalls freut.

In der Pause Small Talk mit Glenda, Dorothee, Rod und Jim und nochmals Dry Martinis und Popcorn. Alle sind total begeistert. Jim informiert mich, dass ich nach der Vorstellung im Foyer auf der rechten Seite, wenn man den Saal verlasse auf Corky warten solle. Er werde mich da abholen. Sie, Glenda, Dorothee, Rod und er, würden alleine nach Manhattan zurückfahren. Ich könne mit Corky zurückkehren. Klingelzeichen. Zurück in den Saal.

Ich spüre so richtig, dass ich wieder in New York bin. Diese Musical-Aufführungen sind schlicht grossartig, unübertreffbar. Als absolut glücklichen Zufall erlebe ich, dass ich im Flieger die Lieder bereits gehört hatte, sie nun doppelt geniessen kann. Auch erkenne, dass Katharine Hepburn die Rolle ganz anders gestaltet hatte als Ginger Rodgers, die eine ganz andere Note hineinbringt, die vielleicht der wirklichen Coco Chanel weniger nahe kommt, doch auf der Bühne total fulminant rüberkommt. Eine Show der besonderen Art ist der Schlussapplaus, das heisst, wie Ginger Rodgers als der Star des Abends darauf reagiert. Sie spielt die überwältigte Diva, die kaum glauben kann, wie ihr geschieht, tastet sich dann verschüchtert an die Rampe vor, um sich demütig ganz tief zu verbeugen, worauf das Tosen das Applauses zunimmt, sie sich mit ausgebreiteten Armen aufrichtet und strahlt. Nun, als einzelne im Publikum sich erheben zu einer Standing Ovation richtet sich Gingers Rodgers Blick auf eben diese vereinzelten Leute. Sie geht auf der Bühne in deren Richtung und schüttelt leicht ihren Kopf, als ob sie diese Ehre, die ihr da zuteilwird, kaum glauben kann. Und dann geht sie aufrecht, ihre ausgebreiteten Arme rauf- und runterbewegend, bis sie es schafft, und alle Zuschauer im Saal stehen. Eine Applaus-Schau, wie ich sie noch nie erlebt hatte. Dann gehen die Scheinwerfer plötzlich aus. Die Bühne wird dunkel. Man stellt sich in eine Schlange, um den Saal zu verlassen. Beim langsamen, schrittweisen Herausgehen bekomme ich die Unterhaltung zweier älterer Herren mit.

„Hast du diese Beine gesehen. Beine hat sie. Das sollen ihr Junge mal nachmachen."

„Sie ist und bleibt Klasse."

„Wie alt sie wohl ist."

„Nicht mehr taufrisch. Ihre Filme mit Fred Astaire aus den 30er Jahren."

„Sie ist einsame Spitze."

Corky führt mich durch eine Seitentüre zur Garderobe. Im Tohuwabohu der Schminktöpfe, Kleider, Crèmen, Puder und Spiegel stellt er mich seinen Kolleginnen und Kollegen als Freund aus der Schweiz vor, der eigens angereist sei um ihn in dieser Rolle zu sehen. Corky wird bewundert. Ich werde bewundert und beklatscht.

Corky eröffnet mir, dass ich mit dem Bus für die Mitwirkenden zurück nach Manhattan fahren könne. Als wir zum Bus gehen, fährt gerade eine schwarze Lincoln-Limousine davon. Corky flüstert mir zu, Ginger lasse sich als Star gerne herumchauffieren. Die Stimmung im Bus ist brillant. Ein harter Kern findet, in Manhattan angekommen, jetzt gehen wir aber noch zu Joe Allen und feiern. Corky und ich gehen auf ein paar Bier mit.

Am nächsten Tag erweist sich die Stimmung von Corky als nicht sonderlich gehoben.

„Ja, ja, du hast recht. Ich sollte zufrieden sein. Ich stehe auf der Bühne. Ginger ist wunderbar. Sie macht ihre eigenen Show. Wenn du Katharine Hepburn am Broadway in dieser Rolle gesehen hättest! Sie war Coco Chanel. Ginger ist Ginger. Sie hat sich schlicht geweigert, die für die Rolle der Coco von Cecil Beaton entworfenen Kleider à la Chanel zu tragen. Sie bringe ihre eigene Garderobe mit. Zum Schreien, wie die Ballettnummern, die persiflierte Modeschauen mit Chanel-Modellen sind, mit den püppchenhaften süss-farbigen Kleidern kontrastieren, die die Figur der Schöpferin der neuen Mode auf der Bühne trägt. Dem Publikum ist es egal. Hauptsache, Ginger wirbelt über die Bühne, singt und schwingt ihre Beine. Noch heute Abend. Dann ist Schluss. Ginger hat sich bloss für eine kleine Zahl von Aufführungen verpflichtet. Die Produzenten bezweifeln, für weitere

Aufführungen in der Provinz einen Star zu finden, der genau so zieht wie Ginger. Dann heisst es wieder stempeln und Taxi fahren."

„Deine Kolleginnen und Kollegen eine so muntere Meute."

„Von wegen. Nach der Vorstellung ist man aufgedreht. Und spielt sich selber etwas vor. Du bist total auf Jessie abgefahren. Das habe ich gesehen. Sie ist eine zweitrangige Schauspielerin, die …*

„Doch sehr, sehr sympathisch!"

„Tingelt als Sängerin in Nachtklubs rum und wirft sich jedem Produzenten an den Hals. Dann John – ja, ja, du darfst ihn durchaus sympathisch finden – hat ein ernsthaftes Drinking Problem. Bleibt immer hängen, vergisst seinen Text. Wäre vom Produzenten schon längst gefeuert worden, wenn es sich noch gelohnt hätte, eine Zweitbesetzung auf die Rolle einzufuchsen. Und wenn du dir vorstellst, wir verdienen super, du … – Heute letzte Vorstellung. Kommst du nochmals mit? Schaust du dir die Sosse nochmals an?"

Selbst beim zweiten Besuch reisst die Show mich mit. Sie ist perfekt, mit guter Musik, schmissigen und berührenden Liedern, einer spannend erzählten Geschichte. Selbst die eigenmächtige Darstellung der Coco durch Ginger Rodgers stört bloss den ein wenig, der ein Bild von der echten Coco Chanel in sich trägt. Ich bin nochmals total begeistert.

Nach der Vorstellung Konfusion in der Garderobe. Die letzten Lohnschecks werden ausbezahlt. Corky zeigt mir seinen. Ich staune. Frage, weshalb er neulich sich über die schlechte Bezahlung beklagt habe. Er habe nicht gesagt, die Bezahlung sei schlecht. Doch Ginger Rodgers bekomme unendlich viel mehr bezahlt. Alle packen ihre Habseligkeiten in Koffer. Dann werden an alle Geschenke verteilt. Jeder packt sein Geschenk aus. Ein billiges Eau de Cologne für die Damen, ein billiges After Shave für die Herren. Die Abschiedsgeschenke von Ginger Rodgers für ihre Leute.

„Sie hat eben einen billigen Geschmack," sagt jemand.

„Andere Stars schenken dem Fussvolk zum Schluss überhaupt nichts," kontert jemand anderes.

Corky fragt mich, ob ich Ginger Rodgers treffen möchte. Er habe gesehen, dass sie noch da sei, sich an diesem letzten Abend nicht so rasch aus dem Staub gemacht habe. Er klopft an Gingers Garderobentüre. Eine alte Frau streckt ihren Kopf raus. Corky flüstert mit ihr. Sie nickt. Corky winkt mir, ich solle näher treten. Wir treten in die Garderobe von Ginger ein.

Aus einem Meer von Kleidern, Blumen, Spiegeln tritt uns Ginger entgegen.

„Ginger, ich hatte dir erzählt von ihm, das ist er, der Freund aus der Schweiz, der eigens angereist ist, um …"

„Ich bin ja so entzückt sie kennenzulernen. Corky, du hast einen sehr, sehr charmanten Freund. Corky hat mir schon so viel von ihnen erzählt …"

„Miss Rodgers, ihre Performance war hinreissend, überwältigend …"

„Ehrlich? Es freut mich, dass sie …"

„Ich hatte sie letztes Jahr im Drury Lane in London, in ‚Mame' bereits gesehen …"

„Und, habe ich ihnen als Coco oder als Dolly besser gefallen?"

„'Mame'."

„Ach ja, ‚Mame‘ …"

Während wir uns unterhalten gibt Ginger nebenher ihrer Garderobenfrau kurze Anweisungen und schielt immer wieder kurz hin, wie diese ihre Koffern packt.

„Wo kommen sie her aus der Schweiz? Ich kenne die Schweiz gut."

„Aus Zürich."

„Aus Zürich! Emily, der junge Herr kommt aus Zürich! Ist das nicht fabelhaft! Ich liebe Zürich. Ich gehe da an der Bahnhofstrasse immer, nicht in das grosse Warenhaus und nicht in die noblen Geschäfte, doch in dieses kleine hübsche Geschäft daneben, wo sie diese perfekt sitzenden, absolut schönsten Hosen haben … Sie haben mir noch nicht gesagt, ob sie mich in ‚Mame‘ oder in ‚Dolly‘ besser fanden … Ich spüre, wir verstehen uns blendend. Ich würde mich gerne noch stundenlang mit ihnen unterhalten, doch …"

Wir verabschieden uns von Ginger Rodgers.

„Sie kann, wenn sie nicht so aufgedreht ist, sehr nett sein. Manchmal bekommt man bei ihr sogar das Gefühl, sie ist ein ganz normaler Mensch wie du und ich."

„Auf jeden Fall scheint sie an der Bahnhofstrasse die Nobelgeschäfte zu meiden und haargenau zu wissen, wo man billig einkauft."

Im Bus zurück nach Manhattan schwankt die Stimmung der Leute zwischen Katzenjammer und überdrehter Fröhlichkeit. Zurück in Manhattan schlägt Corky vor, die andern nicht noch ins Joe Allen zu begleiten. Am Schluss lägen nach diesen letzten Vorstellungen sich immer alle heulend in den Armen. Er hasse diese Momente.

Am nächsten Tag wird als Erstes Corkys Lohnscheck eingelöst, dann erklärt Corky, „und jetzt hauen wir auf die Pauke! Am Abend besuchen wir die Revival-Aufführung des Musicals ‚No, no, Nanette' im Forty-Sixth Street Theatre mit Ruby Keeler. Du kennst Ruby Keeler nicht? In den 30-er Jahren der grosse Star in Bushby Berkeley Musicals. Jetzt zum ersten Mal wieder auf der Bühne in einem Erfolgs-Musical aus den 20-er Jahren. Die Sensation!"

Ich staune, wie Corky nach einigen Telefonanrufen für die anscheinend ausverkaufte Vorstellung doch noch zwei Karten organisiert. Und wie sich herausstellt, erst noch beste Karten für einen sündhaft hohen Preis. Ich will zumindest diese Eintrittskarten bezahlen. Corky lehnt ab. Dann besteht er unbedingt darauf, vor der Aufführung essen zu gehen. Vor der Aufführung seien die Lokale weniger besetzt und es sei gemütlicher. Nach den Aufführungen sei in den Lokalen immer so ein Gedränge. Mir verschlägt es beinahe den Atem, als er tatsächlich das selbst mir als nobelstes Lokal für die Leute aus dem Show-Business bekannte Sardi's ansteuert und sich nicht vom Betreten dieses Lokals abhalten lässt. Es müsse gefeiert werden. Und wenn schon gefeiert werde, müsse richtig gefeiert werden. So sitzen wir prassend, bestens umsorgt in diesem legendären Sardi's mit all den Porträt-Skizzen von allen Berühmtheiten, die das Lokal besucht haben, an den Wänden. Ich schwelge in diesem ganz besonderen Groove. Corky stösst mich an.

„Diese Gesellschaft am Tisch dort hinten. Die Blondine, du kennst sie doch. Bloss diskret hinschauen. Nicht hinstarren. Das tut man hier nicht. Kennst du nicht? Sylvia Miles, aus dem Schlesinger-Film Midnight-Cowboy. Warte, ich stelle dich ihr vor …"

Corky steht auf, geht zum Tisch dieser anderen Gruppe, redet auf die Blondine ein, die über diese Abwechslung höchst erfreut zu sein scheint. Dann winkt er mich her. Stellt mich Sylvia Miles vor.

Beim Cognac angelangt, rauchen wir Zigaretten. Ich bitte Corky, den zweiten Aschenbecher (billige Plastikdinger mit dem Schriftzug Sardi's und der Zeichnung von zwei Masken aus Aufdruck) nicht zu benutzen. In einem günstigen Augenblick würde ich diesen zweiten Aschenbecher unbemerkt in meine Jackentasche gleiten lassen, als Andenken an diesen einmaligen Ort.

„Joey," spricht Corky unseren Kellner an, „mein Begleiter beabsichtigt, diesen Aschenbecher hier zu klauen. Nehmen sie ihn bitte mit, sonst wird er ihnen zum Schluss fehlen."

Ich bin peinlichst berührt und würde Corky am liebsten anschreien und fragen, was ihm einfalle, mich vor Dritten lächerlich zu machen. Doch mit Rücksicht auf den Ort und die Tatsache, dass Corky mich zu diesem sündhaft teuren Essen einlädt, hocke ich auf meinen Mund und schlucke meinen Ärger runter. Da erscheint Joey, der Kellner, mit einer braunen Papiertüte in einer Hand. Er überreicht mir die Papiertüte.
„Sardi's ist es eine Ehre, wenn die Gäste so begeistert sind, dass sie ein Andenken wünschen. Besten Dank!"

In der Papiertüte sind drei fabrikneue, bisher ungebrauchte Aschenbecher.

Die Aufführung von „No,no, Nanette' ist eine Wucht. Corky hatte nicht zuviel versprochen. Schmissige Musik, beste Lieder, witzige Geschichte und atemberaubende Darstellerinnen und Darsteller, allen voran Ruby Keeler, die als über Sechzigjährige steppt und singt, als ob das Alter ihr nichts anhaben könnte. Ruby Keeler wird beklatscht und spontan vom Publikum mit einer Standing Ovation geehrt. Nach der Aufführung öffnet Corky eine verbotene Türe und schon sind wir hinter der Bühne, gehen zu den Künstlergarderoben, wo viel Betrieb ist. Corky klopft an die Garderobentüre von Miss Keeler. Ich warte im Abseits. Er führt durch die einen Spalt geöffnete Türe ein Gespräch mit einer für mich nicht sichtbaren Person. Ruby habe gesagt, wir sollten draussen auf der Strasse beim Bühneneingang warten. Sie werde so schnell als möglich kommen, dann könnten wir gemeinsam einen Drink bei Joe Allen nehmen.

Wir stehen auf der Strasse vor dem Bühneneingang, etwas im Abseits von einem Pulk von Fans, die auf ihre Stars warten, um Autogramme zu erhaschen.

„Corky, ich bin platt! Was du mir alles bietest! Doch etwas verstehe ich nicht, wie kannst du deine Gage, von der du die nächste Zeit leben solltest, an einem einzigen Abend sinnlos mit mir verprassen!"

„Okay, ich bin verrückt! Der kleine Junge aus Scranton PA, der nie weiss, was der nächste Tag bringt, immer darum bangen muss, wie er sich über die Runden bringt, wenn er dann mal Geld in der Hand hat, dann muss gefeiert werden! Und wenn ich morgen aufwache, ohne Job, ohne Geld, Arbeitslosen Geld beantragen muss, Taxi fahre, wenn Kunden kommen, dann habe ich zumindest die schöne Erinnerung an das Schwelgen im prallen Leben! Obacht, da kommt sie."

Mitten aus einer kleinen Gruppe von Chorus Girls, die durch den Bühneneingang das Gebäude verlassen und für die die Fans eine Gasse Bilden, damit sie ungehindert ihren Weg gehen können, schält sich eine unauffällige Gestalt in einem Trenchcoat mit hochgeschlagenem Kragen heraus und kommt auf uns zu. Es ist Ruby Keeler. Ungeschminkt. Eine ganz normale Frau.

„Wenn ich mich nicht auftakle, erkennt niemand mich auf der Strasse. Und das ist auch recht so. Los, gehen wir ins Joe Allen auf einen Drink. Viel Zeit habe ich nicht …"

Tat Wala Baba in Rishikesch

Indien 1972

Überdruss, die Nase voll, keinen Bock auf nichts. Gibt es denn nichts anderes auf dieser Welt, als diesen ausgeleierten, sich ständig perpetuierenden Alltag? Wenn ich nicht endlich etwas unternehme, frisst das Leben mich auf. Ausbrechen, Aufbrechen ... Meist bleibt man liegen, giesst etwas Wein nach und vollführt seine Purzelbäume bloss in seinen Träumen. Tatsächlich? Irrtum! Indien ist angesagt. Abreise am 12. Juli 1972. Am 17. August 1972 Ankunft in Rishikesh.

Wo, zum Teufel, liegt Rishikesh? Weshalb, bei allen guten Göttern, ist Rishikesh eine Erwähnung wert? Mahareshi Yogi hat sein Ashram in Rishikesh. Die Beatles pilgerten nach Rishikesh. Das Ashram von Shivananda ist in Rishikesh. Rishikesh liegt am Oberlauf, demzufolge in der Nähe der Quelle des Ganges ...

Dehli, Hardwar, Rishikesh, eine lange Bahnfahrt. In unbequemen Zügen, in gemächlich durch die Landschaft tuckernden Zügen. Auf harten Holzbänken. Doch daran hatte man sich längst gewöhnt. Und von Sehenswürdigkeiten ist man bereits übersättigt. Man hat sie alle gesehen, die Tempel und die Skulpturen und die Friese und die Malereien ...

Bereits am Bahnhof stosse ich auf einen Amerikaner, Bob. Ein blonder, braungebrannter, hochgewachsener, junger Typ, der gleich losplätschert. Mit verwaschener Aussprache. Total high. Er komme direkt aus L.A.. Sich vorzustellen, was für ein Wahnsinnstrip das sei, L.A. – Rishikesch! Zuerst verstehe ich bloss Bahnhof. Ich bin zu naiv. Er richtet sich auf und atmet tief ein.

„Kannst du dir vorstellen, was es bedeutet, nach Jahren den Ort zu erreichen, nach dem man sich schon immer gesehnt hat?! Ich lebte ein paar Jahre in der Wildnis. Meine Hanfpflanzen waren die höchsten, bis zu sechs Metern hoch. Kannst du dir diesen schönen Anblick vorstellen? Ich war stolz darauf. Während des Tages setzte ich mich der sengenden Sonne entgegen auf das Flachdach des Hauses, fixierte die Hanfpflanzen und versuchte, durch mein Denken ihre Kraft auf mich zu übertragen. Dann wieder setzte ich mich bolzengerade im Schneidersitz in den Garten. Ich esse nichts mehr. Die Verdauung von Speisen setzt mit den Rückständen der Rauschmittel in meinem Körper chemische Reaktionen frei, so dass mir übel wird. Bis mein Organismus wieder rein ist, faste ich."

Irgendwo ein Wegweiser: Swiss Cottage. Von der Teerstrasse die Böschung runter, in den kleinen Dreckweg, überwuchert von üppiger Vegetation, eingebogen. Ein Gartentor, ein Zaun, ein grosser Garten, darin ein konventionell gebautes Steinhaus und ein paar Rundhütten aus Weidengeflechten und Strohdächern. Ein klappriges Pferd frisst von kargen Grasbüscheln, die aus der Erde spriessen. Ein Äffchen turnt auf dem Rücken des Pferdes herum. Dann kommt ein Mönch, in rostrotem Mönchsgewand. Er ist schlank. Er lächelt. Er trägt eine Brille mit runden Gläsern. Er hält seinen Kopf leicht schief und sagt sanft, bedaure, leider ist kein Zimmer frei. Ich bin enttäuscht. Nach den Wochen weit weg von der Schweiz hat der Name dieses Ortes meine Sehnsucht geschürt.

„Sie sind Schweizer? Bedaure, es ist tatsächlich kein Zimmer frei. Doch einen Schweizer schicke ich nicht weg. Ich werde mir etwas einfallen lassen. Treten sie ein."

Dann wird mir in der Rezeption des Hauptgebäudes eine Schlafstelle eingerichtet, vor der Truhe, in der mit grossem Vorhängeschloss die Wertgegenstände eingeschlossen werden. Doch steht meine Schlafstelle mir erst nach Einbruch der Nacht zu Verfügung und nach dem Morgengrauen muss ich den Platz wieder räumen. Ist mir recht. Hauptsache, ich komme wo unter.

In der Rundhütte wohnen zwei österreichische Medizinstudenten, die auf dem Landweg hergekommen sind. Dann wohnt auf dem Gelände noch ein Schwede, der Hindi lernen möchte. Ein Franzose, der nicht weiss, weshalb er da ist und auch nicht zu wissen scheint, wo er sich gerade befindet. Als er von zu Hause abgereist sei, habe er eigentlich nach Marokko gehen wollen. Auch ich rauche immer wieder in der Runde Hasch. Die Österreicher haben den Stoff aus Afghanistan mitgebracht.

Das Äffchen treibt seinen Schabernack, hangelt von Ast zu Ast und tritt mit einem oder beiden Füssen von Zeit zu Zeit auf einem der Köpfe der Herumsitzenden ab. Grillen zirpen, Vögel zwitschern, im Nachbarhaus musizieren die Mönche. Rhythmische Musik mit Trommeln und Tamburin. Dazu singen sie. Die Welt scheint in Ordnung. So friedvoll.

Der Schwede, der Hindi lernt, klärt uns darüber auf, dass kal gleichzeitig gestern und morgen bedeute. Zu viel und viel sei ebenfalls das gleiche Wort.

In der Baracke wohnt Achtfinger-Eddy. Ihn und seine Begleiterin sieht man selten. Man redet nie mit ihnen. Gelegentlich legt er sich zum Bräunen vor die Baracke. Er soll LSD haben.

Wir rauchen gemeinsam einen Schalon Shit. Ich bin total beduselt und kriege schrecklichen Hunger. Wir lachen unendlich viel.

Swami Brahmanandi besitzt das Swiss Cottage und ist einmal in der Schweiz gewesen. Das Geld zum Bau dieses Gästehauses hat er von einer Schweizerin erhalten. In der Schweiz könnte er nie leben, sagte er. Dort herrschten nicht die richtigen Schwingungen. Und überdies fehle ihm dort die Sonne.

Wir rauchen wieder Shit. Der Franzose bringt Opium. Auch das rauchen wir. Die Österreicher sagen, anstatt auf die Leber schlagen diese Räusche auf die Synapsen (Kommunikationspartikel zwischen den Nervenzellen; durch Shit verlangsamt, bei mässigem Genuss bloss beeinflusst, sonst geschädigt).

„Sind sie nicht ulkig, diese Höcker, die diese weissen Kühe haben. Hast du schon einmal einen dieser Höcker berührt? Fühlt sich an wie die Brust einer Frau."

Wir jagen weissen, indischen, heiligen Kühen nach und versuchen nach deren Höcker zu greifen. Wir lachen uns beinahe zu Tode. In der hintersten Stube der Sikh-Wirtschaft lassen wir uns Essen auftragen und lachen auch darüber. Der ein wenig Englisch sprechende Sikh-Junge versucht, uns unsere Armbanduhren abzukaufen. Er bietet uns einen Spottpreis. Wir feilschen zum Spass um unsere Uhren und lachen wieder wie verrückt. Plötzlich breitet sich Müdigkeit aus. Wie ein Nebel sinkt sie auf uns nieder. Sie drückt uns beinahe zu Boden. Nichts wie los, zurück ins Hotel. Wir lachen nicht mehr. Wir verlaufen uns beinahe, als wir aus dem fahlen Licht der Hauptstrasse in den schwarzen Weg zwischen schwarzen Büschen und Hütten abzweigen. Wir verzweifeln beinahe.

Es ist heiss. Viele Mücken. Wir rauchen. Gleich nach dem Frühstück beginnen wir damit und warten danach bloss noch bis es Zeit zum Nachtessen ist. Um Sechs stellt man erstaunt fest, dass der Tag vorüber ist und man sich nicht gelangweilt hat. Müssiggang, Nichtstun. Manchmal Spaziergänge. Das Zusammensein ist gut.

Swami Brahamanda missbilligt unser Rauchen aus tiefster Seele. Jedes Mal, wenn er an uns vorüber geht, wirft er uns böse Blicke zu. Hingegen freut er sich sehr, als wir ihn über Meditation ausquetschen. Er berichtet uns von einer Eremitin in den Bergen. Den Weg würden wir nicht alleine finden. Wir hätten mehrere Stunden durch unwegsames Gebiet in die Berge zu gehen, um zur Höhle der Eremitin zu gelangen. Er arrangiert uns einen Führer, der uns in aller Früh abholt. Ausgangs Rishikesh kaufen wir für die Eremitin auf Anweisung des Führers frische Früchte. Dann sind wir zwischen drei und vier Stunden mit dem halbwegs schwierigen Aufstieg zur Höhle beschäftigt.

Uma Shankar Ananda. Sie lebt seit sechs Jahren in der schwer zugänglichen Höhle in den Bergen. Sie verspürt kein Bedürfnis mehr, ihren Alltag mit anderen Menschen zu teilen. In der Abgeschiedenheit ist sie der Wahrheit und der Unendlichkeit näher, sagt sie. Sie hatte als Deutsche in Deutschland gelebt, Kunst studiert, entwarf dann Nippes für Rosenthal. Eine Freundin hatte sie überredet, vom Studentinnenheim in ein Kloster überzusiedeln. Sie hatte Bücher von Shiwananda gelesen und mit ihm einen Briefwechsel begonnen. Als der Abt des Klosters die Schriften mit indischer Philosophie entdeckte, schmiss er sie aus dem Kloster. Shiwananda lud sie nach Indien ein. Ihre Familie verstand die Welt nicht mehr. Sie reiste für drei Monate nach Indien. Sie blieb dann sechs Jahre im Ashram von Shiwananda. Dann entdeckte sie die Höhle, in der sie heute lebt, und baute sie sich aus. Seit sechs Jahren wohnt sie nun schon in der Höhle. Gehüllt ist sie in Stofftücher, die mit Metallketten zusammengehalten werden. Ihre Stirne ist mit ausgebranntem Russ gestrichen. Die verfilzten Haare trägt sie zu einem Knoten am Hinterkopf gebunden. Sie zählt 36 Jahre. Scharf geschnittene Gesichtszüge. Keine Falte im Gesicht. Strahlend weisse Zähne. Eine fröhliche, gesunde Frau. Bereitwillig erzählt sie von ihrem Alltag in der Höhle. Das Brüllen der Leoparden, die Skorpione, der Frosch, die Schlange. Wie nichtig erscheinen einem da mit einem Mal die eigenen Alltagssorgen, wenn man die Worte dieser Frau vernimmt, deren einziges Streben die unendliche Wahrheit ist. Zuerst tasteten wir uns gegenseitig ab. Sie beobachtete uns schweigend. Wir stotterten Höflichkeitsfloskeln und begannen eine artige Konversation. Dann schmolz das Eis und es herrschte eine aufgeräumte, ungezwungene, freundschaftliche Stimmung. Sie zeigte uns ihre Skulpturen, die sie anstelle von Möbelstücken aus dem Fels gehauen hatte. Auf einem Wasserbecken ein Hirsch. Ein Ganescha. Den Peryar, der als Wächter mit bestimmter Hand- und Fusshaltung Fremde von der Höhle fernhält.

„Ich habe ihn dreimal überarbeitet. Zuvor hatte er zu wenig Kraft gehabt."

Mitten in der Höhle steht ein Nandi-Stier. In die Wand gehauen ein Shiva mit Nandi-Stier. Unzählige Skulpturen und Reliefs.

Nachdem wir uns von ihr verabschiedet hatten, zeigt uns der Führer den Weg zu einem indischen Guru in den Bergen, ebenfalls in einer Höhle: Tat Wala Baba Mahavir Das. Während wir hangaufwärts keuchen, kommt uns beschwingt ein älterer Inder entgegen. Verklärter Blick, Oxford-Englisch.

„Innert fünf Jahren führte ich zum zweiten Mal ein Gespräch mit Tat Wala Baba. Er gibt einem unendlich viel. Er ist einer der grössten Denker."

Wir amüsieren uns. Schön, dass er das denkt. Mag jeder denken, was er möchte.

„Das Leben wäre so herrlich einfach, wenn man seinen Guru fände, wüsste, das ist mein Guru, jetzt habe ich mein Ziel erreicht, mein Guru wird die Dinge schon richten und mir sagen, wo es lang geht."

„Und wenn er dir überdies klar macht, dass das Glück in einer Höhle liegt und im Alleinsein und in der Sublimation jeglicher Sinnlichkeit und du nie, nie, nie mehr wegen ein wenig Sex – was hat Sex schon zu bedeuten – ganze Nächte durchzuwachen, all deinen Charme und all deine Überredungskünste aufzuwenden brauchst ..."

„Und keine Lust mehr auf all den Krempel, den man sonst so gerne kauft, gierig rafft. Und damit all das möglich ist, schuftet man wie drei Pferde gleichzeitig, um an das Geld ranzukommen, das man dafür braucht. Wenn der Guru dir deine schrecklichen Gewohnheiten allesamt aus deinem Schädel redet ..."

„Dir deine Flausen austreibt ..."

„Und dich in die totale Freiheit zwingt, dann ..."

„Ja, dann wäre selbst ich bereit, dem Guru zu folgen."

„Tatsächlich?"

Wir lachen uns beinahe zu Tode und dann hat jemand die Idee, dass von den Drogen her ein Flashback uns ereilt habe. Flashbacks tauchten selbst dann auf, wenn man sich selber dessen nicht bewusst ist. Plötzlich ist der Rausch wieder hier. Unser Führer wirft uns missbilligende Blicke zu und wir wissen, dass wir uns kindisch verhalten. Die Seriosität des Führers vergällt uns die Freude an unserem Übermut. Ohne es wirklich zu wollen, werden wir ernst. Doch in der Ernsthaftigkeit wird uns die Vorstellung der Eremiten in den Bergen noch unerträglicher. Wenn man sich lustig macht über eine Sache, macht man sich lustig und damit hat es sich. Doch wenn man ernsthaft in die Argumente dafür und dawider einsteigt, dann spürt man seine Abwehr und kann nicht anders, als das ablehnen, was einem als Leben nicht nachvollziehbar erscheint. Zumindest aber scheint es diesen Guru zu geben. Der Führer lockt uns nicht bloss in einen Hinterhalt, um uns dann mit Kumpeln, die sich versteckt halten, auszurauben, abzumurksen und alles Wüste.

Nach ein paar Minuten gemütlichem Spazierweg, links vom Weg ein Abhang, eine kleine Schlucht, rechts ein Felsen, der Eingang zu einer Höhle. An einem Baum befestigt ein einfaches Schild mit Beschriftung in zwei indischen Idiomen und auch auf Englisch: Tat Wala Baba, Sprechstunde 10 – 11 und 14 – 15.

„Mist, wir haben es knapp verpasst!"

„Warten wir so lange?"

„Gehen wir zurück ins Hotel, warten wir im Hotel, bis es Abend wird, und so weiter ... Weshalb nicht hier warten. Ist eine Abwechslung."

Wir nehmen den Ort in Beschlag, lümmeln uns in der Gegend herum, bereit uns breit zu machen. Vielleicht ein Bad im Bach in der Schlucht?

„Du, dort ist er!"

Ein nackter Mann steht im Wasser. Ein Inder. Dunkle Haut, muskulöser Körper. Im besten Alter. Er hat uns noch nicht gesehen. Er wäscht ein weisses Tuch, das Tuch, das er sonst wohl um seine Lenden schlingt. Mit einem Mal werden wir ruhig, ehrfürchtig ruhig sogar und, verflixt, man spürt die Nähe des heiligen Mannes, ob man es möchte oder nicht. Da ist etwas.

„Findest du nicht auch, da ist etwas?"

„Sag bloss, es hat dich erwischt!"

Wir flüstern bloss noch und starren in die Schlucht, wo der nackte Mann im Wasser stehend sein Tuch wäscht.

„Das hat so etwas Archaisches. Wie blöd schauen wir im Vergleich aus, verschwitzt, gehetzt, bekifft und dumm grinsend, wie Jungs, die irgend einen Schabernack treiben."

„Ach wo, ich amüsiere mich!"

„Ich auch!"

„Ich auch!"

Gemeinsam sind wir stark und wissen, wohin wir gehören. Schlussendlich sind wir uns unserer Sache absolut sicher. Interesse, Offenheit ja. Für Drogen, für Philosophien, für alles, doch alles hat seine Grenzen. Ja, es hat seine Grenzen. Darüber brauchen wir uns nicht zu streiten. Wir sind wir und sie da sind sie da. So einfach ist es. Und mit einem Mal sind wir uns auch gar nicht mehr sicher, ob wir die Sprechstunde des Tat Wala Baba abzuwarten brauchen. Wir haben ihn gesehen. Das hat gereicht. Der Eindruck ist positiv. Er sieht nicht schlecht aus und scheint bei seinem Eremitenleben keinen Schaden genommen zu haben.

„Ich frage mich bloss, wie er bei dieser Ernährung solche Muskeln bekommt. Vielleicht ist sein Vegetarismus bloss eine Schau und in Wahrheit pilgert er von Zeit zu Zeit, regelmässig, vielleicht pro Woche einmal oder gar jeden zweiten Tag ins Dorf in ein Restaurant, und danach in ein Puff ..."

„Ja, in das Puff. Wie ein einsamer Wichser schaut er überhaupt nicht aus. Er braucht mir nicht einzureden, er sei der einsame Wolf. Nein, so schaut er nun überhaupt nicht aus. Er ist doch ein Charmebolzen. Schau ihn dir an. – Verdammt, er kommt her ..."

Wir verstummen. Er hat sein Lendentuch nun um seine Hüften geschlungen und kommt lächelnd auf uns zu. Wir verstummen, treten von einem Fuss auf den andern, leben unsere Verlegenheit voll und ganz aus, obwohl wir sie so gut als möglich zu verstecken versuchen. Auf jeden Fall glauben wir, dass niemand uns ansieht, wie verlegen wir sind. Und vor allem sind wir ja absolut sicher, dass er nicht mitbekommen hat, worüber wir uns soeben noch unterhalten haben. Wie soll ein Inder Sprachen beherrschen. Bisher haben wir noch kaum einen Inder getroffen, der sich mit uns frei und ungehindert unterhalten konnte. Immer hatte es bisher an der Beherrschung der Sprache gehapert. Der hübsche Guru spricht uns locker und lächelnd an. Deutsch beherrsche er leider zu wenig, um sich mit uns in unserer Sprache zu unterhalten. Er spreche Englisch, Französisch, Italienisch und ein wenig Spanisch. Welche Sprache wir vorzögen. Wir sind platt.

„Sie werden sich einige Zeit gedulden müssen, bis der Meister kommt. Inzwischen kann ich ihnen etwas Wasser reichen. Das ist alles, was ich ihnen anbieten kann. Es ist sauberes Wasser. Quellwasser. Ach, sie haben mich für den Meister gehalten! Ich bin bloss sein Schüler."

Er holt aus der Höhle einen Wasserkrug und eine Trinkschale. Lächelnd und dennoch unser Tun missbilligend, klärt er uns darüber auf, dass wir die Schale nicht mit unseren Lippen in Berührung bringen sollten.

„Halten sie die Schale etwas über ihren Mund und giessen sie das Wasser aus der Schale in ihren Mund. So bleibt die Schale sauber und kann von allen benutzt werden."

Das Trinken auf diese Art und Weise bereitet uns vorerst etwas Mühe. Wir verschlucken uns, prusten los vor Lachen, spucken Wasser aus. Der Schüler des Guru macht es uns vor, wir ahmen ihn nach, er korrigiert uns und wir lachen viel zusammen. Wir fragen ihn, seit wann er denn Schüler des Meisters sei.

„Seit fünf Jahren nun lebe ich in dieser Höhle. Der Meister selber wohnt in einer Höhle, die sich dahinter befindet. Ich diene ihm und er leitet mich in Meditation an. Er führt mich auf den richtigen Weg."

„Ehrlich, seit fünf Jahren?"

„Was ist daran so erstaunlich?"

„Wie soll ich mich ausdrücken. Wir könnten dieses Gespräch in einer Bar in einer Grossstadt in Europa führen. Klar, sie würden einen Anzug tragen und alles, was dazu gehört. Sie würden nicht weiter auffallen. Sie wären ein Banker. Oder sonst irgendein Geschäftsmann, Rechtsanwalt. Sie sprechen unzählige Sprachen. Sie sind es gewohnt, diese Sprachen zu sprechen, sonst verlernen sie sie. Es bereitet ihnen Spass, diese Sprachen zu sprechen. Langweilen sie sich denn nicht hier? Mit wem sprechen sie? Womit verbringen sie ihre Zeit?"

„Ich meditiere."

„Sie hinterlassen mir nicht den Eindruck eines Menschen, der abgehoben hat und in irgendwelchen höheren Sphären herumflattert."

„Weshalb sollte ich? Ich meditiere. Sie entschuldigen mich ..."

„Mich würde interessieren, wie sie gelebt haben, bevor sie hierhergekommen sind? Welchen Job hatten sie gehabt? Hatten sie eine Familie?"

„Ich führte zuvor ein anderes Leben. Das ist richtig. Doch nun meditiere ich und was früher war, ist vorbei."

„Ich möchte ihnen nichts unterschieben, doch womöglich haben sie eine Familie zurückgelassen, kleine Kinder ..."

„Ich meditiere. Sie entschuldigen mich. Vor der Sprechstunde muss ich noch etwas meditieren."

Der Schüler des Meisters verschwindet. Einer sagt, „ich glaube, ich träume". Ein anderer sagt, „er nimmt uns alle zusammen auf den Arm".

„Dieser Typ ist doch so normal wie du und ich. Und wenn er sagt, ich meditiere, dann ist das, als ob wir sagen würden, ich behandle einen Patienten, oder, ich redigiere ein Urteil. Das hältst du im Kopf nicht aus. Der passt doch überhaupt nicht in die Pampa. Er ist ein Stadtmensch. Mit ihm würden wir Bier saufen und uns gewaltig amüsieren."

Wir verstehen die Welt nicht mehr. Wir werden zu laut. Der Schüler des Meisters zeigt sich kurz am Eingang der Höhle und bittet uns, etwas ruhiger zu sprechen. Wie kleine Jungs, denen man sagen muss, wie sie sich zu verhalten haben. Jeder versucht das Widersprüchliche für sich selber einzufangen und mit dem Erlebten selber klar zu kommen. Wir sind wie die Clowns, wie die Hanswurste, wie die Spassmacher, wie die Narren. Und weshalb sollen wir nicht wie die Narren sein. Gibt es ein Argument, das den Tod des Narren bedeutet. Der Narr ist der Narr ist der Narr und ich bin ich und der Schüler des Meisters ist der Schüler des Meisters, doch zwischen mir und dem Schüler des Meisters ist ein himmelweiter Unterschied, dass ich neben dem Schüler des Meisters klein und hässlich bin, ein unbedarfter Ignorant, ein Dilettant, ein tumber Tor. Und genau das möchte ich nicht sein. Denn ich bin ein ernsthafter Mensch. Auch ich strebe nach dem Höheren, nach der Königsstrasse. Die Mystik und die Meditation. Bin ich nicht in einem Kloster aufgewachsen, auf einem Areal, das vor der Aufhebung der Klöster in unserer Gegend ein Kloster gewesen war. Das Klosterleben, die Vorstellung der Abgeschiedenheit hatte mich schon immer abgestossen, doch gleichzeitig auch angezogen. Meditation hier oder dort. Vielleicht sollte man es wagen.

Der Schüler des Meisters tritt leise zu uns. Er hat in der Zwischenzeit die Höhle gewischt, Strohmatten ausgebreitet, damit die Ratsuchenden sich nicht auf die blosse Erde zu setzen brauchen. Wir schrecken jeder aus seinen eigenen Gedanken auf, stehen auf und gehen hin zu ihm, weg von dem Baum, an den jeder von uns im Sitzen angelehnt war.

„Setzt euch hierher. Es wird noch etwas dauern, bis der Meister kommt. Er wird durch jene Öffnung dort die Höhle betreten. Seid ruhig, sammelt euch, versucht zu meditieren, alles abzuwerfen, was ihr mit euch herumschleppt. Doch wenn der Meister kommt und das Wort an euch richtet, dann redet frei von der Leber weg. Ihr braucht den Meister nicht zu fürchten."

Wir sitzen hier und warten. In eine Wand der Höhle ist eine Bank gehauen. An der gegenüber liegenden Wand befindet sich die Öffnung, durch die der Meister die Höhle betreten wird. Ein Lichtschacht, ein paar Stufen in den Fels gehauen. Als Schatten im Flutlicht tauchen mächtig die Umrisse eines grossen und starken Mannes auf. Langsam bewegt sich die Gestalt von der Seitenöffnung der Höhle zur Bank hin und verliert die dunkle Schattenhaftigkeit, je mehr sie in die relative Dunkelheit tritt. Ein alter Mann, jedoch gross, kräftig und ohne Falten auf seiner straffen Haut. Er sieht wie Siebzig aus, doch gleichzeitig ist sein Körper fest, nicht im Geringsten welk. Sein graues Haupthaar ist zu einem Zopf verfilzt, der ihm bis zu den Fersen reicht. Er schreitet bedächtig auf die Bank zu, setzt sich und schaut uns lange stumm an, bevor er in einer indischen Sprache zu sprechen beginnt. Sein Schüler sitzt zu seiner Seite am Boden im Schneidersitz. Er übersetzt uns die Worte des Meisters. Höflichkeitsfloskeln, die üblichen Fragen nach dem Woher, dem Wohin. Ich halte diese Belanglosigkeiten nicht mehr aus. Ich versuche, einen Satz zu formulieren, doch dann platzt es, die anderen Gespräche unterbrechend, aus mir hervor, Meister, nehmen sie mich als ihren Schüler an, bitte!

„Nein."

Er denkt sich bestimmt, wieder so ein bekiffter Westler, der einem irrealen Traum nachjagt, sich von der Laune einer Stimmung verführen lässt. Doch er täuscht sich, ich weiss, was ich tatsächlich will!

„Ihre Bereitschaft, mein Schüler zu werden, ist hier entstanden. Dieser Ort befördert solche Entschlüsse. Es ehrt mich, dass sie den Wunsch äussern, mein Schüler zu werden. Erzählen sie mir von ihrer Wohnung, ihrer Familie, ihrer Arbeit, bitte."

Ich erzähle ihm und ich erkläre ihm, wie wenig mir an all dem liegt, was ich zu Hause besitze. Ich versuche, ihm verständlich zu machen, dass ich bereits längere Zeit auf der Suche nach etwas bin, das ich bisher nie benennen konnte. Weshalb hätte ich es auch benennen sollen, da ich ihm noch nie begegnet war. Der Entschluss, mein bisheriges Leben hinter mir zu lassen, sei durchaus nicht erst in Indien entstanden, schon lange vorher gewachsen. Doch hier erst hätte ich entdeckt, wonach ich zeit meines Lebens Sehnsucht gehabt hatte. Nach einer Geborgenheit in der Natur und in der Welt der Gedanken und des Gefühls.

„Ja. Ich respektiere ihren Entschluss. Haben sie ihre Wohnung in der Schweiz bereits gekündigt? Haben sie ihren Eltern, ihren Freunden gesagt, dass sie nach Indien gehen und dort bleiben werden? Sich ordentlich von ihnen verabschiedet? Haben sie sich ordentlich abgemeldet auf dem Einwohneramt? Sehen sie, darum geht es. Sie haben eine Reise auf Zeit unternommen. Sie müssen noch einmal nach Hause zurückkehren, alles regeln und dann die Reise unternehmen, von der sie vielleicht nicht mehr zurückkehren werden. Sie können das alles nicht den Anderen überlassen. Sie selbst müssen alles regeln und vorbereiten. Wenn sie wieder kommen, aus der Schweiz, dann nehme ich sie liebend gerne als mein Schüler an."

Ich weiss, mein Ziel ist Rishikesh. Ich werde nach Rishikesh zurückkehren. Alles ist sonnenklar. Die Rückkehr nach Zürich ist reine Formalität. Der Aufenthalt wird genau so lange dauert, wie es braucht, um eine Wohnung aufzulösen, um Abschied zu nehmen, um alles zu regeln. Schliesslich träume ich nicht. Ich bin aufgewacht aus dem Traum. Rishikesh ist eine Wirklichkeit.

„Noch ein Bier, fragte Wolf in der Commercio-Bar in Zürich und ich antworte ihm, „du, was kümmern mich deine Trinkgewohnheiten. Begreifst du denn nicht, ich habe Wahrheiten kennen gelernt, von denen du nicht die geringste Ahnung hast."

„Bringen sie ihm noch ein Bier", fordert Wolf den Kellner auf.

Dass diese Leute hier nicht begreifen wollen, wie wenig mich die Dinge hier noch etwas angehen. Ich gehöre nicht mehr zu dieser Welt.

„Ich habe in Indien diesen Guru getroffen, Tat Wala Baba - ."

„Wen? Entschuldige, das hätte ich nie von dir erwartet. Von dir nicht."

Später behauptet Wolf, er hätte mich nach Hause gebracht. Er hätte mich stützen müssen, weil ich zu sehr geschwankt hätte. Und mit einer Hand hätte er mir meinen Mund zuhalten müssen, weil ich aus vollster Kehle gesungen hätte, schrecklich falsch. Die Leute hätten aus den Fenster geguckt und Ruhe geschrien. Doch das stimmt nicht. Wolf war genau so besoffen gewesen. Er hat nämlich mitgesungen. Und nicht er hat mich gestützt, sondern ich ihn. Er schwankte und ist beinahe vom Gehsteig gestürzt. Dass die Leute einem nie glauben wollen. Nie wollen sie einem glauben. Tja, Tat Wala Baba - . Ich würde den ganzen Krempel am Liebsten hinschmeissen und zu Dir nach Indien in die Berge ziehen, bloss noch meditieren, wenn nicht ...

Strandung in Jacmel

Haiti 1974

Das Flugzeug, von Pointe-à-Pitre nach Miami, mit Zwischenlandungen in St. Marteen und Port-au-Prince, ist gut besetzt. Ich bekomme mit, dass kaum jemand in Port-au-Prince aussteigen wird. Das Flugzeug landet in Port-au-Prince. Es rollt auf der Landebahn aus, wendet in Richtung Flughafengebäude, dreht ab, um seinen Standplatz auf dem Tarmac zu erreichen. Ich sitze mit Blick auf das Flughafengebäude im Flieger, sehe viele Menschen auf der Aussichtsterrasse. Da zerreisst eine jauchzende Kinderstimme die Stille im Flieger. „Schau, Mama, auf Haiti leben auch Menschen! Und dort ist Papa!"

Ich sitze im Taxi zum Hotel. Ich entdecke ein durch den belebten Verkehr rollendes einsames Autorad. Fahrrad-, Motorradfahrer und Fussgänger weichen geschickt aus. Bevor ich in der Lage bin, das erhaschte Bild zu bedenken, kippt das Taxi mit Holterdipolter und metalligem Schrillschlieren in Fahrtrichtung nach vorne links und schliddert, wegen des fehlenden linken Vorderrades, führungslos nach links in Richtung Strassengraben, während links und rechts Menschen zur Seite springen. Nachdem das Vehikel stillsteht, steigen der Fahrer und ich aus, besehen die Bescherung. Der Taxifahrer wendet sich sogleich um, hält ein anderes Taxi an, palavert mit dessen Fahrer, bittet mich, in diesem anderen Taxi Platz zu nehmen und lädt meinen Koffer um. Die Annahme einer Bezahlung verweigert der Taxifahrer. Ich muss ihm den für mich geringen Betrag richtiggehend aufdrängen.

Inzwischen bin ich bereits über eine Woche auf Haiti und in Port Haitien, ganz im Norden der Insel. Auf dem Flugplatz. Um präzise zu sein, auf dem Flugfeld, vor dem bescheidenen Flugplatz-Gebäude, auf einem leeren Gepäckwagen sitzend. Warte auf das Flugzeug. Zusammen mit anderen Leuten, die da und dort stehen. Die Formalitäten sind erledigt. Die Einstiegskarte enthält keine Angabe von Sitzreihe und Platznummer. Ich suche den stahlblauen Himmel nach einem dunkeln Fleck ab, der sich beim Näherkommen als Flugzeug im Landeanflug entpuppen könnte. Ich wundere mich, dass immer mehr Menschen aus dem Gebäudeinnern auf den in eine angenehme Morgensonne getauchten Platz strömen. Meines Wissens hat die Air Haiti, mit der ich bisher noch nie geflogen bin, im innerhaitianischen Verkehr bloss kleine Maschinen im Einsatz. Ich mache mir keine Sorgen. Ich habe ja meine Einstiegskarte. Von Port-au-Prince war ich auf dem Landweg mit unmöglichsten Vehikeln auf abenteuerlichste Weise bis nach Port Haitien gereist und hatte mir geschworen, mich die Rückreise etwas mehr kosten zu lassen, mein Reisebudget etwas zu strapazieren und bequemer zu reisen. Die planmässige Abflugzeit ist verstrichen. Am Horizont zeichnet sich kein auch noch so kleines Flugzeug ab.

Dann aus der Ferne ein leises Brummen von Motoren. Aus dem Himmel sticht ein kleiner Blechvogel auf die Start- und Landepiste runter. Der Blechvogel wird auch nicht grösser, als er ausrollt und vor dem Flughafengebäude zum Stehen kommt. Die Propeller hören auf zu drehen. Kaum droht von den Propellern keine Gefahr mehr, stürzen sich unzählige Menschen auf die seitlich hinter dem Pilotensitz gelegene Eingangstüre der Maschine.

Der Pilot, ein weisshäutiger, blonder, junger Mann öffnet von Innen die Kabinentüre, fährt die eingebaute Treppe aus, befestigt die Handläufe und lässt zwei, drei Passagiere aussteigen, die er mit Lächeln und Kopfnicken verabschiedet. Dann herrscht er den Pulk von das Flugzeug stürmen wollenden Passagieren ruhig und mit fester Stimme an. Heisst sie zurückzutreten. Jeder komme heute noch nach Port-au-Prince. Er werde mehrmals fliegen. Ein Flughafenangestellter reicht ihm Papiere. Der Pilot wirft einen Blick darauf, liest, überlegt.

„Ich werde heute viermal fliegen. Ich rufe die Namen derer, die bei diesem ersten Flug mitkommen, schön der Reihe der Passagierliste nach auf. Sie können dann einsteigen …“

Ich habe meinen Flug erst am Vorabend reserviert. Denke spontan, Scheisse, dann bin ich dazu verdammt wohl erst am späten Nachmittag nach Port-au-Prince zu kommen. Der Pilot hat aufgehört zu reden, sieht die Passagierliste nochmals durch.

„Wär isch da hiè Schwiizer?“, fragt er in breiter berndeutscher Mundart. Ich glaube zu träumen. Er lacht mich an. Landsleute treffe er hier selten. Ich solle gleich reinhüpfen. Auf den Platz neben seinem, dem Pilotensitz. Neidische Blicke der anderen. Die Menge raunt. Acht weitere Personen können einsteigen. Dann wird die Treppe eingefahren, die Kabinentüre geschlossen. Der Pilot setzt sich. Startet den Motor. Propeller beginnen sich zu drehen, langsam erst, dann immer schneller, bis die Rotorenblätter nur noch als vage Scheibe wahrzunehmen sind. Das Flugzeug rollt auf die Rollbahn, brescht mit zunehmender Geschwindigkeit der asphaltierten Rollbahn entlang, bis es abhebt. Wir sind unterwegs nach Port-au-Prince.

„Was hat sie hierher verschlagen," frage ich den Piloten.

„Das ist schnell erzählt. Ich habe studiert und mich schon immer für die Fliegerei interessiert. Um in der Schweiz als Pilot beruflich einzusteigen, war ich zu spät dran. Nach Abschluss des Studiums hat es mir gestunken, als Ökonom eine Stelle zu suchen. Ich hatte etwas Geld gespart und leistete mir in Amerika die Ausbildung zum Jet-Piloten. Dann habe ich diese Stelle hier als Chef-Pilot der innerhaitianischen Linie bekommen. Kein fulminanter Job. Keine Jets. Bloss diese klapprigen Kisten. Immerhin kann ich fliegen und geniesse hier eine Freiheit, wie ich sie sonst nirgends haben könnte. – Übrigens, haben sie in Cap Haitien die Zitadelle besucht? Diese Kopie von Sans-Souci, die Roi Jean-Christophe auf einer Bergspitze hatte bauen lassen. Da sehen sie sie von oben. Möchten sie ein Bild davon schiessen. Warten, sie, ich drehe ein Runde, damit sie sie gut ins Bild bekommen. – Meine Freundin wohnt in Miami. Alle vierzehn Tage fliege ich rüber nach Miami. – Es ist schon reizvoll. Hier kann ich gewissermassen ein innerhaitianisches Streckennetz aufbauen. Eine echte Herausforderung. Nichts klappt wie bei uns. Wir haben bisher sechs Maschinen. Mindestens zwei davon immer in Reparatur. Und mit den Buchungen, wie sie soeben bemerkt haben, klappt es überhaupt nicht. Zwischen den einzelnen Städten und der Hauptstadt gibt es keine Telefonie, keinen Telegrafendienst, nichts. Auf den örtlichen Büros der Fluggesellschaft bestätigen sie jeden Flug. Dann sehe ich, wieviele Passagiere warten und muss ad hoc entscheiden, wie oft ich hin- und herfliege. Für die Leute hier stimmt es. Sie haben einen anderen Zeitbegriff. Komme ich heute nicht, komme ich morgen. Vielleicht. – Bleiben sie noch ein paar Tage auf Haiti? So, noch fünf Tage. Kennen sie Jacmel bereits? Nein. Da müssen sie unbedingt hin. Jacmel ist das Juwel von Haiti, ganz im Süden der Insel, dieser Perle der Antillen. Bedanken sie sich nicht zu früh für diesen Tipp. Gehen sie erst mal hin und erzählen sie mir dann, ob ich recht habe oder nicht. Warten sie, damit sie nicht ins stickige Port-au-Prince müssen, schiebe ich gleich einen Flug nach Jacmel ein, wie er sowieso geplant ist. Die Passagiere in Cap Haitien warten. Sie können im Flieger sitzen bleiben. Der Flug nach Jacmel wird bloss eine Viertelstunde dauern. Und sie werden es kaum glauben, es gibt keine Strasse von Port-au-Prince nach Jacmel, bloss halsbrecherische Trampelpfade."

Der Flug von Cap Haitien nach Port-au-Prince über wild bewaldete Hügel dauert ebenfalls bloss zwanzig Minuten. Das Flugzeug landet über das tiefblaue Meer auf dem Flughafen in der Bucht beim Port-au-Prince. Die übrigen Passagiere steigen aus. Ich bleibe sitzen. Der Pilot entschuldigt sich. Er werde im Flughafengebäude die Passagiere für Jacmel abholen. Nach ein paar Minuten kommt er zurück mit drei Westlern. Wie es sich herausstellt Amerikanern, einer alten hageren Dame in einem Kleid mit grossem Blumenmuster und zwei wohlbeleibten alten Männern in karierten Hosen. Der Pilot informiert mich, dass der Flugplatz Jacmel bloss eine Graspiste habe. Die kleine Holzhütte daneben sei meist verriegelt. In der Regel warte die Inhaberin der Pension Craft, des besten und einzigen Hotels in Jacmel auf ankommende Passagiere mit ihrem kleinen Bus. Es sei die einzige Möglichkeit, per Auto vom

Flugplatz in die Stadt zu kommen. Er rate mir auch, gleich ein Zimmer in der Pension Craft zu nehmen. In drei Tagen hole er mich wieder ab.

Die Frau des Besitzers der Pension Craft ist eine junge, hübsche, cheese-smiling Amerikanerin in weissem Hosenanzug und wehenden farbigen Foulards. Sie begrüsst die Amerikaner überschwänglich. Versichert mir, dass sie selbstverständlich ein hübsches Zimmer für mich frei habe. Dann kutschiert sie uns auf holpriger Naturstrasse bis mitten in die Stadt, wo an der Hauptstrasse, die ebenfalls eine Naturstrasse ist, zwischen imposanten Bauten die Pension Craft liegt. Ein mehrstöckiges Holzhaus im karibischen Laubsägestil, weiss bemalt, mit einer imposanten Terrasse zur Hauptstrasse hin.

Jacmel ist ein Phänomen. Bei einem ersten Rundgang lande ich beim Hafen. Der Hafen, die Bucht sind versandet. Kein Schiff, auch nicht das kleinste, kann mehr in den Hafen einfahren. Die riesigen Zollhallen stehen leer. Ein alter Herr in weissem Tropenanzug, mit weissem Tropenhelm und Spazierstock stolziert umher. Er stellt sich als Zollinspektor vor. Konversiert fliessend auf Französisch, Italienisch und Englisch. Ist jedoch wegen der fehlenden Zähne schlecht zu verstehen. Er steht auf zittrigen Beinen. Einheimische Passanten grüssen ihn ehrerbietend.

„Es ist einige Zeit her, als die Zollhallen voll waren. Die grössten Schiffe am Quai angelegt hatten …"

L.K., ein mitteilsamer Amerikaner, der seit Jahren in Jacmel wohnt, säuft Rum – nach eigenen Angaben erst die zweite Flasche heute – und doziert mir, dem Unwissenden, mit sichtlichem Vergnügen.

„Nicht bloss der Zollinspektor kann sich an bessere Zeiten erinnern. Alle Alten hier könnten die herrlichsten Geschichten erzählen. Sieh dir bloss die Häuser hier und in der Stadt an. Stellt man solche Repräsentationsbauten in einem verrotteten Ort auf! Jacmel war eine blühende Stadt gewesen. Hispaniola, wie die Insel früher geheissen hatte, die reichste Insel der bekannten Welt. Napoleon holte hier seinen Reichtum. Noch um die Jahrhundertwende muss Jacmel sehr reich gewesen sein. Jacmel war die erste Stadt der Welt, die über ein innerstädtisches Telefonnetz verfügte. Schau in die Häuser rein. Da hängen in den Korridoren überall noch super-antike Telefonapparate. Seit Jahrzehnten funktioniert nichts mehr. Alle Strassen in der Innenstadt waren asphaltiert gewesen. Alles verkommt und verrottet. Kratze zehn, zwanzig Zentimeter im Dreck der Hauptstrasse und es kommt Asphalt hervor. Ich forsche über diese Stadt. Mache einen Stadtplan. Dafür besteht ein immenses Bedürfnis. Tourismus und so. Leute wie du. Ihr braucht unbedingt einen Stadtplan, um zu erkennen, dass Jacmel eine der am besten konzipierten Städte ist, mit diesen im Schachbrettmuster angelegten Strassen, was man heute, wo alles so verkommen ist, nicht mehr zu erkennen vermag ...“

Geffroy, in dessen Geschäft an der Hauptstrasse ich mich vor L.K. rette, sagte, „höre L.K. nicht zu. Er ist wieder besoffen. Übrigens, mein richtiger Name ist Gottfried. Doch das kann niemand hier aussprechen. Alle nennen mich Geffroy.“

Dann wendet Geffroy sich an seinen Mitarbeiter.
„Josef, wisch die ganze Bar-Theke mit dem feuchten Tuch ab, nicht nur gerade die Ecke, auf die ich

zufällig hingewiesen habe. Du siehst doch, die ganze Theke ist staubig. Los, los. – Josef ist ein lieber Junge, doch unendlich faul. Kaum drehe ich ihm den Rücken zu, setzt er sich und träumt. Verlasse ich das Geschäft, sitzt er stolz wie ein König auf dem Hocker hinter der Theke. Betritt ein Kunde die Bar, will etwas kaufen oder trinken, fällt es Josef nicht ein, ihn zu bedienen. Die Menschen hier sind nicht schlecht. Sie kennen nichts anderes. Josef kommt aus einer sehr armen Familie. Der Lehrer von Josef hat mir anvertraut, dass Josef sehr begabt ist. Doch die Familie ist zu arm, um ihn in die Schule zu schicken, wo er Schreibzeugs und Hefte bezahlen müsste. Also stelle ich ihn pro forma hier an, um ihn unter meine Fittiche zu nehmen und die Kosten, die die Schule verursacht zu übernehmen."

Ich lade Geffroy zu einem Drink am Abend nach dem Nachtessen auf der Terrasse der Pension Craft, die schräg gegenüber von seinem Geschäft liegt, ein. Die wenigen Hotelgäste sitzen um die wenigen Tische auf der Hotelterrasse. Eine Combo spielt rhythmische Melodien. Die Frau des Hotelbesitzers huscht lächelnd in einer eleganten Robe von Tisch zu Tisch und verteilt Komplimente. Bevor Geffroy auftaucht, haue ich die Amerikaner an, die mit mir im Flugzeug angekommen sind. Sie sitzen an einem Tisch und spielen Scrabble. Haben auch ein dickes Lexikon bei sich. Sie stellen sich als Jane, Peter und Cornelius vor, aus Washington DC, nur für zwei Tage hier.

„Ja, ja, wir sind eigens nach Jacmel gekommen, um eine alte Kaffeerösterei anzuschauen. Eine höchst interessante Geschichte. Der Betrieb ist seit sicherlich 60 Jahren geschlossen und die Maschinen verrotten. Die Maschinen sind von Gras überwuchert und vergammeln, doch sie sind die ersten ihrer Art und die letzten, die auf der ganzen Welt übrig geblieben sind. Haiti hat eine so interessante Geschichte – und keine Rassenprobleme. Die Spanier haben die Einheimischen umgebracht. Die Franzosen die Spanier. Die importierten Negersklaven die Franzosen. So ist es gar nicht erst zu einer eigentlichen Rassenvermischung gekommen, aber zum ersten schwarzen Königreich in der westlichen Welt."

Geffroy ist im Anmarsch. Auch wir trinken, wie alle hier, farbige Longdrinks aus hohen Gläsern und wiegen uns in den karibischen Rhythmen der Combo. Auf der andern Seite der Balustrade, auf der ins nächtliche Dunkel getauchten Hauptstrasse ohne Strassenbeleuchtung hören Einheimische tanzend im Lichtschimmer von der Terrasse der Pension Craft der Musik zu und andere Einheimische gehen tanzend auf der Strasse vorüber. Staunen lachend in die kolonialistische Heilswelt auf der Terrasse, die Hüften wiegend, die Arme schlenkernd, mit den Fingern schnippend, mit Zungen schnalzend. L.K. gesellt sich zu Geffroy und mir, nachdem er die Frau des Besitzers auf beide Wangen geküsst hat, zu uns und bestellt eine Flasche Rum, um ins Philosophieren über sein Leben einzusteigen.

„Fünfmal verheiratet. Sieben Kinder. Jedes von einer anderen Frau. Und jedes Kind in einem anderen Land. Ich bin eben Kosmopolit. Ich lebe den völkerverbindenden Frieden vor. Ein Junge ist Schweizer. Ja. Ja. Weil seine Mutter Schweizerin ist. Sie hatte ich nie geheiratet. Der Junge muss jetzt bestimmt fünfzehn Jahre alt sein. Immer zu Weihnachten schreibe ich allen. Von Zeit zu Zeit besuche ich meine Kinder. Sie freuen sich immer sehr, mich zu sehen …"

Nachdem L.K. seine Flasche Rum und auch die Drinks von Geffroy und mir bezahlt hat, haut er ab. Geffroy vertraut mir an, dass L.K. nicht ganz so versoffen sei, wie er sich gebe. In ihm stecke mehr, als man auf den ersten Blick vermute. Es sei durchaus möglich, dass die Flasche Rum, die er hier serviert erhalten habe, nicht tatsächlich hochprozentigen Rum enthalten habe. Er scheine Geld zu haben. Verschwinde immer wieder für längere Zeit und erzähle danach nie, wo er gewesen sei. Die vielen Häuser in der Stadt, die gut renoviert sind, gehören meist Amerikanern, die sie als Ferienhäuser nutzen. Auch das Haus, in dem seine Boutique sei, gehöre einer Deutschen. Einem Fotomodell, Edith, die in USA arbeite. Sie sei nebenher noch Designerin von Kunstgegenständen und entwerfe Kleider. Was er zum Verkauf anbiete sei alles von ihr. Die Idee mit der Bar in der Boutique habe er gehabt. Und L.K., nun ja, vielleicht ein Agent, angesetzt auf ... na ja, bloss so eine Idee ... Bloss die Haitianer hier, sie haben keine Chance. Hier auf dem Land gibt es weder gute Schulen, noch gute Stellen. Alle zieht es in die Hauptstadt und dann in das Land ihrer Träume: Amerika. Wir leben in einer verrückten Welt: hier ist das Paradies und alle Einheimischen wollen so rasch als möglich weg von hier. In USA gibt es mehr haitianische Ärzte, als hier auf Haiti!"

Im Bett liegend höre ich mitten in der Nacht aus der Ferne dumpfe Trommelschläge. Bis mir ein Licht aufgeht. Bestimmt eine Wudu-Zeremonie.

Beim Frühstück im Speisesaal rennt ein kleiner Junge herum. Er sei Aaron. Jetzt Bat-Man. Huhuhu! Jetzt Kung-Fu. Poing. Die Frau des Hotelbesitzers kommt strahlend, gekleidet in rosarote Hosen und einen Wust verschiedenfarbiger Foulards, fragt mich, ob ich gut geschlafen hätte. Sie habe sich gedacht, ich würde bestimmt gerne die Umgebung etwas kennenlernen. Sie habe mir daher ein Pferd und einen Führer bestellt. Punkt zehn Uhr auf der Hauptstrasse vor der Pension.

Punkt zehn Uhr steht ein Pferd vor der Pension. Ich erfahre, dass der Führer, Rigaud, hier gewesen, nun aber verschwunden sei.

„Vital, geh Rigaud suchen. Er soll sofort kommen. Der Herr warte auf ihn."

Vital verschwindet. Rigaud und Vital bleiben aus. Nach rund einer Stunde tauchen sowohl Vital als auch Rigaud je aus verschiedenen Richtungen auf. Rigaud entschuldigt sich. Das Pferd habe er pünktlich gebracht. Bloss er habe noch dies und das erledigen müssen.

„Ich bin zum Markt gegangen," erklärt Vital, „und habe mir gedacht, irgendwann muss Rigaud hier vorbeikommen. Habe gewartet und gewartet. Er ist nicht vorbeigekommen. Doch jetzt ist er ja da."

Ich reite in die Berge auf einem niedrigen, geländegängigen Pferd. Rigaud trottet nebenher. Er besteht darauf, dass ich auf dem Pferd hocke. Schliesslich hätte ich dafür bezahlt. Und es sei seine Aufgabe, das Pferd zu führen. Dann horcht er plötzlich auf.

„Jetzt ist halb Zwölf."

„Wie kommen sie darauf? Sie tragen keine Uhr."

„Dort, sehen sie, dort, das Flugzeug. Immer um halb Zwölf."

Eine Frau kommt uns entgegen. Mit elastischem, sehr elegantem Schritt. Auf dem Kopf trägt sie einen Korb. Darin einige Orangen. Rigaud kommentiert, „Die Frau wohnt in den Bergen. Irgendwo in einer Hütte. Mit einer grossen

Familie. Jetzt trägt sie die paar Orangen, die sie nicht benötigt für ihre Familie, auf den Markt nach Jacmel. Es sind vielleicht zehn Orangen. Unterwegs wird sie von Polizisten oder anderen Männern angehalten, denen sie jeweils eine Orange abtreten muss, damit sie Ruhe geben und sie weitergehen lassen. Nach drei Stunden kommt sie auf dem Markt in Jacmel mit vielleicht noch sechs Orangen an, von denen sie vielleicht die Hälfte verkauft. Dann kommt sie nach drei Stunden Fussmarsch zurück zu ihrer Familie, zu ihrer Hütte mit vielleicht noch drei Orangen und etwas Kleingeld. Das macht sie jeden Tag. Das Kleingeld wird gespart. Für Sneakers für die Kinder oder ein Kleid für sie. Alle Menschen haben Orangen. Daher ist es schwer, Orangen zu verkaufen. Hingegen können die Leute etwas verdienen, wenn sie die Schalen der Orangen, die sie gegessen haben, an der Sonne trocknen lassen. Getrocknete Orangenschalen kaufen Männer auf, die von Zeit zu Zeit nach Jacmel kommen. Um Grand Marnier herzustellen. Weil also niemand Orangenschalen einfach wegwirft, haben wir keinen Abfall. Ich muss immer lachen, wenn ich mich daran erinnere, dass ein Amerikaner mir einmal erzählt hat, dass es Orte geben soll, wo die Menschen Abfall produzieren und es Abfallwagen gibt, um den Abfall zu entsorgen. Hier in Jacmel gibt es keinen Abfall. Wozu Dinge fortwerfen, alles kann man noch zu etwas gebrauchen ..."

In der Nacht nach Mitternacht führt Geffroy mich zu einer Wudu-Zeremonie. Wir verlassen die Innenstadt und gehen in einem Aussenquartier, in totaler Dunkelheit, an die die Augen sich langsam gewöhnen und die Umgebung erkennen, in lockerem Abstand errichteten einfachen Hütten mit etwas Garten rundherum entlang, zwischen Bäumen und Büschen, auf Dreckpfaden.

„Die Menschen hier bauen sich ihre Hütten selber, pflegen einen hübschen Garten rundherum. Haben daher immer was zu essen. Niemand hungert hier. Die Menschen haben keine Bedürfnisse, benötigen herzlich wenig. Und wenn sie mal zu etwas Kleingeld kommen, wird es gleich in Lotterielosen und Schnaps angelegt. Jeder hofft, einmal das grosse Los zu gewinnen. Nachts leben sie sich in Trancen des Wudu hinein. Die Zeremonien dauern bis in die Morgenstunden. Weil niemand hier reguläre Arbeit hat, ist es okay. Von Zeit zu Zeit gehen sie jemandem, der Geld hat, für etwas Kleingeld zur Hand. Ja, so ist das Leben hier. Dann die Geistheiler. Lache nicht darüber. Gehe ich im Westen zu meinem Arzt, ist er, wenn ich seinen Behandlungsraum betrete, noch in die Krankengeschichte seines vorherigen Patienten vertieft. Schaut kurz auf, wenn ich mich gesetzt habe, und fragt, was mir fehle. Vertieft sich sogleich in meine Krankengeschichte. Dann verschreibt er mir irgendwelche Medikamente. Suche ich hier den Naturarzt auf, sitzt er da, schaut, wie ich ihm entgegenkomme. Murmelt dann etwas im Sinne von, dass mein Gang etwas rechtslastig sei, er bei mir eine Verspannung da oder dort erahne, was auf die und die Organe wirke, so dass ich wohl diese oder jene Symptome hätte. Ich kann bloss staunen und nicken. Ohne dass ich papp gesagt habe, macht er, bloss weil er mich genau beobachtet, seine Diagnose, massiert mich kurz und verschreibt mir ein Gebräu, das er selber zusammengebraut hat. – Schschsch. Da sind wir. Wir bleiben ganz am Rand stehen. Schauen bloss kurz zu, weil es endlos so weitergeht, ohne dass wir etwas davon verstehen …"

Der Wudu-Priester tanzt wie von Sinnen in der Mitte des Kreises, den die Teilnehmer und Teilnehmerinnen um ihn bilden. Jemand schlägt die Trommel. Der Wudu-

Priester nimmt Schlucke aus einer Schnapsflasche. Speit einen Teil der Flüssigkeit aus und schreit einen monotonen Singsang in die Luft, bis aus dem Kreis der Umstehenden jemand in Trance verfällt. Ebenfalls zu tanzen beginnt und schreit, so dass ein dialogischer Sprechgesang entsteht. Es stinkt von Schweiss und Schnaps. Immer mehr Leute fallen in Trance und nehmen teil am Tanz- und Schreigeschehen. Nach einer gefühlten Viertelstunde machen Geffroy und ich uns auf den Heimweg durch die Dunkelheit.

An meinem letzten Abend in Jacmel sitzen Geffroy und ich bei Drinks auf der Terrasse der Pension Craft.

„Ich wurde fünfunddreissig," beginnt Geffroy mit seiner Lebensgeschichte," hatte immer gearbeitet, genügend Geld gespart, um mir einmal ein eigenes Geschäft kaufen zu können. Dann hat es mich plötzlich gepackt. Ich hatte das Gefühl, nichts vom Leben gehabt zu haben. So entschloss ich mich, eine Reise zu unternehmen. Ich zog los. Mit all meinem Geld. Amerika, Mittelamerika und so weiter. Dann verschlägt es mich nach Haiti. Hier lerne ich das deutsche, in USA ansässige Model kennen, das diese Boutique hatte. Ich helfe ein wenig aus. Wir beide investieren noch etwas ins Geschäft. Objektiv bin ich nach westlichen Massstäben pleite. Ich bin glücklich hier. Es ist schön hier. Die Leute mögen mich. Vor allem die Kinder und Jugendlichen. Solange dann und wann Touristen in meiner Boutique etwas kaufen, habe ich genügend Geld, um den Jungen, die etwas erreichen wollen, die Schule zu ermöglichen, kann sie stützen und ihnen helfen, um aus ihrem Leben etwas zu machen. Ja, ja, lache mich ruhig aus. Ich bin kein Gutmensch. Ich lebe in den Tag hinein. Und wenn ich Joseph dazu bringe, dass er einen guten Schulabschluss schafft, vielleicht eine höhere Schule besuchen kann, was wird dann aus ihm? Er wandert aus nach USA.

Oder er macht sich stark in der Opposition zum Regime und wird von den Tontons Macoute ins Visier genommen, umgebracht oder ins Gefängnis gesteckt. Oder er wird Minister, lässt sich bestechen, wird dabei reich und dick. Oder er wird ein ganz gewöhnlicher Gauner ... Die Chance aber, dass er in seinem Leben etwas Sinnvolles machen kann, muss, ja muss ich ihm geben! Lass bitte aus deinen Gepäck hier, was du nicht länger brauchst, Kugelschreiber, Notizpapier, Kleider. Ich verteile es. Die Leute haben nichts, rein gar nichts. ..."

Die Frau des Besitzers der Pension Craft fährt mich und das amerikanische Ehepaar mit dem kleinen Aaron, der heute Goofy ist, zum Flugfeld. Wir brauchen nicht mal lange zu warten, bis die Maschine aus Port-au-Prince landet, um uns zurück nach Port-au-Prince zu bringen. Gleich hinter dieser Maschine landet eine Zweite. Beide Maschinen rollen auf der Graspiste auf dem Grasfeld vor der Flughafenhütte aus. Die beiden Piloten, keiner von Beiden der Schweizer, der mich nach Jacmel geflogen hatte, erklären, dass an Montagen – und heute ist Montag – in der Regel etliche Passagiere von Jacmel nach Port-au-Prince fliegen wollten. Weil die tatsächlich in Jacmel getätigten und bestätigten Buchungen weder telefonisch, noch telegrafisch hätten übermittelt werden können, hätten sie sich entschlossen, für den Fall eines hohen Passagieraufkommens gleich zu Flugzeuge zu schicken. Diesmal hätten sie halt Pech gehabt. Schicksal!"

Spontan schreibe ich eine Ansichtskarte an Geffroy, um ihm für alles, was er für mich in Jacmel getan hat, zu danken. Einen Briefkasten finde ich nicht. Hätte die Postkarte auch nicht einwerfen können, weil mir die Briefmarke fehlte. Die Post finde ich nach etlichem Suchen.

Die Schalterbeamtin nennt mir den Preis, den die erforderliche Briefmarke kostet. Ich gebe ihr das Geld. Sie nimmt die Karte. Ich sehe nicht, wie und ob sie eine Briefmarke aufklebt. Egal, denke ich, selbst wenn sie die Briefmarke aufklebt und stempelt, wer weiss, ob die Post hier tatsächlich funktioniert. Zudem hat Geffroy mehr davon, dass ich ihm Kugelschreiber, Notizblöcke und T-Shirts zurücklassen konnte, als an meinem Dankesgekritzel auf einer Ansichtskarte.

Kunsterlebnis in Kassel
– so oder so

Deutschland 1977

Die Documenta in Kassel sehen und sterben. Nicht ganz so absolut, doch dem Gehalt nach dennoch stimmig, entschliesse ich mich für die Documenta die weite Reise auf mich zu nehmen. Ich sitze im Zug nach Kassel. Im selben Abteil sitzt eine kaugummikauende Frau in giftgrünem Hosenanzug, braungebrannt, einer Löwenmähne und strahlend weissen Zähnen. Eine Amerikanerin. Ich mache auf Konversation. Ob sie ebenfalls an die Documenta nach Kassel reise?

„Docu… Wie sagten sie? Docu … Kassel, ist das eine Stadt? No, no, no, no, no, Ich reise nach Hannover. Ich bin mit einem Deutschen verheiratet. Seine Eltern wohnen in Hannover. Bevor ich zurückreise, gehe ich sie kurz besuchen. Ich war in Saint-Tropez gewesen. Herrlich, just wonderful!"

„Haben sie einen Ausflug nach Saint-Paul-de-Vence, nach Biot, nach Villfranche-sur-mer gemacht?"

„No, no, no, no, no, der Hotel Swimming Pool war so entzückend. Und immer Sonne. Zuhause in Houston kümmere ich mich sehr um Kunst. Doch hier bin ich in Ferien. Übrigens, kurz vor meiner Abreise nach Europa habe ich ein Bild gekauft. Ein herrliches Bild. Es korrespondiert total perfekt mit den Vorhängen im Wohnzimmer. Die Vorhänge in einem samtenen Lindengrün …"

Der Zug hält in Kassel. Ich ergreife meine Reisetasche und meine Jacke, wünsche der Amerikanerin einen schönen Aufenthalt, eine gute Rückreise nach USA und viel Spass an ihrem neuen Bild, das so perfekt zu ihren Vorhängen passe. Die Amerikanerin strahlt wie ein Maikäfer.

Ein Hotel habe ich nicht reserviert. Meine Tasche, die nicht besonders schwer wiegt, will ich nicht weit tragen. Ich verlasse das Bahnhofsgebäude, stehe auf dem Bahnhofplatz und schaue um mich. Schräg gegenüber dem Bahnhofgebäude steht ein Hotel. Es gibt dort freie Zimmer. Ich miete mich in diesem Hotel ein. Lege meine Reiseklamotten ab, ziehe Jeans und T-Shirt an und frage den Hotel-Portier nach dem Weg zur Documenta. Er erklärt mir, dass das Haupt-Ausstellungsgebäude das Friderizianum sei. Dort seien Eintrittskarten erhältlich und auch ein Plan mit den über die gesamte Stadt verteilten Ausstellungsorten. Ich erstehe eine zwei Tage gültige Eintrittskarte und den sündhaft teuren Katalog und stürze mich in den erstbesten Ausstellungraum, wo Kunst neben Kunst schön aufgereiht oder wild durcheinander und ausgerechnet dort, wo man sie am wenigsten erwartet, gleichsam auf dem Stängelchen aufgereiht ist. Mich überkommt im Nu das Kunst-endlos-Gefühl und ich brauche Luft, frische Luft, um nach der Hetze und der überstürzenden Gier wieder frei atmen und Luft schöpfen zu können.

In einem der endlosen Treppenhäuser stosse ich auf einen Kollegen von zuhause. Erstaunt frage ich ihn etwas kopflos, was ihn hierher bringe. Korrigiere mich dann selber und füge an, „selbstverständlich das Gleiche wie mich, die Documenta, oder?"

„Es ist so," beginnt der Kollege etwas verlegen zu erklären," dass Freunde, die etwas in Norddeutschland zu tun haben, mich fragten, ob ich Lust hätte, mitzufahren. Im Auto hätten sie einen Platz frei. Zu bezahlen brauche ich nichts. Also ergreife ich die Gelegenheit. Dann hatten wir Hunger. Jemand sagte, in Kassel gibt es bestimmt gute Wirtschaften. Nach dem Essen haben wir uns noch kurz die Beine vertreten. Plötzlich benötigte ich dringend eine Toilette. Und sagte ich mir, weshalb nicht die Ausstellung besuchen. In Ausstellungen gibt es immer auch Toiletten. Und richtig, es hat welche. Und dann sieht man das Zeugs mal, das hier gezeigt und um das ein solches Theater gemacht wird. Dann kann man mitreden. Das meiste ist ja Bruch. Ich muss, die andern warten. Bis später wieder, zuhause!"

Ich ärgere mich darüber, dass ich alleine hier bin. Mich mit niemandem austauschen kann. Kurze Blickgeplänkel bringen nichts. Sich an einen Menschen nahe heranzupirschen, um auf eine Gelegenheit zu warten, sie oder ihn anzuquatschen, sind ebenfalls nicht von Erfolg gekrönt. Die unzähligen Menschen scheinen in die Masse der Kunstenthusiasten eingeschmolzen und es darauf abgesehen zu haben, mir um alles in der Welt auszuweichen. Ich strebe dem Ausgang entgegen. Nehme die Stufen vom Gebäude zum Platz runter zwei bei zwei. Werfe einen Blick auf die riesige Rasenfläche. In deren Mitte stehen überaushohe Eisenplatten, hübsch zu einem Kartenhaus zusammengestellt. Ich erkenne mit Kennerblick ein gutes Fotosujet. Überlege mir, aus welcher Perspektive dieses eiserne Kartenhaus, wohl so abzulichten ist, dass das Foto bei anderen Ohs und Ahs hervorruft. Ich umrunde das überdimensionierte Kunstobjekt. Stelle fest, dass ich mehr Distanz benötige, um die ganze Höhe auf ein Bild draufzukriegen. Bevor ich mich entferne, schiesse ich noch etliche Nahaufnahmen von Kritzeleien auf den verrosteten Eisenplatten. Durch die Aussparung zwischen zwei der riesigen Eisenplatten, die sich oben zu einer spitzen Kuppelfirst treffen, werfe ich einen Blick in das Innere zwischen den Eisenplatten. Es stinkt jämmerlich nach Urin. Dann entferne ich mich über die riesige Rasenfläche, auf der sich überall einzelne Menschen, Paare und Gruppen zum Picknickt oder bloss zum gemütlich Rumliegen niedergelassen haben, auf die gute Distanz, um das Bild nach Wunsch hinzukriegen. Lege den Katalog zu Boden auf die Wiese und konzentriere mich voll auf meine Olympus Spiegelreflex.

„Hallo Kumpel, wie geht's? Setz dich her. Sauf eins mit uns."

Es dauert kurz, bis ich mitkriege, dass diese Worte, die ich amüsiert gehört habe, an mich gerichtet sind. Ich bin etwas verwirrt. Sehe lachend zu dem Typ hin, der geredet hatte. Ein nicht gerade älterer, doch eher reifer Mann, in vergammelten Jeans mit einer Denim-Schirmmütze, die er auf seinen Hinterkopf geschoben hat, liegt wohlig ausgestreckt im Gras, den Kopf auf einem Arm und einer Hand aufgestützt. Er blinzelt listig zu mir rauf. Daneben liegt ein jüngerer Mann. Ich weiss, dass ich nach meiner Reaktion, dem Blick auf den Sprechenden, mich nicht mehr wortlos abwenden und weitergehen kann und will. Es reizt mich, herauszufinden, wer die beiden Typen sind und was sie wollen. Nicht ganz geheuer ist mir bei dem Gedanken, dass aus der hinteren Hosentasche meiner Jeans meine Brieftasche hervorlugt, in der sich, was niemand zu wissen braucht, eine namhafte Summe befindet, und dass meine Olympus auch nicht von schlechten Eltern ist. Weil ich vermute, dass das

Gras trotz der Sonne und der sommerlichen Wärme etwas feucht sein könnte, schiebe ich meinen Ausstellungskatalog zurecht und setze mich darauf und zu den Beiden. Der Ältere reicht mir sofort einen Pappbecher, den er mit Cola füllt. Der Jüngere pult aus einer neben ihm liegenden Jacke eine Flasche Rum hervor und giesst etwas Rum nach in meinen Pappbecher.

„Prosit! Schmeckt würzig, oder?"

Die Beiden erzählen mir, sich gegenseitig ins Wort fallend, Sätze beginnend, Sätze zu Ende führend, dass die meisten Leute sich urkomisch verhielten, wenn sie unerwartet angequatscht werden. Diejenigen, die sich setzten seien meist lässige Typen.

„Prosit!"

Um die anderen, die sich nicht setzen, sei es nicht schade. Sie näher kennenzulernen, hätte nichts gebracht. Sie beide schätzten Geselligkeit. Mit zickigen Leuten könnten sie nichts anfangen. Da sei doch nichts dabei, wenn man mit jemanden ein wenig saufen möchte.

„Prosit!"

Der Ältere stellt sich als Harry vor, der Jüngere als Albert. Es sei doch eine Wonne, in der Sonne zu sitzen und zu trinken. Da benötige man nichts weiter.

„Und du, Kumpel, bist in Ordnung," sagt Harry und schlägt mir mit einer flachen Hand auf eine meiner Schultern. „Wir sind ebenfalls in Ordnung. Wir sind nicht so Ausgeflippte. Wir trämpen," sagt Albert und lacht mich treuherzig an. Dann fährt er fort, „Die Cola geht alle. Ich hol mal ne Neue. Hast eben ein paar Groschen für ne Cola?"

Ich klaube mit einem Zeigefinger ein paar Münzen aus meiner engsten Jeanstasche.

„Danke. Das reicht schon."

Albert zieht los. Er trottet über den Platz, über die Strasse, dem Kaufhaus entgegen.

„Ist ein Klasse Kumpel, der Albert. Er trämpt noch nicht lange. Erst drei Monate. Bis jetzt hatten wir nie Streit. Klar, mal muffelt der, mal der andere. Sicher. Aber richtig aneinander gekommen sind wir noch nie. Das ist echte Kameradschaft. Richtig zusammenhalten. Wenn er mal eine zerzausen will, gehe ich eines saufen und überlasse ihm die Bude. Ist doch klar. Hat man Verständnis für, oder? Is ja besser, wenn man nicht alleine trämpt. Nur manchmal, da geht er mir an die Nerven. Das ist, wenn er nichts sagt. Am Morgen ist er nicht sonderlich geschwätzig. Das ist komisch. Da möchte ich gerne mit ihm etwas sprechen. Nichts Besonderes, nur eben ein paar Worte wechseln. Und der Albert, der starrt einfach irgendwohin und sagt nichts. Da hab ich ihn mal kurz angesprochen wegen. Er meinte, ich solle ihn in Ruhe lassen. Jeder hat seine Flausen, habe ich mir gesagt. Lasse es dabei bewenden. Er sagt, am Morgen könne er nicht sprechen. Sonst aber ist er ein Klasse Kumpel. Wir verstehen und prima."

Ich höre Harry ab. Ausgestreckt im Gras liegend. Frage mich insgeheim, ob die beiden Trämper Böses mit mir vorhaben. Mich irgendwie lynchen wollen.

„Prosit! Du bist in Ordnung," sagt Harry noch einmal und schüttet mir Rum nach. Ich wehre ab. Schliesslich will ich zurück in die Ausstellung. Nicht etwa torkelnd.

„Werde nicht ungemütlich!"

Dabei füllt Harry meinen Becher randvoll mit Rum und ich muss ihm wohl oder übel zutrinken, wofür Harry mir anerkennend auf die Schultern klopft. Albert taucht mit einer frischen Flasche Cola auf. Ich frage die Beiden, ob sie Künstler sind? Sie sehen mich entgeistert an.

„Ich meine bloss, wegen der Documenta …"

„Mit diesem bescheuerten Zeugs haben wir nichts am Hut. Bohren irgendwo ein Loch, einen Kilometer in die Erde, sagen sie. Und das nennen sie dann Kunst. Wir freuen uns schlicht des Lebens. Prosit, Kumpel!", sagt Harry. „Ich bin nach Kassel gekommen, um meine Schwester zu besuchen. Sie ist verheiratet. Wirklich gut. Einfamilienhaus und so. Der Mann mit Schlips, auch an Werktagen, pikfein. Sobald ich auftauche, wird der Mann ranzig. Ich passe nicht in sein Weltbild. Das aus verbittertem Arbeiten besteht. Die Schwester hält klar zu ihrem Mann. Vielleicht kann ich sie mal am Tag besuchen, wenn er an der Arbeit im Geschäft ist. Ich will sie unbedingt nicht in Verlegenheit bringen. Ich kenne die Bürgerlichkeit aus eigener Erfahrung. War selber verheiratet gewesen, mit Haus, Auto und Kind und allem Drum und Dran. Dann die Scheidung. Da hat es mir ausgehängt. Benötige ich wieder mal Mäuse, arbeite ich halt wieder kurz. Hat man erst mal erlebt, wie mies es einem gehen kann, nimmt man alles viel Gelassener. – Ist dir schon mal ne Leiche untergekommen. Uns schon. Das war, als wir einmal ein Weekend-Häuschen aufgebrochen habe. Wir sind ja nicht kriminell, wir hatten Hunger. Die Türe hatten wir aufgewuchtet, ohne sie zu beschädigen. Wie vermutet, finden wir einen gut gefüllten Vorratsschrank. Bedienen uns. Da hören wir doch tatsächlich, wie jemand das Haus betritt. Nichts wie los. Ab durchs Fenster, so viele Esswaren mit uns tragend wie möglich. Wir rennen davon. Weit weg. In den angrenzenden Wald hinein. Und da, ich stutze, da liegt doch wahrhaftig einer auf dem Waldboden neben einem Gebüsch. Erster Impuls, so weiträumig um ihn herumrennen wie möglich. Dann kommt mir die Sache spanisch vor. Ich nähere mich ihm. Er bewegt sich nicht. Ich stosse ihn mit einem Fuss an, beuge mich zu ihm nieder. Mausetot. Ein Anblick – grauenhaft. Ich will sogleich zur Polizei im Dorf. Albert hält mich zurück. Nicht wahr Albert?"

„Wenn die Polizei uns in ihren Fängen hat, bekommen sie bald raus, dass wir es sind, die ins Weekend-Häuschen eingebrochen sind."

Ich verspüre einen immer stärker werdenden Druck auf die Blase. „Dort," sagt Harry und zeigt auf die Eisenplastik in der Mitte der Rasenfläche. Ich bin entsetzt. Schüttle meinen Kopf, frage verzweifelt nach einer Bedürfnisanstalt.

„Mensch, bist du schwer von Begriff. Das ist doch n'Pisshaus!"

In meiner Verzweiflung, mit von Rum etwas beduselten Sinnen und ausser Funktion geratenem Schamgefühl, wanke ich dem überdimensionierten Eisenhaus entgegen. Betrete es durch die Aussparung, die gerade gross genug ist, dass ein ausgewachsener Mensch sich durchzwängen kann. Ich schrecke zurück. Da steht schon einer und pisst gegen eine Innenwand der Skulptur. Dann stelle ich mich gegen eine andere Innenwand und lasse fahren. Auf der Rostwand vor mir steht „Freiheit für Grönland! Wir wollen kein Packeis mehr!". Irgendwie bekomme ich am Rande meines Sichtfelds mit, wie ein kleiner Junge seinen Kopf ins Innere der Skulptur steckt und eintreten will, aber von einem Mann zurückgezogen wird. Der kleine Junge quengelt. Er wolle ebenfalls. Die Männer dürften doch auch. Der kleine Junge wird, draussen vor der

Skulptur nun belehrt, das sei verboten und schweinisch, was diese Männer hier machten. Da blitzt mir durch den Kopf, meine Olympus liegt bei Harry und Albert. Nun bin ich dieses teure Stück bestimmt wegen des Bisschen Pissens los. Ironie des Schicksals. Ich breche spontan in Lachen aus, schüttle den letzten Tropfen Pisse ab, packe meinen Dödel ein, achte gut darauf, beim Verlassen meines mich rettenden Ortes bloss nicht in eine Pisse-Pfütze zu treten. Auf einer Aussenwand entdecke ich hingesprayt das Wort „Kunstrost". In einiger Entfernung, am alten Ort sehe ich Harry und Albert noch immer gemütlich im Gras liegend und mir zuwinkend.

Von meinem Documenta-Besuch bleibt mir die Erinnerung an meine Ungehörigkeiten, für die ich mich nicht einmal schäme. Und die Skulptur hat sich mir eingeprägt. Ich habe mich über ihren Schöpfer schlau gemacht. Beginne das Besondere von Richard Serras Skulpturen zu spüren. Freue mich jedes Mal, wenn ich irgendwo auf der Welt einer Skulptur von ihm begegne und lasse mich gerne auf diesen Anblick vertieft ein. Die Honigpumpe am Arbeitsplatz von Josef Beuys hat bei mir keinen nachhaltigen Eindruck hinterlassen.

Perro Negro auf Ibiza

Spanien 1977

Ibiza hatte damals noch den Klang von etwas Exklusivem gehabt. Eine Freundin hatte erzählt, dass sie bei einem Aufenthalt in einem Ferienhaus von Freunden auf Ibiza auf der Dachterrasse des Hauses Party gefeiert und Marihuana geraucht habe. Was mich dazu bewogen hatte, einen Flug nach Ibiza zu buchen? Die Tatsache, dass ich Ferien hatte. Die Tatsache, dass mir keine bessere Destination eingefallen war. Die Tatsache, dass der Flug dorthin nicht alle Welt kostete. Das Prickeln, dass dort nicht nur diese Freundin von mir, aber auch ich selber vielleicht, mit etwas Glück etwas Besonderes erleben würde.

San Antonio Abad, Ibiza, Baleares, Spanien. „Da steh ich nun ich alter Tor und bin so klug als wie zuvor". Sehenswürdigkeit, ach – wozu Sehenswürdigkeiten abklappern! Am Strand liegen, um zu bräunen – so ein Quatsch! Durch die von der Sonne ausgedorrte Vegetation zu pilgern und ob der Erhabenheit der Natur ein paar Seufzer auszustossen – geht es noch! Die Ahnung des Fiaskos. Enttäuschung total. Und diesen Unsinn habe ich mir selber aus einem Furz heraus eingebrockt! Nun bin ich hier, voll und ganz meiner Scheiss-Laune ausgeliefert. Aus dem Gewimmel der enthusiasmierten Menschenmasse hinaus in diese ruhige Seitengasse.

Ein kurzer Blick auf eine kleine Bar. Noch ein Blick. Genauer hinsehen. Der Raum so breit wie die Eingangstüre. Ein paar Holztische mit einfachen Holzstühlen. An der Rückwand ein einfacher Tresen. Dahinter Fässer. Männer, meist Einheimische stehen und sitzen, trinken und schwatzen. Zwischen ein paar Einheimischen stehen zwei junge, blonde Touristinnen als scheinbar einzige Ausländerinnen im Lokal. Ich betrete die Bar. Stelle mich an die Theke. Bestelle ein Bier. Stecke mir eine Zigarette in den Mund. Suche nach Feuer. Jemand hält mir ein Streichholz hin. Ein älterer Spanier. Kleiner als ich. Schlank. Mit der braungebrannten-vergerbten Haut eines Menschen, der an der frischen Luft arbeitet. Markant zerfurchtes Gesicht. Ich bedanke mich auf Spanisch. Das heisst, in Gedanken lege ich mir einen Satz auf Spanisch zurecht, den ich mühsam hervorbrösle. Der Spanier schaut mich mit grossen Augen an. Gibt seiner Verwunderung darüber Ausdruck, dass ich als Tourist Spanisch spreche. Dann beginnt er in heilloser Geschwindigkeit eine Unmenge von Worten und Wortfolgen herunterzurattern, der ich unmöglich folgen kann. Um nun unhöflich zu sein, lächle ich den Sprechenden an. Nicke von Zeit zu Zeit mit dem Kopf. Der Spanier erzählt mir offenbar, seinem ständig wechselnden Gesichtsausdruck, von stechend zu traurig und verschwörerisch zu lächelnd und lustig, zu entnehmen, eine hochdramatische Geschichte, von der ich nicht die Bohne mitbekomme. Wie viel lieber würde ich mein Bier in Einsamkeit geniessen. Als ich es nicht mehr aushalte und der Spanier immer mehr ins Erzählfeuer gerät, werfe ich den für das Bier geschuldeten Betrag auf die Theke und fliehe vor diesem Spanier, aus diesem Lokal. Ratlos, ob ich zurück ins Hotelzimmer soll. Mit einer Flasche Wein und einer Packung Zigaretten. In der Stimmung, mich sinnlos zu besaufen bin ich. Doch das Hotelzimmer ist mir zu stickig. Vor den künstlich aufgeputschten Menschenmassen in den Strassen habe ich den Horror. Ich haue ab und irre einmal mehr herum. Nach wenigen Schritten fällt mein Blick in eine Bar, die äusserst schlecht besucht ist. An der weissen Hauswand, über der grünen, geöffneten Eingangstüre die Schriftzüge ‚Perro Negro‘, darüber und rundherum farbige Glühbirnen. Ein weiterer Blick ins Innere zeigt ebenfalls einen langestreckten Raum, eine zweite Türe, wohl zur Parallelstrasse hin. Diese Bar sieht aus wie ein auf kleinste Dimensionen zusammengeschrumpftes englisches Pub. Und das in Spanien. Auf einer grossen Schiefertafel mit Coca Cola-Reklame steht in grosser, fein-säuberlicher Handschrift geschrieben ‚Bier vom Fass und Gebäck aus Cornwall‘. Dieser konkrete Ort in dieser Stadt hier empfinde ich als witziges Phänomen, über das ich unbedingt mehr wissen muss. Entgegen kommt mir zudem, dass an der Bar bloss ein paar wenige Leute sitzen. Ich trete ein.

Kaum habe ich mich auf einen Barhocker an der Theke gehievt, kommt auch schon der Barkeeper auf mich zu und fragt mit einer Bewegung seines Kinns und einem entsprechenden Blick, was ich zu trinken wünsche. Er ist ein schmächtiges Bürschchen mit rot-braunen, beinahe auf die Kopfhaut geschorenen Haaren, einem etwas schiefen Mund und grossen Augen. Er trägt ein blaues T-Shirt und Jeans. Ich kratze meine wenigen Brocken Spanisch hervor und leiere den bereits geübten Satz herunter, um in der Landessprache ein Bier zu bestellen. Der Barkeeper wendet sich rasch ab, um am Zapfhahn das Gewünschte rauszulassen. Dabei bekomme ich mit, wie ein Grinsen, wohl über mich, den gewöhnlichen Touristen, der sich den Landessitten, wie er sie sich vorstellt, anzubiedern versucht, über sein Gesicht huscht. Ein älteres

Ehepaar, das seine Herkunft aus einer englischen Provinz mit der Konstitution der beiden Leutchen und ihren Kleidern nicht verleugnen kann, betritt die Bar. Der Barkeeper wirft den Ankommenden einen kurzen Blick zu, um sich dann gleich wieder auf das Abzapfen meines Biers zu konzentrieren. Er ruft den beiden über die Theke hinweg zu, „Hy, Gladys and Rich."

„Hy Steve. Du irrst dich. Mein Name ist Dorothy und er ist Harold."

„In Ordnung, Gladys," ruft Steve, der Barkeeper zurück.

Ich trinke in Ruhe ungestört mein Bier und studiere meine Umgebung. Diese Bar hat ein bestimmtes Flair aus einer Mischung von Eleganz und Gewöhnlichkeit. Bartheke und Wände sind schwarz. An den Wänden hängen Bilder von Filmstars. Auf der Bartheke ausgebreitet ist ein kleines Deckchen aus Frottée-Stoff mit der Aufschrift ‚Guiness'. Daneben stehen Aschenbecher, ein Wasserkrug mit einer aufgedruckten Whisky-Reklame, ein in einer Halterung steckendes kleines, schwarzes Plastiktäfelchen mit weissen Inschrift ‚Bar open' und eine runde Platte mit durchsichtiger Plastikglocke, unter der das angekündigte Gebäck aus Cornwall liegt. An der Wand hinter der Theke sind schwarze Gestelle angebracht, auf denen Flaschen in den verschiedensten Farben und Formen stehen, durch deren Glas Flüssigkeiten in unterschiedlichen Farben schimmern. Die weissen Glas-Flaschen von Bols mit ihren grell farbigen Inhalten stechen hervor. In entsprechender Halterung hängen verschiedene Bierfässer von der Decke zum Abzapfen der Biere. Irgendwo stehen ein riesiger Kühlschrank und auf einem schwarzen Gestell auf Augenhöhe ein Infrarot-Grill.

Unter der Bartheke ist ein Abwaschtrog mit Wasserhahn und Abtropffläche.

Das ältere englische Ehepaar verlässt die Bar.
„Good-bye, Steve."
„See you, Gladys and Rich."

Hier fühle ich mich schnitzelgut drauf. Dieser Ort reizt einerseits die Sinne, weil es so Vieles anzuschauen gibt, ist aber gleichzeitig total alltäglich. Ohne den aufgebrezelten Ferientrubel und die künstlich überschwappende Feierlaune. Ich preise den Zufall, der mich an diesen Ort geschwemmt hat. Ich schwelge im Beobachten des ruhigen Betriebes hier. Der Barkeeper wäscht in meiner Nähe Gläser unter dem fliessenden Wasser ab, stellt sie auf die Abtropffläche und reibt sie dann mit einem Tuch trocken. Ich bin neugierig darauf, was einen offensichtlich englischen Jungen in eine Bar nach San Antonio Abad gebracht hat. Ich eröffne die Konversation mit der Frage, welcher Strand hier auf der Insel in der Nähe der Stadt der beste sei.
„Es kommt darauf an, was sie erwarten."
„Wie lange sind sie bereits hier."
„Ich öffne jeden Tag um Sieben."
„Ich meinte, wie lange sie bereits in San Antonio leben."
„Zu lange."

Und wieder betritt ein älteres Ehepaar, das seine Herkunft aus England nicht verleugnen kann, die Bar und begrüsst Steve herzlich. Dieser widmet sich ihnen und ihren Drinks und wendet sich dann wieder dem Abwasch seiner Gläser in meiner Nähe zu. Spontan, ohne mir dabei viel zu denken, horche ich auf die Unterhaltung, der

Neuankömmlinge, die sich an der Bartheke neben mir niedergelassen haben. Ich frage mich, welche Sprache sie sprechen. Irgendwie klingt es englisch, doch ich verstehe nichts.

„Wetten, du verstehst kein Wort von dem, was diese Beiden reden," wirft Steve mir lachend zu, wendet sich dann den andern beiden zu und nimmt sie wegen ihres für Normalsterbliche unverständlichen Manchester-Dialekts hoch. Mir scheint, dass diese Beiden ganz okay sind.

„Ach, sie sind aus Manchester. Sind sie zum ersten Mal hier, auf Ibiza?"

„O nein! Wir kennen Steve seit Jahren. Nicht wahr, Steve? Letztes Jahr hattest du doch noch diesen Hamburger-Stand. Und davor hattest du in diesem Strand-Café bedient. Wir kommen seit Jahren hierher. Und jetzt mit dem Perro Negro hat Steve es tatsächlich geschafft."

Die Unterhaltung entwickelt sich angenehm. Man tastet gegenseitig die Lebensverhältnisse, die Gründe und Bedingungen für dies und das ab, sucht nach Trennendem und Gemeinsamen. Bekommt als heissen Tipp den Namen des besten Strandes genannt, den die Touristen noch nicht entdeckt hätten und wie man mit dem Bus dorthin gelangt.

„Ach, dann reisen sie ebenfalls im November nach London. So ein Zufall. Ich will nämlich unbedingt das Musical ‚Chorus Line' sehen."

„Ist das eines dieser neuen Musicals im Westend? Mary, das müssen wir uns merken. Wie sagen sie, ‚Chorus Line'?"

Die Bar füllt sich mit Menschen. Ich vermute, dass alles Engländerinnen und Engländer sind. Ich mich also in einer Enklave Englands befinde. Jede neu eintretende Frau begrüsst Steve fröhlich mit einem „Hy, Gladys!" und hüpft hinter seiner Theke hin und her, um alle Gäste zufrieden zu stellen. In einer ruhigen Minute kommt er wieder her zu mir. Er amüsiert sich köstlich über meine Frage, ob alle diese Frauen tatsächlich Gladys heissen.

„Ich kann mir doch die Namen aller Frauen, die meine Gäste sind, nicht merken. Männer sind mit einem ‚Hy' zufrieden, Frauen freuen sich, wenn man etwas persönlicher wird. Ich nenne alle Frauen Gladys. Keine scheint sich daran zu stören, denkt wohl ich verwechsle sie oder hätte ihren Namen vergessen. Und scheint sich zu freuen über meinen Willen, sie beim Namen zu nennen."

„Bist du dir da so sicher, dass sie dir nicht auf die Schliche kommen?"

„Meine Gäste trinken so viel, dass sie echt fröhlich werden und einem nichts mehr übel nehmen."

Meine Unterhaltung mit dem älteren Ehepaar, das gleich neben mir sitzt, springt über auf andere Gäste, die in der Nähe stehen. Im Nu bin ich ins allgemeine Reden integriert, gebe alle möglichen Gedanken zu Gott und der Welt in alle Richtungen zum Besten. Die Stimmung ist genial. Als ich mich als Schweizer oute, bekomme ich einen Drink spendiert.

„Doch kein Bier. Wenn ich dir einen Drink offeriere, Schweizer, dann soll es was richtiges sein. Steve, einen J&B Whisky für unseren Schweizer hier!"

Man prostet sich zu. Stösst auf Liverpool an. Auf den letzten oder den ersten Ferientag, auf den just eingefangenen Sonnenbrand, auf die herrliche Paella in diesem kleinen Lokal gleich um die Ecke. Aus den Lautsprechern klingt Abba, Bryan Ferry, Village People oder

Manhattan Transfer. Durch den allgemeinen Geräuschpegel ist immer wieder ein ‚Hy, Gladys' von Steve zu hören, was bei mir inzwischen den Reflex auslöst, rasch einen Blick zum Eingang zu werfen. Ich bemerke dann auch, wie Steve einen Martini offeriert erhält. Er füllt sich ein entsprechendes Glas. Prostet dem edlen Spender zu, nippt bloss am Glasrand und als der Spender sich abwendet, kippt er den Inhalt seines Glases, fröhlich in die Runde seiner Gäste strahlend, blindlings in den Abwaschtrog. Als er bemerkt, wie ich ihn beobachte, zuckt er mit den Schultern und schneidet eine Grimasse.

„Siehst du diese Frau dort drüben," raunt Steve mir zu, „roter Krauskopf, giftgrünes Kleid. Ihr Name ist tatsächlich Gladys. Sie hängt etwas unglücklich rum. Sie würde sich bestimmt freuen, wenn du mit ihr etwas plaudern würdest."

Kaum spreche ich Gladys an, hellt ihr verdüsterter Gesichtsausdruck sich auf. Meine Frage, ob ich ihr einen Drink offerieren dürfe, bejaht sie freudig. Meine Frage, ob sie heute am Strand und an welchem gewesen sei, gibt ihr Gelegenheit, zu erzählen.

„Terry und ich wollten unbedingt schwimmen gehen. Wir waren bei Charly und Brenda zum Frühstück eingeladen. Sie haben ein wunderbares Appartement, gleich an der Uferpromenade. Himmlisch. Wir haben uns ein paar Drinks genehmigt. Dann wurden wir müde haben uns ein wenig hingelegt. Und schon war es klar zu spät, um noch an den Strand zu gehen. Wer sind sie," fragt Brenda mich.

Um uns hat sich ein kleiner Kreis von Menschen gebildet. Ein Angetrunkener streckt seinen Kopf hervor, lacht und sagt, „dumme Frage. Du alte Schaluppe hast dir einen jungen Mann aufgegabelt. Wie alt bist du überhaupt?"

„Du fragst mich, wie alt ich bin?," geht Gladys ernsthaft auf die Frage des Betrunkenen ein. „Ja, schau mich bloss so blöd an. Ich geniere mich nicht, über mein Alter zu sprechen. Es gibt Leute, die sagen unbedingt nicht, wie alt sie sind. Machen ein Geheimnis aus ihrem Alter. Ich finde, man soll zu seinem Alter stehen. Ich nenne jedem, der mich danach fragt, ohne zu zögern mein Alter. Da ist doch nichts dabei. Schau zum Beispiel Brenda an. – Ja, Brenda, schau mich nicht so böse an! – Brenda ist einundvierzig. Niemand sieht ihr an, dass sie einundvierzig ist. Charly ist dreiundvierzig. Und Terry neununddreissig. Er wird neununddreissig im nächsten Frühjahr. – Und nun zu ihnen, junger Mann, haben sie ebenfalls einen Sonnenbrand erwischt. Die Sonne brennt hier, unglaublich. – Brenda, lass das. Zupf nicht immer an meinem Kleid, du bringst meine ganze Garderobe durcheinander."

„Gladys, jetzt hör mir mal zu …"

„Brenda, lass mich los! Ich benötige keine Stütze. Ich bin nicht besoffen …"

„Wenn du nicht kommst, gehen wir alleine essen …"

„Wartet, wartet, ich …"

Gladys rennt der Frau, die sie als Brenda angesprochen hat, und zwei Männern, die wohl der 43-jährige Charly und der bald 30-jährige Terry sind, hinterher und verlässt das Perro Negro.

Während die Bar sich allmählich leert, erklärt Steve mir die Welt.

„Gladys, Brenda, Charly und Terry kleben aneinander. Nie taucht eines von ihnen alleine auf. Immer zu viert. Und immer keifen Gladys und Brenda sich gegenseitig an. Dann schmollt Gladys und zieht sich an einen einsamen Platz zurück. Sobald aber jemand das Gespräch mit Gladys sucht, eilen die andern drei herbei, um auch ja mitzubekommen, was Gladys mit einem Fremden zu reden hat. Es ist zum Kreischen! – Jetzt wird's für ein, zwei Stunden ruhig. Die Leute gehen essen. – Obacht," flüstert Steve mir verschwörerisch zu, „rück ein wenig weg, sonst ..."

Irgendwie checke ich nicht, was Steve mit seiner geflüsterten Bemerkung will, bis ein penetranter Geruch mir in die Nase steigt, ich mich umwende und sehe, dass ein alter, total vergammelter Mann sich neben mich auf einen Barhocker gesetzt hat und mich murmelnd anzuquatschen beginnt, bevor er bei Steve den üblichen Drink, „du weisst schon", und das Übliche, „du weisst schon", bestellt. Es ist zu spät. Ich kann mich vor diesem Herrn, der mit mir, wie ich nach und nach mitbekomme, ein peinliches Verhör beginnt, mich nach Alter, Beruf und Herkunft fragt, nicht in Deckung bringen. Während ich höflich antworte, trinkt er seinen Whisky und isst sein Gebäck aus Cornwall. Ist er dann wieder an der Reihe weiterzureden, spuckt er noch nicht runtergeschluckte Kleinpartikel des Gebäcks aus Cornwall aus, in meine Richtung, so dass ich mein Glas mit einer Hand bedecken muss. Der Mann stinkt fürchterlich. Nachdem er von mir erfahren hat, dass ich aus Zürich komme, buchstabiert er etliche Male den Ortsnamen Zürich, amüsiert sich selber am meisten darüber, wie er Zürich buchstabiert. Dann wechselt er abrupt das Thema. Erzählt mir, zusammenhängend, mit klarer Stimme und perfektem Vortrag eine Anekdote von G.B. Shaw mit einer Schauspielerin. Als es gerade so richtig interessant wird, fährt Steve dazwischen.

„Harry, du hast nun meine Bar genügend verstunken. Dein Glas ist leer. Das Gebäck aufgegessen. Hau ab!"

Harry steht auf, greift in seine Hosentasche, entnimmt ihr einen Klüngel Geldscheine, greift sich aus dem Klüngel, den er danach wieder in seine Hosentasche zurücksteckt, ein paar Geldscheine, die er zuerst auf dem Tresen glatt streicht, dann Steve reicht mit der Bemerkung, „Der Rest ist für dich!" , und dann das Perro Negro langsam und wankend, ohne über seine eigenen Füsse zu stolpern, verlässt.

„Ich hatte dich gewarnt," sagt Steve lachend zu mir. „Wehe, wenn er losgelassen! – Soll ich die Musik wechseln? Bette Middler, zum Beispiel? – Wenn Leute da sind, wagt er sich nicht in die Bar rein. Wenn kaum jemand da ist, lasse ich ihn kurz rein. Doch allzu lange halte ich diesen Gestank nicht aus. Sonst hängt dieser Pisse-Geruch noch die längste Zeit in der Luft und vertreibt mir meine Gäste, selbst wenn sie besoffen sind. Er ist nicht immer ein Gammler gewesen. Noch heute hat er Geld. Und er muss jemand haben, der zu ihm schaut. Feinste Kleider. Doch wenn er damit in den Dreck fällt, sieht er vergammelt aus. Lässt sich volllaufen, pisst in die Hose. Er soll ein hohes Tier gewesen sein. Richter oder so. Angeblich bei den Nürnberger Prozessen. Was mich immer wundert, dieser Mensch scheint total zufrieden. ..."

„Hy Steve! Da staunst du, wie? Wir sind wieder da. Schon wieder ist ein Jahr rum."

„Hy, Gladys. Hy."

Die beiden alten Leutchen bringen Stil in die Bude. Hubert im dunkeln Anzug mit Krawatte. Muriel im bodenlangen, schwarzen Kleid mit tiefem Ausschnitt und einer violetten Federboa. Strass mehrreihig um Hals und Armgelenke und von den Ohren hängend. Ein Make-up, das abrupt am Kinn endet und das Gesicht daher als Maske erscheinen lässt. Eine notdürftig mit Verbandstoff geflicktes auffällig farbiges und glitzerndes Brillengestell in Schmetterlingsform auf der Nase. Muriel, eine kleine, gedrungene Gestalt à la Queen Victoria, erzählt mir gleich, dass sie dreiundsiebzig ist und Hubert neunundsechzig. Wenn es im Norden kühl werde, packten sie jeweils ihre Koffer und kommen seit Jahren bereits hierher, nach San Antonio, um in diesem herrlichen Klima zu überwintern. Steve würden sie seit Jahren kennen. So ein Prachtbursche. Und so fleissig. Er arbeite so viel und habe sich bestimmt bereits ein beachtliches Vermögen zusammengespart. Zuerst im Strand-Café, dann mit dem Hamburger-Stand und jetzt mit dieser schicken Bar. Sie schwärme ihrer Enkelin in Leicester immer vor von Steve. Dass er eine super-gute Partie für sie wäre. Doch sie habe bisher noch kein Musikgehör gezeigt. ..."

Nach und nach füllt die Bar sich wieder. Steve vertraut mir an, dass er sich nicht vorstellen könne, wie und von was Muriel und Hubert in Leicester lebten. Pünktlich kurz bevor die Hotels und Lokale hier in San Antonio für den Winter schliessen, tauchten sie hier auf und seien da. Unbeirrt ihren eigenen Stil pflegend und das Leben, wie sie es hier führten, geniessend.

Ein älterer Herr spricht mich auf Französisch mit englischem Akzent an. Er ist bereits recht angeheitert. Er trägt ein Freizeithemd. Sein Kopf ist leicht gerötet.

„Als Schweizer sprechen sie selbstverständlich Französisch. Ja, damals im Krieg hatte ich Französisch gelernt. Ich war in Algier gewesen. Meine Telefonnummer qatquatrevingtquinzecinquantesix. Verstehen sie? Das war meine Telefonnummer in Algier gewesen. Menschenskind, so toll, wieder einmal jemanden zu treffen, mit dem man französisch parlieren kann. Sagen sie meiner Frau, bitte, dass ich gut Französisch spreche. Sie glaubt mir manchmal nicht. Mimi, dieser Herr hier wird dir bestätigen, dass ich Französisch spreche. Wir kommen jedes Jahr hierher. Früher waren wir jeweils auf Mallorca gewesen. Mallorca ist zu sehr überlaufen. Hier ist es in Ordnung. O, so gut, wieder einmal französisch zu sprechen. Trinken sie noch ein Bier? Steve, noch ein Bier für meinen Schweizer Freund. Sie belächeln mein Französisch. Ja, ja, mon vieux, das hätte ich mir nicht träumen lassen, dass ich heute Abend noch jemandem begegne, der französisch spricht. A votre santé! Dann mein Nummernkonto auf einer Schweizer Bank in Bâle. Qatquatrevingtquinzecinquantesix. Hahaha! Kein Nummernkonto auf einer Schweizer Bank, bloss meine Telefonnummer in Algier während des Krieges … "

Der Herr mit dem roten Kopf haut mir mit einer flachen Hand tüchtig auf eine meiner Schultern und wiehert dabei vor Lachen, während seine Mimi etwas geniert daneben steht. Doch nähert sich bereits von hinten, wie ich bei einem Blick nach hinten wahrnehme Gladys mit ihrer Gruppe.

„Terry, offeriere diesem netten jungen Mann aus der Schweiz ein Bier. Steve, Steve, bitte herhören, Terry möchte etwas bei dir bestellen," kreischt Gladys über alle Köpfe hinweg und wendet sich dann keifend an Brenda. „Du bist unmöglich Brenda, was auch immer ich tue, immer schneidest du solche Grimassen …"

Ich trinke, was mir offeriert wird, bedanke mich höflich und lächle freundlich. Dabei wundere ich mich, dass ich noch gehen und stehen kann und auch noch mitbekomme, was um mich herum geschieht. Im Moment redet Freeman auf mich ein. Helle, quicklebendige Augen, ein jungenhaft grinsendes Gesicht, längere, dunkle, an etlichen Stellen graue Haare und graumelierter Vollbart.

„Kannst du dir dieses Gefühl vorstellen. Da ist man sechsundfünfzig. Und plötzlich, unerwartet, fliegt einem das in den Schoss, auf das man ein Leben lang vergeblich gehofft hatte, das eigene hochseetaugliche Segelboot. Seit über vierzig Jahren träume ich davon. Habe klare Vorstellungen. Sehe mich in meiner Fantasie die Ozeane durchqueren. Gucke zufällig in eine Zeitschrift. Ich denke, ich sehe nicht recht. Ist doch tatsächlich genau die Yacht meiner Träume zu einem vernünftigen Preis ausgeschrieben. Ich bin sofort in einen Flieger gestiegen, nach London gereist, um die Verhandlungen zu führen. Jetzt bin ich hier, um ‚meine' Segelyacht zu besichtigen. Ein Traum! In den nächsten Tagen werden wir sie an Land nehmen, um sie genau zu inspizieren, zusammen mit Experten aus Barcelona. Ist das Leben nicht wunderschön …"

Ich schnaufe auf, dass Freeman mir nicht auch noch ein Bier spendiert. Laut und in der ganzen Bar vernehmbar ruft Steve, „Haut ab, Sperrstunde, das Perro Negro ist geschlossen. Raus mit euch!"

Langsam leert das Perro Negro sich. Steve wäscht Gläser. Ich frage ihn, ob ich behilflich sein kann. Er weist mich an, die Barhocker auf den Tresen, die Stühle auf die Tische zu stellen und den Boden zu wischen. Den Dreck raus auf die Strasse. Gegen Morgen würden die Strassenwischer kommen. So sei es hier. Später sitzen Steve und ich bei Fundador in einer anderen Bar. Die englischen Geschäftsleute, die ihre Geschäfte um Mitternacht schliessen, treffen sich hier jeweils zu einem Schlummertrunk. Die Geschäfte des Tages werden begackert. Als Steve gefragt wird, wie es ihm heute gelaufen sei, macht er eine vage Handbewegung, schneidet eine Grimasse und sagt in säuerlichem Ton „so lala". Mir vertraut er dann an, die Wahrheit zu sagen, dass es super gelaufen sei, habe seine Tücken. Das spreche sich rasch rum und schon würden die Mieten für die Lokale steigen.

„Hier schaut jeder, dass er so über die Runden kommt, wie es ihm passt. Die meisten sind hier gestrandet. Nimm David. Er ist herumgetrampt. Er hatte einen guten Job in Palma de Mallorca in Aussicht, kaufte sich mit seinem letzten Geld ein Flugticket dorthin. Am Vorabend der Abreise säuft er zuviel, verpasst seinen Flug, bekommt das Geld nicht zurückerstattet. Bleibt hier hängen. Jobbt. Macht mal dies, mal das. Das ist kein Leben."

„Bleibst du hier?"

„Ich? Spinnst du! Nein! Ich schufte hier wie ein Idiot, weil ich Geld verdienen muss und will. Ich verdiene hier ein gutes Geld. Dafür arbeite ich auch hart. Als ich jung war, unter zwanzig, schloss ich mich einer Pop-Gruppe an. Meine Eltern waren entsetzt gewesen. Hielten mich für einen Taugenichts und eine Schande, schmissen mich raus. Mein Vater prophezeite mir, du wirst es nie zu etwas bringen. Die Pop-Gruppe erwies sich als Flop. Ich fand einen Dreh, um als

Marktfahrer mit Trödelwaren gute Geschäfte zu machen. Auf einem Markt lernte ich meine Freundin kennen. Zusammen kauften wir ein kleines Geschäft für Trödel und Antiquitäten in Leicester. Uns schwebt vor, ein richtig gutes Geschäft für gute Design Sachen und Antiquitäten an guter Geschäftslage zu kaufen. Wir haben etwas in Aussicht. Den Sommer über mache ich Geld hier in San Antonio. Meine Freundin führt den kleinen Laden, der nur wenig einträgt. Den Winter über arbeite ich ebenfalls in Leicester und bin mit meiner Freundin zusammen. Diesen Sommer ist es hier sehr gut gelaufen. Womöglich mache ich noch die Saison vom nächsten Jahr hier in San Antonio. Dann werden wir das Geld zusammen haben, um das richtig gute Geschäft in Leicester zu kaufen …"

San Antonio, Ibiza, zeigt mir eine Exotik, die ich nie erwartet hätte.

In Adrar unterwegs

Algerien 1980

Unwillkürlich bin ich in der ungeliebten und verachteten Rolle des Touristen gefangen, der für die Einheimischen eben ein Tourist ist und beim Herumhängen immer nur auf andere Touristen stösst. Ich bin mit meinem Motorrad nach Den Haag gereist, um meinen Freund Marc zu besuchen, der hier für einige Zeit zu tun hat. Während Marc arbeitet, hänge ich in der Stadt herum. Zufällig stosse ich auf Alain aus Avignon, der ebenfalls als Tourist herumhängt. Beim Kennenlernen nehmen wir uns gegenseitig über unsere gegenwärtige Lebenssituation aus. Mich fasziniert, dass Alain beruflich Schauspieler ist. Ein Engagement im Chor der Oper von Avignon hat.

„Ich weiss nicht, was du hast," reagiert Alain auf mein reges Interesse recht verschämt. „Es ist ein Beruf wie jeder andere. Bloss dass man ständig herumkommandiert wird. Okay, okay, man kommt in Berührung mit Stars. Montserrat Caballé, eine ganz tolle Frau. Und so bescheiden und lustig. Bei der letzten Inszenierung sang sie eine Arie von einem Balkon. Bevor sie auf den Balkon stieg, rüttelte sie an den Säulen, die den Balkon tragen, und fragte mit verschmitztem Lächeln – nun, sie ist eine gewichtige Dame, wie du weisst – vous croyez que ça tienne? Und nach der Vorstellung bestellt sie Pizza für alle und wir feiern fröhlich, mit ihr in der Mitte. Meine Eltern sind auch Mitglieder im Chor der Oper. Wir kennen nichts anderes. Die Grosseltern sind zu alt dafür. Alle sind wir seit Generationen Schauspieler gewesen. Ach ja, bis kein Interesse mehr da war und die Sache nicht mehr rentierte, waren wir das letzte professionelle Wandertheater in Frankreich. Wir trugen den Titel ‚Théâtre Ambulant de France'. Ein Leben im Wohnwagen. Immer unterwegs. Zuletzt spielten wir nur noch in Schulen. Unsere Truppe war so zusammengeschrumpft, dass ich der Liebhaber meine Grossmutter spielen musste, die im höchsten Alter noch als unsere beste Kraft die junge Liebhaberin spielte. Dabei wäre ich bei meinem ersten Auftritt auf der Bühne beinahe draufgegangen. Nein, nein, ohne Witz. Ernsthaft. Kurz nach meiner Geburt war Weihnachtszeit. Also wurde ich im Weihnachtsspiel, das wir gerade gaben, als Jesuskind nackt in eine mit Stroh gefüllte Wiege gesteckt. Las eine Lungenentzündung auf, musste ins Spital eingeliefert werden – und überlebte. Vor ein paar Jahren dann war endgültig Schluss mit dem Wandertheater, das meine Familie seit unzähligen Generationen betrieben hatte. Wir können nichts anderes, haben keine Ausbildung, bloss die Erfahrung. So landeten wir im Opernchor der Oper von Avignon. Grossvater kann sich an die Wohnung noch heute nicht gewöhnen. Er hat seinen Wohnwagen im Vorgarten stehen und wohnt im Wohnwagen. …"

Zur Zeit des Theaterfestivals sattle ich erneut mein Motorrad und flitze nach Avignon zu Alain. Die Gelegenheit, mit einem Insider diesen Spektakel zu erleben, will ich mir unbedingt nicht entgehen lassen. Wir sehen Maria Casarès in Shakespeares ‚Le conte d'hiver' in der Regie von Jorge Lavelli im Innenhof des Papstpalastes und eine Menge

Strassentheater und verbringen eine vergnügliche Woche zusammen. Alain berichtet mir, dass seine beste Freundin Suzy als Coopérante in Algerien eine Stelle als Lehrerin habe und er sie dort besuchen werde. Ob ich allenfalls Lust hätte, ihn im Herbst dorthin zu begleiten. Ich bin sofort Feuer und Flamme für dieses Reiseprojekt. Algerien ist ein alter Traum von mir, seit ich vor über fünfzehn Jahren Werke von Camus verschlungen hatte. Immer wieder hatte ich geplant nach Algerien zu reisen, dann aber wegen der politischen Lage dort Schiss bekommen. Mit Alain zusammen dorthin zu reisen, um eine junge Französin zu besuchen, die dort in offizieller Mission ist. scheint mir unbedenklich.

In den ersten Oktobertagen fliege ich über Genf nach Marseille, wo ich Alain auf dem Flughafen treffe und wir gemeinsam weiter nach Algiers fliegen. In Algier geht der Trubel los. Meinen Rückflug in die Schweiz kann ich nicht rückbestätigen, weil der Computer bei Swissair gerade nicht funktioniert. Bei Air Algérie kann man uns nicht sagen, wann am nächsten Tag unser Anschlussflug nach Adrar sei, einer Stadt im Süden des Landes, kurz bevor die Sahara beginnt. Suzy arbeitet und wohnt erst seit wenigen Tagen in Andrar. Vorher war sie Algiers gewesen. Der Flug nach Adrar sei vielleicht um Fünf, vielleicht um Sechs. Auf jeden Fall sollten wir uns frühzeitig auf dem Flughafen einfinden. Das Hotelzimmer ist schmuddelig und der klebrige Besitzer dieses kleinen Hotels begleitet uns auf unser Zimmer und sagt, wir müssen uns sputen mit dem Abendessen. Nach Neun seien alle Lokale geschlossen. Es wird eine kurze Nacht geben. Wir werden vor Drei aufstehen müssen, das Taxi auf drei Uhr bestellen, um auch ja rechtzeitig auf dem Flughafen zu sein.

Um Drei mit dem Taxi, das pünktlich auf uns wartet, zum Flughafen. Weil der Architekt oder Planungsminister oder wer auch immer mit dem gesamten Geld für den neuen Flughafen abgehauen ist, steht das Flughafengebäude noch mehr oder weniger im Rohbau da und der Abflug des Lignes Intérieures wird in einem Zelt abgefertigt. Elektrizitätspanne. Die Wartezeit nimmt mangels Lichts gespenstische Formen an. Doch, o Wunder, der Abflug ist pünktlich. Bei der Fokker Friendship der Air Algérie handelt es sich um eine Militärmaschine. Diese Fluglinie in den Süden, wo Adrar die Hauptstadt des Distriktes ist, ist von staatlichem Interesse, weil Funktionäre, Regierungsleute und auch Militär befördert werden müssen. Nach einer Zwischenlandung in Ghardaia, kommen wir in Adrar an. Es herrscht eine Bruthitze. Suzy erwartet uns nicht am Flughafen. Es gibt keine Taxis. Wir müssen zu Fuss in die Stadt gehen. Zum Glück ist es nicht weit. Privatadresse von Suzy haben wir nicht. Irgendwo stossen wir auf das Lycée mixte. Nehmen an, dass Suzy hier unterrichtet. Machen uns schlau. Suzy sei tatsächlich als Lehrerin an diesem Lycée, habe jedoch heute und morgen frei. Wir fragen nach ihrer Wohnadresse. Der Mann lacht. Hier sei die Wüste. Hier gebe es keine Adressen. Doch soviel er wisse, wohne sie in dieser Richtung, nicht sehr weit weg. Er zeigt in eine Richtung und wir zotteln weiter. Nach einigen Schritten stellen wir fest, dass wir ohne konkrete Angaben, das Haus von Suzy nie finden werden. Alain sagt, er werde diesen einsamen Fussgänger, der bestimmt hier wohne, mal anhauen, ob er wisse, wo eine junge Französin wohne. Ich stelle mich in den Schatten unter einen Baum und warte. Sogleich stürzt sich ein Polizist in azur-blauer Uniform und weisser Mütze, der auf dem Platz den nicht vorhandenen Verkehr regeln sollte, breit grinsend mit ausgestreckter Hand auf mich. Fragt mich, wie es mir gehe und erzählt sogleich, dass er für zwei Jahre in diese Hölle im Süden versetzt worden sei. Um nach der Rückkehr eine bessere Stellung zu erreichen, müsse man so etwas auf sich nehmen. Hier in Adrar gebe es nicht, weder Bier, noch Kino, noch Frauen. Alain kommt mit näheren Angaben, wo Suzy wohnen könnte, zurück. Wir schultern unsere Koffer von Neuem und finden Suzy, die vor ihrem Haus steht und per Wüstentelefon bereits erfahren hat, dass zwei Männer aus der Metropole, worunter die Einheimischen Frankreich verstehen, in der Stadt herumirrten und nach ihr suchten. Das Haus ist ein einstöckiger einfacher Bau aus Backsteinen mit Lehm verputzt und besteht aus drei recht grossen Räumen, einer Küche und Bad und Toilette in westlichem Standard.

Suzy und Alain fallen sich in die Arme. Und auch ich lande in Suzys Armen.

„Und wo habt ihr mein Auto gelassen?"

Wir verstehen die Frage nicht. Alain erklärt, dass wir per Flugzeug gekommen seien, wie er ihr ihr in seinem Telegramm mitgeteilt habe. Im Nu stellt sich heraus, dass zwei Depeschen ihre Empfänger nicht erreicht haben. Suzy hat Alains Telegramm mit der genauen Ankunftszeit nicht erhalten. Alain seinerseits hat das Schreiben von Suzy nicht erhalten, in dem sie uns bittet, nicht per Flugzeug nach Adrar zu kommen, aber von Algiers ihren mit ihrem Hausrat und Nahrungsvorräten vollbepackten Wagen hierher zu chauffieren. Sie als Frau alleine habe sich gescheut, diese lange Strecke zu fahren. Habe sich vorgestellt, dass diese Autofahrt für zwei Männer ungefährlich sei. In dieser unerwarteten Situation ist Suzy untröstlich. Ihr Haus stehe total leer. Der Hausrat sei in ihrem Auto, das nun in Algier stehe. Auch die Vorräte fehlten. Es gebe in ihrem Haus nichts Essbares. Wir trösten Suzy. Das sei alles kein Problem. Wir würden einkaufen gehen. Suzy ist erleichtert. Sie habe noch dringend etwas mit den Eltern einer Schülerin zu erledigen. Jetzt gerade sei Markt. In dieser Richtung alles gerade aus würden wir unweigerlich zum Marktplatz kommen. Wir sollten einfach einkaufen, was wir begehrten, und dabei nicht vergessen, dass bei ihr nichts, aber auch gar nichts im Haus vorhanden sei. Sobald wir zurück seien, werde gefrühstückt, und zwar richtig!

Nachdem wir unsere Koffer im leeren Haus von Suzy abgestellt haben, macht Suzy sich in eine Richtung und wir uns in die andere Richtung auf den Weg. Wir ahnen sogleich, dass wir auf dem richtigen Weg sind. Uns kommen klar als Einheimische zu erkennende Menschen entgegen, die zu unserer grossen Belustigung ganze Kartons, einige übereinander geschichtet, voller Eier auf ihren Köpfen balancieren und noch prall mit Tomaten gefüllte Plastiksäcke in den Händen tragen. Diese Menschen kommen klar vom Markt. Wir spotten darüber, dass die Leute in Adrar anscheinend einen riesigen Konsum an Eiern und Tomaten haben. Diese Nahrungsmittel wohl ihre Lieblingsspeisen sind. Wie sie in dieser Hitze, in ihren einfachen Behausungen, bestimmt ohne Kühlschrank Eier überhaupt aufbewahren können. Wir schütteln unsere Köpfe und gelangen zum Markt.

Wir gehen den gesamten Markt rauf und runter, finden da neben etwas Gemüse und Früchten vor allem Batterien, Kofferradios, Unmengen von Tomaten und Eiern. Wir sehen uns vor die vollendete Tatsache gestellt, dass wir vor allem Eier und Tomaten kaufen können. Weshalb auch nicht. Alain fragt mich, wie viele Eier ich zum Frühstück esse. Zwei oder drei? Eier gehören nicht zu meinem üblichen Frühstück. Ausnahmsweise ein Ei reicht mir vollends. Alain sagt, auch er wolle nicht mehr als ein Ei. Wie er Suzy kenne, esse sie herzlich wenig. Sie esse bestimmt nicht mehr als ein Ei. So kaufen wir drei Eier und viele Tomaten, weil sie so schön aussehen. Der Eierverkäufer nimmt unseren Wunsch kopfschüttelnd entgegen und schwatzt nebenher kichernd mit Umstehenden auf Arabisch. Doch sind wir uns sicher, dass er sich über uns lustig macht. Wir tragen unsere Einkäufe stolz zurück ins Haus von Suzy. Suzy schüttelt ihren Kopf.

„Was habt Ihr euch bloss gedacht beim Einkauf! Drei Eier und so viele Tomaten! Wenn es endlich mal Eier zu kaufen gibt, kauft man so viele, wie man tragen kann. Eier gibt es bloss selten. Und so viele Tomaten! Sie verfaulen. Sie gibt es jeden Tag. Jetzt ist doch Saison und sie sind so viel besser frisch. Kommt, wir brauchen noch Brot. Es wird von den Bäckereien aus Fenstern auf die Strasse verkauft. Und dann können wir gleich noch im Warenhaus vorbeigehen, um zu sehen, was es dort zu kaufen gibt."

Das Warenhaus ist eine riesige Halle mit unzähligen Gestellen. Die meisten Gestelle sind leer. Ein Gestell ist voller Ölflaschen. Einige Gestelle sind je mit verschieden grossen Konservendosen gefüllt, die jedoch kein Etikett haben, so dass man nicht weiss, was in den Dosen tatsächlich ist. Der Verkäufer erklärt, neulich habe es eine Überschwemmung gegeben. Die Etiketten aller Konservendosen seien weggeschwemmt worden. Suzy befindet, wir nehmen von jeder der verschieden grossen Konservendosen eine. Es werde schon was Gutes drin sein.

Unterwegs zurück zum Haus decken wir uns noch von einer Bäckerei mit Brot ein. Mit einem Bekannten von Suzy, Philippe, der in der Nachbarschaft wohnt und der gerade vor seinem Haus steht, haben wir einen kurzen Schwatz und er bietet an, dass er uns für unser Frühstück ein Stück Saint Albray beisteuern kann. Patricia, die Frau von Philippe, die dazustösst, warnt Suzy, dass sie auf ihren Ruf achten müsse.

„Die Einheimischen sind sehr strikt. Sie kategorisieren die Fremden, die hier wohnen. Du, Suzy, bist noch zu kurz hier, als dass du bereits kategorisiert bist. Stelle Einheimischen Alain und den Schweizer unbedingt als deine Cousins vor. Dann nehmen die Einheimischen dich als anständige Frau wahr. Wüssten sie, dass sie ‚bloss' Freunde sind und du mit ihnen unter einem Dach wohnst, wäre es um deinen Ruf geschehen. Ihr müsst wissen," wendet sich Patricia lachend an Alain und mich, „Suzy darf als Frau, bevor sie von den Einheimischen kategorisiert ist, alleine kein Kaffeehaus betreten. Sobald sie einem kategorisiert ist, kann sie tun und lassen, was sie will. Die einmal erfolgte Kategorisierung bleibt bestehen. Kommt heute doch zum Nachtessen vorbei. Ich habe wunderbare Auberginen – und Pastis."

„Und einen guten Côte de Rhône," fügt Philippe an, der aus dem Haus kommt und Suzy den Saint Albray überreicht. „Bis später dann."

Suzy sagt, „So ist es hier. Die Leute sind phantastisch. Wo sie können, helfen sie einem aus. In den Läden bekommt man nichts und dennoch hat man alles, weil alle Menschen hier geheime Kanäle haben, um an die notwendigen und weniger notwendigen Dinge ranzukommen. Man leidet wegen der Solidarität hier keinen

Mangel und kann sich köstlich über die offiziellen Lebensbedingungen amüsieren."

Nach dem Frühstück hängen wir der Hitze wegen wie tote Fliegen in Suzys Haus herum. Bis Suzy uns ermahnt, uns bei der Polizei, die sich am Hauptplatz befinde, zu melden. Als Fremde müssten wir unbedingt registriert sein. Wir sollten dort angeben, wir wohnten bei unserer Cousine, die hier als Lehrerin am Lycée arbeite, der Coopérante, die Suzy heisse. Das sollte reichen."

Bevor wir zum Nachtessen bei Patricia und Philippe aufbrechen, nehmen Alain und ich Suzy die Bewässerung der Gärtchen vor und hinter dem Haus mit dem Wasserschlauch ab. Als wir damit zu Ende sind, nimmt Suzy uns den Wasserschlauch ab und spritzt im ganzen Haus die rot-geld gemusterten Klinkerböden, von denen sie zuvor, alles, was auf dem Boden gelegen hatte, auf Stühle und den Tisch gehoben hatte, mit Wasser ab.

„Damit die Luft im Haus drinnen am Abend zumindest etwas abkühlt," kontert Suzy unser Erstaunen.

Am nächsten Tag hat Suzy zuhause Schüler-Aufsätze zu korrigieren. Gegen ihren Rat wollen Alain und ich bis zum Anfang der Sahara-Wüste gehen, um das Wüsten-Erlebnis zu haben. Wir erreichen zwar die Wüste, die endlos in Richtung Süden geht, schwitzen wie die Schweine und begreifen, weshalb Suzy unsere Idee mit dem Wüstenspaziergang nicht berauschend fand. Den Rest des Tages liegen wir im Haus herum und lesen, während Suzy wie wild korrigiert. Gegen Abend vermeldet Suzy, sie habe hier im Haus keinen Telefonanschluss, wolle aber unbedingt Thierry in Algier anrufen, damit er ihr ihr Auto mit dem

Hausrat und den Vorräten nach Adrar fahre. Sie gehe rasch zur Post. Wir begleiten Suzy zur Post. Vor dem Postgebäude stellt Suzy uns zwei ihr bekannte Algerier vor, den Architekten Saad aus Algiers, der für seine Arbeit zusammen mit Nour-Eddine, einem Berber und Topographen, ebenfalls aus Algiers, vorübergehend in einer Dienstwohnung hier in Adrar lebe. Während Suzy auf der Post auf ihre Telefonverbindung nach Algier wartet, laden Saad und Nour-Eddine uns auf einen Sprung ins nächstgelegene Kaffeehaus ein. Als Suzy aus dem Postgebäude rauskommt, verabschieden wir uns von Saad und Nour-Eddine. Suzy hat bereits den nächsten Bekannten getroffen, Gérard, der wie sie Coopérant und Lehrer am Lycée ist. Gérard wohnt in Tamentit und erklärt, als Fremde hier müssten wir unbedingt sein Dorf sehen, lädt uns in sein Auto und fährt uns in sein Dorf, wo er uns herumführt. Ein Dorf von biblischen Dimensionen. In einem engen Gässchen kommt uns ein alter Mann in Djellaba, auf einem Esel reitend, entgegen und begrüsst uns mit einer Handbewegung und „Salam". Gérard anerbietet sich, uns nach Adrar zurück zu fahren, doch Suzy lehnt ab. Bei einbrechender Dunkelheit seien die zwölf Kilometer ein angenehmer Abendspaziergang. Nach wenigen Schritten überholt uns auf der kaum befahrenen Strasse ein Taxi, hält an, nimmt uns mit nach Adrar. Zurück in Adrar schlagen wir vor, dass wir Suzy in ein Restaurant zum Nachtessen einladen. Suzy schneidet eine Grimasse. In der Stadt gebe es bloss ein Restaurant, im einzigen Hotel am Ort. Wir sind die einzigen Gäste im Restaurant. Eine Karte gibt es nicht. An Getränken gibt es ausschliesslich Wasser. Zur Vorspeise gibt es Kartoffeln mit Zwiebeln. Zum Hauptgang etwas Reis mit einer undefinierbaren Sosse und einem winzigen Zipfelchen Fleisch. Zur Nachspeise einen Schnitz grüne Melone.

„Deine Küche, liebe Suzy, überzeugt uns mehr!"

„Für das Abendessen morgen haben Saad und Nour-Eddine uns in ihre Wohnung eingeladen."

Bei Saad und Nour-Eddine sind neben uns noch Mohamed, ebenfalls ein Topograph, und Khadidja, eine Sozialarbeiterin, beide aus dem nahe gelegenen Tlemcien eingeladen. Von Saad erfahren wir, dass er in Algier mit seiner Freundin zusammen lebe. Sie sei Polin und vom Staat als Stadtplanerin angestellt.

„Während unseres Arbeitseinsatzes wohnen Nour-Eddine und ich in dieser Wohnung. Wie ihr bestimmt bemerkt habt, ist dies eines der wenigen mehrstöckigen Mehrfamilienhäuser aus Beton. Entworfen und gebaut von einem griechischen Architekten im Rahmen eines Stadtentwicklungsprogramms. Mit Beton kann man schnell bauen. Als Baumaterial in diesen Klimazonen ist es katastrophal. Es behält die Hitze. Während die traditionelle Bauweise mit den traditionellen Materialen von hier, selbst die Hitze lebbar machen. Ihr habt sicher gesehen, dass das Stadtbild, vor allem im Zentrum, in der Altstadt für unsere Augen befremdlich ist. Endlose höchste Lehmmauern und enge Sandstrassen. Ausserhalb der Altstadt die kleinen, einstöckigen Einfamilienhäuschen …"

Es klingelt an der Wohnungstüre. Nour-Eddine bringt einen jungen Mann herein, der ebenfalls Mohamed heisst. Dieser Mohamed hat eine joviale und, obwohl mit grösster Wahrscheinlichkeit der Jüngste in der Runde, eine grand-seigneurale Art. Er ist gross und etwas aufgequollen. Er entschuldigt sich, dass er leider, leider nicht bleiben könne. Zeigt sich aber äusserst erfreut, Alain und mich kennenzulernen. Er fragt uns auch, was uns hierher geführt habe. Er staunt, dass wir nicht einer Arbeit wegen hier sind. Bloss zu einem Besuch und um Adrar zu sehen.

„Wie gefällt ihnen Adrar? Sie müssen wissen, meine Familie stammt aus Adrar. Mein Vaterhaus ist hier in Adrar. Wenn ich nicht in Algier studiere, bin ich immer hier. Für mich ist Adrar der schönste Flecken auf der Welt und ich bin so glücklich, dass sie hier sind und meine Stadt erkunden. Saad und Nour-Eddine werden ihnen bestimmt schon vieles über Adrar erzählt haben. Glauben sie ihnen nicht alles. Sobald sie und ich auf die Landwirtschaftsreform zu sprechen kommen, geraten wir aneinander. Sie haben oft verrückte Ideen. – Sie dürfen Adrar nicht verlassen, ohne ein richtiges Cous-Cous gegessen zu haben. Wann reisen sie nachhause? Dann ist es höchste Zeit, dass wir uns kennengelernt haben. Ich lade sie und – wie heisst ihre Begleiterin gleich, Suzy, ach, ihre Cousine, schön, dass sie sie besuchen – Suzy morgen Abend zu einem Cous-Cous ein. …"

Bevor Mohamed wieder entschwirrt, lässt er sich von Suzy erklären, wo sie wohnt, und sagt, ein Cousin werde uns morgen Abend abholen und in sein Vaterhaus begleiten. Nachdem Mohamed gegangen ist, lacht Suzy, dieser Mohamed sei klar ein Vertreter des „milieu bourgois", für den die „petits prolos" à la Saad und Nour-Eddine und wir linke Wirrköpfe sind. „Das heisst, ich als Frau zähle nicht, oder bloss als erotischer Zeitvertreib." Saad, Nour-Eddine, Mohamed und Kadidja stimmen dieser Einschätzung lachend zu.

Der Cousin von Mohamed, ein moderner junger Mann in Jeans und T-Shirt, holt uns ab. Wir nähern uns in der Altstadt von Adrar dem Vaterhaus von Mohamed. An einer engen, sandigen Strasse ein wuchtiges Mauerquader mit sehr hohen, lehmverputzen, fensterlosen Mauern und einer kleinen Eingangstüre. Der Cousin macht uns darauf aufmerksam, dass der gesamte Block von bestimmt etwas über 200 Metern im Quadrat zu diesem einen Haus gehöre. Wir treten ein. Mohamed, gekleidet in einen modisch schicken, körperbetonten Jeans-Anzug mit einem roten Hemd, begrüsst uns und bittet uns ins Empfangszimmer für Gäste. Dies ist ein riesiger, kahler Raum, von mindestens vier Metern Höhe. Die Raumdecke ein tolles Muster aus Palmenstämmen. Mohamed erklärt lachend, die Wände seien über einen Meter dick. Hier drinnen werde es nie wirklich heiss. Auf den nackten Lehmboden sind den Wänden entlang Teppiche aufgereiht, dahinter gegen die Wand mit Teppichen überzogene Matratzen. Beistelltische mit niedrigen Beinen sind lose verteilt im Raum. Mohamed erklärt Suzy, sie als Frau dürfe ins Frauenquartier, um die Frauen zu begrüssen. Den Männern sei das Frauenquartier versagt. In diesem Empfangsraum ist es verhältnismässig angenehm kühl. Mohamed kommt zurück und meint, jetzt, nach Sonnenuntergang sei die Dachterrasse der schönste Ort des Hauses. Wir würden dort essen. Über eine Treppe gelangen wir auf die riesige Dachterrasse. Umgeben ist sie von einer oben abgerundeten, hüfthohen Mauer. Der Blick nach unten in den Innenhof des Hauses mit Arkaden, Palmen und üppiger Vegetation. Mohamed erklärt, hinter dem sichtbaren Innenhof, befinde sich ein zweiter Innenhof, ein Gemüsegarten, den man von hier aus nicht sehe. Über allem der Sternenhimmel. Wir lassen uns auf Matratzen nieder. Mohameds Vater, der Patriarch, kommt, gekleidet in eine Djellaba, auf dem Kopf einen Turban, in Begleitung von Suzy. Er begrüsst uns herzlich, beteuert, es sei ihm eine Ehre, dass wir sein bescheidenes Haus mit unserem Besuch beehrten, er uns seine Gastfreundschaft erweisen könne und heisst uns willkommen. Mohamed erklärt uns, dass Suzy als Westlerin mit uns essen dürfe. Traditionell würden sonst die Männer zusammen essen und die Frauen ebenfalls zusammen andernorts. Ein Diener bringt einen niedrigen Tisch und stellt ihn in unsere Mitte. Der Diener reicht dem Patriarchen einen Wasserkrug. Der Patriarch nimmt einen Schluck daraus. Reicht dann den Krug weiter. Jeder soll einen Schluck daraus nehmen. Der Diener bringt ein Wasserbecken, das er jedem von uns hinhält, damit jeder und jede seine, ihre Hände wäscht. Mehrere Diener bringen eine riesige runde Schale, die mit Cous-Cous gefüllt ist und etwas Gemüse drauf, eine Platte mit einem grossen Stück Schafhammel, die sie vor den Patriarchen platzieren, und einen Teller, den sie vor Suzy stellen. Der Patriarch greift mit blossen Händen in die Cous-Cous-Schale, legt ein Häufchen Cous-Cous auf Suzys Teller und gibt etwas Gemüse dazu. Dann rupft der Patriarch einen rechten Fleischfetzen aus dem Hammel und legt diesen ebenfalls auf Suzys Teller, um danach für jeden Mann je einen rechten Fleischfetzen auf das Cous-Cous in der Schale zu legen, so platziert, dass jedem klar ist, welches Stück Fleisch für ihn gedacht ist. Der Patriarch fordert uns auf zuzugreifen. Jeder greift in die Cous-Cous-Schale und befördert mit seiner Rechten – Mohamed instruiert uns, dass ausschliesslich die Rechte dazu benutzt werden dürfe – und blossen Fingern Fleisch, Cous-Cous und Gemüse in seinen Mund, während Suzy aus ihrem eigenen Teller isst. Das Geschmatze geht los. Wohlige Zufriedenheit mit anregenden Gesprächen macht sich breit. Ein laues Lüftchen weht. Und über uns der schönste Sternenhimmel.

Als alle satt sind, reichen die Diener erneut die Wasserschale zum Händewaschen herum, räumen Platten, Schalen und Teller ab. Eine wunderschöne junge Frau in

Jeans und T-Shirt bringt eine Schale mit Trauben und Wassermelonen-Stückchen. Sie begrüsst uns freundlich, stellt sich vor als die Schwester von Mohamed, die Tochter des Patriarchen. Zur Nachspeise sei es ihr erlaubt, sich zum Tisch der Männer zu gesellen. Sie studiere Politikwissenschaften in Paris und sei zufällig gerade zu Besuch in ihrem Vaterhaus. Sie freue sich sehr, uns kennenzulernen.

Gelungene Tricks in Marrakesch

Marokko 1981

Sich zu Fünft auf eine Städtereise zu begeben, zwei Paare und ich als Einzelperson, erweist sich einerseits als eine gruppendynamische Herausforderung und andrerseits als die Chance, mich von Zeit zu Zeit absetzen und meine eigenen Erlebnisse haben zu können.

Nachdem wir uns im Hotel in Marrakesch eingenistet haben, entferne ich mich als Erstes von meinen Freunden. Ich verlasse das Hotel im Zentrum der Stadt, innerhalb der Stadtmauern. Ich pilgere zum nächstgelegenen Stadttor. Ich gehe weit in die umliegende Wüste hinaus. Überquere Ringstrassen. Durchmesse lockere Hüttchen-Quartiere, Olivenhaine. Bis ich den Rand der Wüste, Wüstensand und eine unendliche Weite mir Bergen am Horizont erreiche. Da erst wende ich mich um. Die Stadt ist eine scherenschnittartige Silhouette am Horizont. Mein Ritual, mich der Stadt, in der ich ein paar Tage verbringen werde, in angemessener Weise anzunähern und sie durch eines der Stadttore zu betreten. Überglücklich schlendere ich der Stadt und dem Stadttor entgegen, die grösser und grösser werden. Unter gleissender Sonne. Meine Füsse in ausgelatschten Desert Boots. Im Schweisse meines Angesichts. Auf dem Moment schaukelnd. Trunken im Gefühl, jetzt dann die Stadt rechtmässig zu betreten. Aus einem Olivenhain winkt mir eine wie aus biblischen Zeiten entsprungene Gestalt in Djellaba und Turban zu. Ich winke fröhlich zurück. Staune, wie freundlich die Einheimischen Fremden gegenüber sind. Bis mir ein Licht aufgeht. Der Mann winkt mir nicht zu, er winkt mich zu sich hinan. Offensichtlich will er mir etwas zeigen. Ich gehe die etwas über hundert Meter hin zu diesem stattlichen Mann mit grauem Vollbart, der unter einem Olivenbaum steht. Noch immer kann ich nicht erfassen, was er mir zu zeigen versucht. Meine auf Französisch hingeworfenen Worte und Fragen scheint er nicht zu hören. Der gebietet mir mit Handzeichen, näher, noch näher, noch näher zu treten. Bis ich das Kommende ahne. Mich aber aus Neugier nicht dagegen wehre. Ich rieche den von Knoblauch und Tabak geschwängerten Atem des Mannes. Dieser packt mich mit festem Griff am Nacken, hebt mit der andern Hand seine Djellaba, die an einer Stelle eine Ausbuchtung gezeigt hatte, hoch und drückt meinen Kopf nach unten …

Ich strolche auf eigene Faust und alleine durch die Stadt und geniesse es, diese mir fremde Umgebung, das Treiben auf diesem Platz, die herumwuselnden Einheimischen und sogar den Verkehr auf mich einwirken zu lassen. Hier tauche ich in die Welt abseits vom Touristenstrom ein. Ich habe kein konkretes Ziel. Ausser dass ich zu einem bestimmten Zeitpunkt, vielleicht in einer Stunde, wieder zurück im Hotel sein soll, um meine Freunde zu treffen. Aus dem Umgebungslärm schnappe ich eine Stimme auf, die nach etwas oder jemandem ruft. Dieser Zuruf – er scheint in der Richtung meines Rückens zu erfolgen – wiederholt sich. Wird deutlicher und lauter. Neugierig wende ich mich um. Ahne einen Vorgang, den zu beobachten ganz reizvoll sein kann. Und da sehe ich einen in dieser Umgebung und in diesem Land auffällig adretten, elegant in einen dunkelblauen Anzug mit weissem Hemd und diskretem Schlips gekleideten, rufenden und dabei lächelnden jungen Mann, dessen Zuruf mir gilt. Ich verstehe die Welt nicht mehr. Was will dieser Unbekannte, offensichtlich ein Einheimischer, doch in einem ungewöhnlichen Aufzug, von mir.

"Erkennen sie mich nicht wieder?"

Der Unbekannte bleibt etwas atemlos vor mir stehen. Lächelt freundlich. Ich bin ratlos. Weiss nicht, was dieser Auftritt zu bedeuten hat.

"Ich verstehe, dass sie mich nicht erkennen. Wir sehen alle gleich aus. Sind für sie nicht zu unterscheiden. Und von meiner Sorte wimmelt es am Empfang des Hotels. Ich habe ihnen den Zimmerschlüssel überreicht, wenn es nicht gerade ein Kollege war, der sie bediente …"

Ich schaue den jungen Mann an, habe das Bild der Empfangstheke im Hotel vor meinem geistigen Auge. Da und im dahinter liegenden Büro wimmelt es tatsächlich von jungen, sich ähnlich sehenden Männern in eben dem Aufzug, den dieser junge Mann trägt, als eine Art von Uniform. Da alle dieser jungen Männer, insbesondere auch wegen der uniformartigen Bekleidung und den ungewohnt gepflegten Haarschnitten und Frisuren, sich ähnlich sehen, könnte ich nicht sagen, ob ich mit diesem konkreten jungen Mann am Empfang des Hotels Worte gewechselt habe oder nicht. Irgendwie bin ich gerührt, dass er so ungeniert und fröhlich auf mich zukommt und sich zu erkennen gibt. Dazu sein offener Gesichtsausdruck.

"Ich lade sie zu einem Pfeffermünztee ein. Nein, nein, meine Einladung können sie nicht abschlagen. Es ist bei uns so Sitte, dass Fremde mit Pfefferminztee willkommen geheissen werden. Keine Sorge, ich will sie nicht lange aufhalten. Es ist mir eine Freude, ihnen unsere traditionelle Gastfreundschaft zu erweisen. Wie gefällt ihnen Marrakesch? Hier dieses Kaffeehaus. Sind sie bereits in einem marokkanischen Kaffeehaus gewesen?"

„Es ist mir nicht recht, dass sie mich einladen."

Der junge Mann spielt den perfekten Gastgeber. Er sorgt sich darum, dass ich bequem sitze. Wechselt über alle Köpfe hinweg mit der Bedienung des Kaffeehauses ein paar Worte auf Arabisch.

„Dem Besitzer des Kaffeehauses ist es eine Ehre, dass sie als Fremder hier sind. Er wird den Pfefferminztee gleich bringen. Trinkt man bei ihnen zuhause ebenfalls Pfefferminztee?"

Ich gestehe dem jungen Mann lachend, dass es bei uns in der Schweiz mit der Teekultur nicht so weit her sei. Er würde sich wundern, dass wir zwar Pfefferminztee trinken, jedoch meist aufgegossen auf Teebeutel, was selbstverständlich kein Vergleich sei zu dem Tee, den man hier sorgfältig und fachgerecht serviert bekomme, mit dem Zucker und den frischen Pfefferminzblättern.

„Dann haben sie unseren Pfefferminztee bereits einmal gekostet?"

„Ja, ja. Einer meiner Freunde, die mit mir reisen, hat eine Bekannte in Marrakesch und sie hat uns gestern einen Pfefferminztee serviert."

„Eben, das habe ich am Empfang des Hotels mitbekommen, dass sie und ihre Freunde aus der Schweiz sind. Deshalb sind sie und ihre Gruppe mir aufgefallen. Sonst bedient man im Laufe eines Tages so viele Gäste, dass man sich an ihre Gesichter kaum erinnern kann. Ein Bruder von mir arbeitet nämlich in der Schweiz. Beim Schweizer Nationalzirkus Knie. Als Zeltbauer."

Wir beide staunen über die Zufälle, die das Leben einem zuspielt, und amüsieren uns köstlich, dass wir Gemeinsamkeiten entdecken. Plötzlich schaut der junge Mann auf seine Armbanduhr. In seinem Gesicht zeichnet sich ein kurzer Schrecken ab. Ich bemerke, dass irgendetwas nicht zu stimmen scheint. Seine Gesichtszüge lockern sich gleich wieder und er meint grinsend, es sei alles in Ordnung.

„Meine Frau hat mich losgeschickt, Pampers-Windeln für den Kleinen zu kaufen. Ich habe einen Sohn. In zwei Tagen ist er vier Monate alt. Ein so süsses Kerlchen. Die Pampers sind ausgegangen. Das Warenhaus um die Ecke schliesst in fünf Minuten. Ich muss leider gehen."

Der junge Mann ruft die Bedienung herbei, greift nach der Brieftasche in der Busentasche seines Jacketts, erstarrt für den Bruchteil einer Sekunde, greift dann in eine Seitentasche seines Jacketts und zählt der Bedienung ein paar Geldmünzen in die Hand. Draussen vor dem Kaffeehaus beginnt der junge Mann verlegen, beschämt, zuerst meinen Blicken ausweichend, um mir dann mit herzerweichendem Blick, aus dem die Verzweiflung zu erkennen ist, in meine Augen zu schauen.

„Es ist mir total peinlich. Ich muss zuhause meine Brieftasche aus dem Jackett genommen haben. Das wenige Kleingeld, das ich bei mir hatte, reichte zum Glück noch für unseren Pfefferminztee. Das Warenhaus schliesst in ein paar Minuten. Der Kleine benötigt Pampers …"

„Soll ich ihnen etwas Geld leihen?"

„Ich kann es kaum annehmen. Doch das wäre sehr, sehr nett. Es ist auch kein Problem. Heute um Acht trete ich den Dienst im Hotel wieder an und kann ihnen das Geld zurückgeben."

Ich zücke mein Portemonnaie. Darin befinden sich neben etwas Kleingeld bloss grosse Geldscheine, wie ich sie nach unserer Ankunft beim Geldwechsel erhalten hatte. Die wenigen kleineren Geldscheine hatte ich im Nu für dies und das ausgegeben gehabt. Mir hatte bereits davor gegraut, bei einem erneuten Einkauf wegen grosser Geldscheine Schwierigkeiten zu haben, wenn die Händler nicht genügend Wechselgeld haben. Ich geniere mich beinahe, bloss einen so grossen Geldscheint anbieten zu können und als Reicher zu protzen. Doch irgendwie kann ich diesen armen und so sympathischen Typen nicht hängen lassen. Etwas verlegen reiche ich ihm einen grossen Geldschein und frage, ob er damit auch zurecht komme.

„Kein Problem. Im Warenhaus, zumindest, ist immer genügend Wechselgeld vorhanden. Bis heute Abend um Acht. Ich gebe ihnen das Geld zurück. Und herzlichsten Dank. Ich bin ihnen so dankbar. Sie haben mir echt aus der Patsche geholfen."

Der junge Mann rennt davon in Richtung Warenhaus und ich schlendere zurück ins Hotel. Meinen Freunden berichte ich von der lustigen Begegnung in der Stadt mit einem der jungen Männer vom Empfang des Hotels, der doch tatsächlich einen Cousin habe, der beim Zirkus Knie als Zeltbauer angestellt sei. Ich berichte dann auch, wie er als junger Vater so fürsorglich für sein Kind sei und dass ich ihm, Geld geliehen hätte.

„Und du nimmst im Ernst an, dass du das Geld je wieder zurück erhältst!"

„Aber sicher. Um Acht beginnt seine Schicht."

Nach Acht gehe ich zur Theke am Empfang des Hotels, werde gleich geflissentlich gefragt, wie mir geholfen werden könne. Ich schaue mir die jungen Männer, die nun im Einsatz sind, an. Erkenne in keinem meinen Bekannten. Frage, ob sie, die ich hier sehe, alle seien, die jetzt Schicht hätten. Sie nicken.

„Aladin fehlt noch. Es ist ja auch erst kurz nach Acht. Er wird sich etwas verspätet haben."

„Ist dieser Aladin erst kürzlich Vater eines Sohnes geworden?"

„Neeeiiiiin ... Seine Tochter, sie ist doch, geht sie nicht bereits zur Schule? ..."

Den jungen Männern ist mein Anliegen, wie sie es bisher mitbekommen haben, offensichtlich ein Rätsel. Ich erkläre, später nochmals vorbeizuschauen. Später dann ist auch Aladin da. Auch er ist nicht mein Bekannter. Die jungen Hotelangestellten sind neugierig und möchten gerne wissen, was mein Problem sei. Ich schildere ihnen meine Begegnung vom späteren Nachmittag. Sie brechen in Gelächter aus. Nehmen aber gleich wieder Haltung ein und werden ernsthaft, um meine zarte Touristenseele bloss nicht zu verletzen.

„Monsieur, ich bedaure, ihnen mitteilen zu müssen, dass sie einem geschickten Betrüger auf den Leim gegangen sind. Mit kleinen Kindern, kranken Müttern, soeben gestorbenen Väter lassen Touristenherzen sich schnell erweichen. Gefordert wird bloss ein kleiner Betrag. Im Bewusstsein, dass Touristen in der Regel bloss auf grossen

Geldscheinen hocken bleiben. Bei der Polizei eine Anzeige zu erstatten, macht nicht viel Sinn …"

„Hätte die Geschichte, die der junge Mann mir erzählt hat gestimmt, wäre ich kalt und herzlos gewesen, ihm das Geld nicht geliehen zu haben. Zum Glück ist mir noch etwas Geld geblieben. Und was ich erlebt habe, ist die perfekte zynische Kabarett-Nummer. Hätte ich sie auf der Bühne eines Theaters zuhause angeschaut, hätten sie mir für den Eintritt noch mehr abgeknöpft. Hier hatte ich gewissermassen eine Privatvorstellung …"

Ich lache gemeinsam mit den jungen Männern hinter der Theke am Empfang des Hotels über meine Eselei. Meine Freunde grölen vor Lachen und meinen, so blöd könne bloss ich sein.

„Wartet's nur ab, meine Lieben, bis Euch Fallen gestellt werden, in die ihr hineinplumpst, bevor ihr papp sagen könnt!"

Die Zeit in der ich lebe: Florenz

Italien 1983

John hält am Telefon mit Nachdruck fest, „besuche mich nächste Woche in Florenz. Du musst Elatia kennenlernen!"

„Wer ist Elatia?"

„Eine Frau mit einem aussergewöhnlichen Namen. Und sie hat eine Ausstellung mit eigenen Bildern in einer renommierten Galerie in Florenz," wirft John mit spöttischen Tonfall hin.

Bei John weiss ich nie so genau, woran ich bin. Seine Beziehungen sind verblüffend. Ich weiss, dass er Gott und die Welt persönlich kennt. Durch ihn habe ich bereits etliche Zelebritäten und Geschichten über Zelebritäten kennengelernt, ohne die meine Lebenserfahrungen klar ärmer wären. Was es mit dieser Elatia auf sich haben könnte, kann ich mir nicht vorstellen. Gleichzeitig aber kitzelt mich diese Neugierde, dass ich eine Stippvisite in Florenz nicht von vorherein ausschliessen will.

Ich hatte John vor ein paar Jahren in Key West in einem Guesthouse kennengelernt. Wie jeden Morgen schreibe ich vor dem Frühstück Tagebuch. In Key West in der erfrischenden und wärmenden Morgensonne, im üppig blühenden Garten des Guesthouses, an einem Tisch neben dem Swimming-Pool sitzend. Jemand streicht vorbei. Bleibt stehen. Es ist keiner der Mitarbeiter des Guesthouses, die von Zeit zu Zeit nachfragen, ob man einen Wunsch hat. Der Jemand, ein älterer Herr, lässt wie nebenher fallen, „ach, ein Dear-Diary-Typ!". Er grinst mich spitzbübisch an. Etwas zieht seinen Blick an. Er beugt sich etwas nieder. „Ein Parker Füller Sterling Silber kariert, chapeau, chapeau!"

Ich bin platt, dass ein Fremder, ein weiterer Gast des Guesthouses, auf genau die zwei Dinge anspringt, die mir wichtig sind, das Schreiben und das Werkzeug zum Schreiben. Er stellt sich vor als John. Er erkennt mich sogleich als Schweizer und berichtet, dass er in der Schweiz wohne, in Vevey, im Château de l'Aile. Er sei Amerikaner, der vor Urzeiten als Englischlehrer am Insitut Le Rosay am Genfersee hängen geblieben sei. Er schreibe eben auch. Und er schätze gute Schreibgeräte. Wir nehmen gemeinsam das Frühstück ein. Im Nu erfahre ich, dass er noch eine Zweitwohnung in Florenz habe, im Palazzo Guiccardini, einem geschichtsträchtigen Ort. Seinen Wohnsitz in Frankreich habe er aufgeben müssen. Von seiner Freundin, Violet Trefusis, einer englischen Aristokratin, die ebenfalls Schriftstellerin gewesen und in Viriginia Woolfs Roman Orlando als die geheimnisvolle russische Gräfin Sasha beschrieben sei, habe er den mittelalterlichen Turm eines Klosters, ein schlossartiges Anwesen geerbt, das Violet Trefusis auf einen Tipp von Marcel Proust hin nach dem ersten Weltkrieg gekauft hatte. Dieses Haus habe er aus Kostengründen leider nicht behalten können und vor kurzem verkauft. Ja, ja, die Zeiten änderten sich. Als Violet noch gelebt habe, habe sie auch in Florenz Hof gehalten, in ihrer historisch bedeutsamen Villa L'Ombrellino, die vor Urzeiten Galileo Galilei gehört hätte. Jetzt sei er zufrieden mit seiner Wohnung im Palazzo

Guiccardini. Ich staune und bin so glücklich, dass ich in John anregendste Gesellschaft und einen Freund gefunden habe.

Anzumerken bleibt, was ich nach und nach beobachte, dass das Château de l'Aile in Vevey eine vernachlässigte Bruchbude in schönster Lage ist und John sich glücklich schätzen muss, dass ihm die Decke der von ihm gemieteten, ehemals höchst luxuriösen Wohnung bloss runterbröckelt und ihm nicht ganz auf seinen Kopf fällt. Johns Absteige im historisch bedeutsamen Palazzo Guiccardini, gleich angrenzend an den Palazzo Pitti und dessen Gärten, verdankt John seiner Freundschaft mit dem Grafen G. und sie besteht aus einer kleinen, düsteren Absteige im Dachgeschoss.

Am ersten Abend begiessen wir unsere Bekanntschaft in der Disco The Monster in Key West. Wir glauben nicht richtig zu sehen, als Tennessee Williams den Gartenbereich der Disco betritt, in Begleitung, wir können es kaum glauben, von Leonard Bernstein. Die Beiden verschwinden im Innern der Disco. Bis Tennessee Williams wieder rauskommt und mit der Bemerkung, drinnen sei es ihm zu laut, neben uns an der Bar Platz nimmt. Später erfahre ich, dass Leonard Bernstein sich im Innern der Disco ans Klavier gesetzt und fulminant improvisiert habe.

In der Folge treffe ich John in Vevey, in Florenz, in Zürich und bisweilen auch auf Reisen und immer erstaunt er mich. Als wir einmal gemeinsam unterwegs sind im Flughafengebäude von Miami, ärgere ich mich über das überdimensionierte Handgepäck von John. Als höflicher Mensch muss ich mich anerbieten, eine seiner Taschen, die recht schwer ist, zu schleppen. Wir erreichen das gesuchte Gate. Bis der Flug geht, dauert es noch eine Weile.

„Wollen wir uns einen Whisky genehmigen," fragt John munter. Ich denke, er spinnt. Wegen eines läppischen Whisky den gesamten Weg durch die endlosen Korridore bis zur Bar zurückzugehen. John trifft keine Anstalten, sich auf den Weg zur Bar aufzumachen. Er setzt sich und greift nach der Tasche, die ich soeben auf den Boden gestellt hatte. Er wühlt lange darin herum, bis er eine Whiskyflasche, zwei Gläser und eine Thermosflasche hervorzieht und uns bedient. Bevor er mit mir anstösst, wühlt er noch einmal in der Tasche und zieht eine hübsch gerahmte Hinterglasmalerei aus dem italienischen Quattrocento hervor und stellt sie auf dem Beistelltischchen auf.

„Man muss sich wohlfühlen an einem Ort. Ich fühle mich wohl, wenn ich gewisse Dinge, die ich liebe, bei mir habe. Wie dieses Bild. Ich trage ja in meiner Tasche auch immer einer Erstausgabe von Voltaires Candide mit mir herum. So, und nun Prosit!"

Im Voraus ist nie zu erahnen, ob die Bekannten und die Geschichten von John so ausserordentlich sind, wie John sie mir in blühendsten Farben vorstellt und schmackhaft machen will. Ich stutze etwas bei den kargen Worten die John über Elatia verliert. Weiss nicht einzuschätzen, ob er das Spektakuläre dieser Person nicht zum Voraus verraten will oder ob er gar nicht so viel von ihr hält und sich einfach mit mir etwas unterhalten möchte in Florenz. Ich entschliesse mich zur Reise nach Florenz über das Wochenende.

Gleich nach der Begrüssung eröffnet mir John, dass ich leider die Vernissage in der Galerie, wo alles, was in

Florenz Rang und Namen habe, anwesend sein werde, verpasse. Die Vernissage sei erst nächste Woche. Heute aber seien Elatia und ihr Mann aus USA eingetroffen. Der Galerist habe die Bilder bereits gehängt. Wir würden Elatia und ihren Mann in der Galerie treffen.

„Du wirst sehen, ein Ehepaar wie aus einem Roman. Zelda und Scott Fitzgerald von heute! Nach dem Besuch der Galerie werden wir zusammen mit Elatia und ihrem Mann hierher zurückkommen und einen Aperitif einnehmen."

Elatia nimmt langsam Formen an. Vorerst keine menschlichen. In der Galerie hängen ihre Bilder. Die Malerin versteht es aus dem FF, üppig arkadische, grün blühende Landschaften zu malen, die wild und spannungsgeladen überhimmelt sind. In diesen Landschaften stehen Figuren in klassisch-fantastischen Gewändern, teils verloren, teils in hübsch arrangierten Gruppen herum. Mir blitzt durch den Kopf, ein Aufguss von gewissen Angelika Kaufmann-Bildern. Doch Angelika Kaufmann hatte als Frau, Malerin, Porträtistin und Gründungsmitglied der Royal Academy in London in der zweiten Hälfte des achtzehnten Jahrhunderts etwas bewegt gehabt. John, der Galerist und seine unzähligen Mitarbeiter und Mitarbeiterinnen sind gespannt auf Elatia.

Zuerst sind bloss zwei Stimmen von draussen zu hören. Das Öffnen der Eingangstüre. Ein Paar betritt die Räumlichkeiten, sie voran, er hintendrein, und bewegt sich in den Halbkreis, den die bereits Anwesenden gebildet haben. Die Frau, Elatia, trägt einen breitestkrempigen, schwarzen Filzhut. Ihren Kopf hält sie geschickt in einer Haltung, die ihr Profil unterstreicht. Mit Ausrufen des Entzückens haucht sie dem Galeristen und dann John Küsschen hin und begrüsst dann jeden der Anwesenden mit überschwänglichen Worten des Dankes.

„Ich bin so glücklich hier zu sein und zu erleben, dass meine Bilder hier ausgestellt werden, in Florenz. Kann ein Mensch sich etwas Schöneres vorstellen?!"

Der Mann bleibt im Hintergrund, was ihm auch recht zu sein scheint. Elatia beherrscht die Szenerie und legt einen Auftritt hin, der alle schweigen und die Frau in ihrer Mitte mit Wohlwollen und Erstaunen betrachten lässt. Ich staune, wie eine kleine, zwar gut aussehende Frau, die keine ausserordentliche Schönheit ist, in Gesellschaft kraft ihrer Persönlichkeit und ihrem Wesen alle in den Bann schlägt und im Zentrum steht, ohne dass auch nur jemand ihr ihre überragende Rolle streitig machen würde.

Als wir zum Aperitif beim Grafen G. schreiten, steht zwar das grosse Hauptportal des Palazzo offen, doch John weiss, dass der Nebeneingang, der zu der früher jeweils vom Kutscher bewohnten kleinen Wohnung im Erdgeschoss führt, zu nehmen ist. Graf G. bewohnt tatsächlich diese bescheidene ehemalige Kutscherwohnung im Erdgeschoss. Graf G. tritt lachend aus der Türe. Durch einen dunklen Vorraum betreten wird das erste der beiden vom Grafen bewohnten Zimmer. Elatia macht voller Natürlichkeit die stilgerechten Honneurs und beherrscht wiederum die Situation. Der Graf lässt sich nicht beirren, kredenzt den Vinsanto vom eigenen Weingut, welcher Elatia zu neuen herzlichsten Elogen inspiriert. Während Elatia die kleine Gesellschaft unterhält, bemerke ich, wie der Graf, sein Weinglas, in das er bloss wenige Tropfen vom Vinsanto eingegossen hatte, irgendwo abstellt und nach einem Whiskyglas greift, das er irgendwo deponiert hatte. Als der

Graf bemerkt, wie ich ihn beobachte, schleicht er sich seitlich an mich heran und beginnt mir zuzuflüstern, während Elatia weiter vor Begeisterung verbal überquillt.

„Möchten sie ebenfalls einen Whisky?", raunt der Graf mir zu. „Ich mag den Vinsanto nicht, möchte den Leuten den Spass daran nicht verderben. Diese Amerikanerin scheint ihn ja ausserordentlich zu mögen. Und die Geschichten, die sie aus dem Stehgreif über den Vinsanto erzählt, sind auch mir neu …"

Der Graf und ich grinsen uns verschwörerisch zu und vergewissern uns mit Blicken auf Elatia, dass sie unsere Abschweifungen nicht bemerkt hat. Nach diesem kurzen Steh-Aperitif bittet der Graf seine Gäste, nun über die Ehrentreppe zur Bel-Etage hochzugehen. Er gehe über einen Dienstboten-Durchgang nach oben, um die eigentlichen Wohnräume des Palazzo aufzuschliessen und sie uns zu zeigen. Die Ehrentreppe aus Stein ist eindrücklich geschwungen, mit einem imposanten Steingeländer, auf das alte Figuren auf Stein platziert sind. Der Graf erwartet uns vor der geöffneten Eingangstüre, deren beide Flügel offen stehen. Er führt uns durch die prächtigen und riesigen Räume des Palazzo. Elatia zwitschert in den höchsten Tönen des Entzückens. Sie bittet den Grafen, der sich den Rundgang wohl eher in beschwingtem Tempo vorstellt, sich neben einem von ihr an einer Wand eines der Salons entdeckten, dort hängenden Porträts des berühmten Ahnherrn zu stellen.

„Bitte, Herr Graf, seitlich, im Profil. Ja, ja," ruft sie begeistert aus, sie haben ein ähnliches Profil wie Francesco Guiccardini. Ihr wisst, wer dieser Mann ist? Er hat eine Geschichte Italiens vor bald fünfhundert Jahren geschrieben. – Diese Räume, Herr Graf, sind so herrlich. In ihnen herumzustreifen und Entdeckungen machen zu dürfen, ist eine so einmalige Erfahrungen. So schön, dass sie so zurückhaltend sind, uns nicht mit nackten Daten überhäufen …"

Der Graf ist zurückhaltend, passt sich dem Tempo an, das Elatia vorgibt, lächelt ihr freundlich zu, wenn sie zu ihm schaut. Mir raunt er zu, „mir sind die Räume zu museal und stickig. Ich ziehe dem meine beiden Zimmerchen im Erdgeschoss vor. Bloss wenn Gäste die Wohnräume des Palazzo, sehen möchten …". Inzwischen sind wir in der echt eindrücklichen Bibliothek angelangt. Älteste Büchergestelle aus Holz vom Boden bis zur Decke. Mit Türen, von denen bloss der Rahmen aus Holz ist, die Mittelflächen Drahtgeflechte. Die Bibliothek befindet sich in der Mitte des Gebäudes, ist achteckig und hat Türen in angrenzende Räume. Der Graf will offensichtlich Elatia, die einen achteckigen antiken Tisch entdeckt hat, nicht unterbrechen und hält sich mit eigenen Erklärungen zurück. Mir raunt er verstohlen zu, „an diesem Tisch hat auch Macchiavelli gesessen. Ach, unsere Dame ist ebenfalls bei diesem Tisch angelangt. Mal hören, was sie dazu zu berichten weiss …"

„Dieser Tisch," Elatia bekommt das Erstaunen, das ihr die Worte raubt, grandios hin und fährt dann fort, „ist einmalig. Und so gut erhalten. Die länglichen Rhomben weisen klar darauf hin, dass der Tisch, nach 1500, wohl ungefähr 1510 entstanden sei. – O, einen Della Robbia! Herr Graf, der schönste Della Robbia, den ich je gesehen habe. Der Kopf eines Jungen. Keramik so durchsichtig fein, wie die Haut eines Jungen, dann der Lockenkopf und dieser Gesichtsausdruck …"

„Wo das Teufelsweib ihr Wissen bloss her hat. Dieser Tisch war in der Mitgift einer Ahnfrau gewesen und, wenn ich mich nicht täusche, hat die Hochzeit 1512 stattgefunden. Diesen Della Robbia hat selbst Berenson als einzigartig eingeschätzt," informiert der Graf John und mich, hinter dem Rücken von Elatia flüsternd.

Elatia zieht den Grafen und damit die ganze Gesellschaft zu einem Fenster, das einen Blick auf den hinter dem Palazzo gelegenen Garten gibt. Sie schwelgt in Elogen der florentinischen Gartenarchitektur und schmeisst mit Fachausdrücken und gartentechnischen Einzelheiten herum. Der Graf kommt mit der knappen Bemerkung dazwischen, dass er den Garten so übernommen habe, wie er sich noch jetzt präsentiere. Bloss der Magnolienbaum scheine einzugehen und er wisse nicht, was …

„Ja, ja, Magnolien," unterbricht Elatia den Grafen. „Aber sagen sie, Herr Graf, ich sehe gerade, dass ihr Innengarten dreieckig ist. Das scheint mir ein ganz besonderer Innengarten zu sein. Meines Wissen ist kein anderer Innengarten eines florentinischen Palazzo in so hoher Kunst gestaltet wie dieser. Dieser Garten ist einmalig. Oder kennen sie, Herr Graf, in Florenz einen anderen dreieckigen Garten?"

Elatia wartet auf keine Antwort des Grafen, der ein beinahe stummes „hmmm, hmmm" von sich gibt, und ist bereits beim nächsten Thema angelangt. Nach einiger Zeit bittet der Graf seine Gäste um Entschuldigung. Er werde am Abend noch in seinem Landhaus erwartet und müsse nun aufbrechen. Graf G. fährt aufs Land und John und ich besuchen mit Elatia und ihrem Mann, der während der ganzen Zeit kaum ein Wort gesagt hat, aber gute Figur macht und seine überschwängliche Frau zu bewundern scheint, ein florentinisches Restaurant.

Am nächsten Morgen kann ich mich noch immer nicht vom Auftritt Elatias erholen. Will das Thema aber nicht ansprechen. Erzähle John stattdessen, dass ich kürzlich am Schauspielhaus Zürich eine Bühnenversion von Voltaires Candide in der Regie eines Roberto Guicciardini gesehen hätte. Ob dieser wohl mit Johns Freund, Francesco G. verwandt sei.

„Aber sicher. Er ist ein Neffe von Francesco. Übrigens, wir können heute leider nicht ausgehen. Francesco hat mich gebeten hierzubleiben, um einen Engländer, der wegen irgendetwas hierher komme, im Palazzo herumzuführen. – Und, was sagst du zu Elatia. Ist sie nicht ein Phänomen?!"

„Ja, schon, aber …"

„Ich ahne, was du sagen möchtest," beginnt John, „doch genau das ist das Phänomenale, dass letztlich jemand, der uns mit Wissen oder, wer weiss, Pseudo-Wissen oder auch schlicht Ad-hoc-Erfindungen, die eigentlich Lügen sind, überschüttet, uns so zu amüsieren und zu fesseln vermag, dass wir die Schau, die sie uns bietet, irgendwie geniessen und staunendes und in jedem Moment des Auftritts auf den nächsten Dreh gespanntes Publikum sind. Daneben mein lieber Freund Francesco G., der die Bescheidenheit, ganz das Gegenteil von Elatia ist, obwohl er einen Rattenschwanz von tatsächlicher Geschichte hinter sich her schleppt."

Der Besucher aus England ist ein rothaariger, sommersprossiger junger Mann, perfekt gekleidet in einen Dreiteiler. Er lässt sich von John in die Bibliothek des Palazzo führen und ich bekomme mit, als ich die beiden begleite, dass der junge Mann ein Mitarbeiter von Christies ist und es um die Bücher der Bibliothek geht. Während der junge Mann die Bibliothek inspiziert, von Gestell zu Gestell geht, Türen öffnet, Bücher entnimmt, darüber bläst um sie zu entstauben und dann in die Bücher reinschaut, auf Leitern herumturnt, um auch die höchst gelegenen Regale zu erreichen, gesteht John mir, dass Francesco Aufschluss über den Wert seiner Bibliothek möchte.

„Ich habe ihm dann einen Dreh vorgeschlagen. Ich nehme Kontakt mit Christies auf, lasse durchblicken, dass eine sehr alte Bibliothek allenfalls zum Verkauf stehen könnte. Die Besitzer hätten noch keine Absicht in dieser Richtung bekundet, doch er, John, könnte sie bei ernsthaftem Interesse von Christies und einem entsprechenden preislichen Angebot schon dazu bringen, einen Verkauf in Betracht zu ziehen."

„Und wenn Christies tatsächlich anbeisst?"

„Kein Problem. Dann werde ich einige Tage später Christies mitteilen, dass die Besitzer strikte gegen einen Verkauf sind. Dieses Vorgehen drängt sich auf, weil Francesco sonst von niemandem einen verlässlichen Anhaltspunkt über den Marktwert seiner Bibliothek erhalten kann. Und damit kein Gerede losgeht, findet alles angeblich heimlich statt."

„Diese Bibliothek ist ein Kulturgut von unschätzbarem Wert. Bücher aus frühster Zeit. Das neueste Buch vielleicht hundert Jahre alt."

„Zweihundert Jahre!"

Nach ein paar Stunden macht der junge Mann von Christies aus England, der eigens an einem Sonntag eingeflogen wurde, um abzuklären, ob dieses Auktionshaus allenfalls Interesse an dem Inhalt der Bibliothek haben könnte, bemerkbar. Er ist ein ernsthafter junger Mann, der den Eindruck von hoher Fachkompetenz vermittelt. Bevor er zu sprechen beginnt, wirft er als Zeichen und Frage für John einen Blick auf mich. John beruhigt ihn. Ich dürfe ruhig hören, was seine Schlussfolgerungen nach dieser Inspektion seien.

„Ich muss sie leider enttäuschen. Eine eingehende Schätzung des Bestandes dieser Bibliothek lohnt nicht. Für den Laien mögen die in dieser Bibliothek vorhandenen Bücher überwältigend sein und kostbar scheinen. Bei genauerer Betrachtung jedoch zeigt es sich, dass von zwar berühmtesten Werken keine Erstausgaben vorhanden sind. Meist handelt es sich um spätere Auflagen, die für den Kenner uninteressant sind und daher auf dem Markt in der Regel keine guten Preise erzielen. Ich werde, wie vereinbart, Stillschweigen über meinen Besuch hier bewahren. Ich bedaure. Christie's wird ihnen kein Angebot machen können. Etwas anderes kann ich ihnen nicht sagen."

Bevor ich den Zug zurück nach Zürich nehme, trinken John, Francesco G. und ich noch einen Whisky. Francesco meint, nun wisse er zumindest, wie es um den Marktwert der Bücher in seiner Bibliothek bestellt sei. Männiglich gehe davon aus, die Bücher stellten ein riesiges Vermögen dar, was er schon immer bezweifelt habe. Bei der Versicherungsgesellschaft könne er nun darauf dringen, vom hohen Versicherungswert runterzukommen. Und vergnüglich sei es sowieso, in dieser Bibliothek den Duft der Geschichte zu atmen und in fantastische Träume abzuheben. John lässt lachend fallen, Horace Walpole liege mit seinem Spruch goldrichtig, dass die Welt für die, die denken, eine Komödie, jedoch für die, die fühlen, eine Tragödie sei. Wir stossen lachend auf das an, wie das Leben uns immer wieder überrascht und was es uns an Anregungen zu bieten hat.

„Und, siehst du," grinst John mich an, „ohne Neugierde wäre das Leben nur5 halb so bunt, eher fad. Drum lass uns unserem Bauchgefühl folgen, wenn uns etwas plötzlich reizt. Oder bedauerst du es etwa, die Reise nach Florenz unternommen zu haben?!"

Spurensuche in Schlesien

Polen 1992

Andere hatten sich bereits vor der Wende 1989 hinter den ‚eisernen Vorhang', nach Osteuropa gewagt, lange vor der Wende. Den Ausschlag für eine Reise nach Schlesien gibt mein um dreizehn Jahre älterer Cousin väterlicherseits, Karl-Heinz, der in Jauer geboren und in Hirschberg den grössten Teil seiner Kindheit verbracht hat. In den Siebzigerjahren ist er als protestantischer Pfarrer aus Deutschland nach Zug in die Schweiz gekommen. Inzwischen interessiert es auch mich, das Gebiet kennenzulernen, aus dem Vati 1937 in die Schweiz gekommen und da hängen geblieben war, und das Karl-Heinz noch aus eigener Anschauung kennt.

In meinem Allgemeinwissen war oder ist Schlesien nicht gerade ein weisser Fleck. Ich weiss, was ich im Laufe der Jahre im Alltag an Bruchstücken über Schlesien aufschnappe. Vati geht mir auf den Kecks mit seinen nostalgischen Erinnerungen an das ach so schöne Schlesien, das es in dem Sinne nicht mehr gibt und das für ihn, und damit auch für uns verloren ist. In der Schule wurde Schlesien weder in Geschichte, noch in Geographie behandelt. Karl-Erich, der Mann meiner Cousine Ilsetraut, der Schwester von Karl-Heinz, gibt mir als Einführung in Schlesien den Roman ‚Ostwind' vom schlesischen Autor

August Scholtis an. Daraus entnehme ich, dass Schlesien ein Fürstentum der Piastenfürsten gewesen war, dann vom K. und K. Österreich vereinnahmt wurde bis Friedrich der Grosse in den schlesischen Kriegen Schlesien Maria Theresia gewaltsam wegnahm und zu Preussen schlug. Entsprechend gab es in Schlesien eine polnische Grundbevölkerung, eine Schicht, die Schlesisch sprach und das Bürgertum und die Oberschicht, die sich als Preussen fühlten und sich sprachlich um Hochdeutsch bemühten. Nach dem zweiten Weltkrieg dann marschieren die Russen in Schlesien ein, vertreiben 1946 die deutsche Bevölkerung nach Westdeutschland und Schlesien wird polnisch. Von Freunden mit schlesischen Wurzeln, die vor 1989 eine Reise nach Schlesien unternommen hatten, hörte ich, dass zum Beispiel in Breslau alle deutschen Strassennamen durch polnische ersetzt worden seien und man mit den Namen aus der deutschen Zeit überhaupt nicht weiterkomme und nichts finde. Andere Freunde mit schlesischen Wurzeln und dem Familiennamen Freitag, erzählen, dass ihr deutsch klingender Name eine Eindeutschung des ursprünglich polnischen Familiennamens Piontek sei. Die Vertreibung war im Familienverband immer ein Thema gewesen, weil der politische Sprecher der Vertriebenenverbände in Deutschland, Herbert Hupka, ein Cousin von Karl-Erich ist. Die Wissensaneignung über Schlesien, das mir zu fern war und das mich nicht interessierte, lief gewissermassen nebenher und zufällig. Obwohl Schlesien in der väterlichen Familiengeschichte eine wesentliche Rolle spielt, wehrte ich mich wegen meines gespannten Verhältnisses zu Vati und wegen des tiefen Schweigens von Vati und all meiner deutschen Verwandten über ihre Erlebnisse während der Nazi-Zeit, aktiv mehr über Schlesien zu erfahren.

Der Vorschlag von Karl-Heinz mit der gemeinsamen Suche nach Spuren unserer gemeinsamen Grosseltern Omi und Opa, die ich nicht gekannt hatte, und unserer Familie in Schlesien gibt meiner Beschäftigung mit meiner Herkunft und der Herkunft meiner väterlichen Familie eine neue Dynamik.

Bereits die Planung der Anreise stellte uns vor Probleme. Sowohl mit dem Zug, als auch mit dem Flugzeug muss man ein- oder mehrmals umsteigen und die Reise ist schrecklich kompliziert und lang. Karl-Heinz weiss, dass es ab dem Busbahnhof Zürich, den wir bis dahin nicht aus eigener Anschauung gekannt hatten, einen Bus nach Wroclaw, dem ehemaligen Breslau gibt. So reisen wir, Karl-Heinz und Doris, ich und meine Liebste, Dorothee, per Bus nach Breslau und können feststellen, dass die Reise bequem und angenehm ist. Erste Station der Reise soll Hirschberg sein, wo Karl-Heinz und seine Familie gelebt hatten. Das einzige in Frage kommende Hotel in Hirschberg ist für die Tage, die wir dort verbringen wollen, ausgebucht. Das Reiseunternehmen schlägt uns vor, ein sehr gutes Hotel im sehr schön und nahe von Hirschberg gelegenen Karpacz zu buchen. Von Breslau her haben wir einen Mietwagen und fahren also nach Karpacz.

Das am Rand des Riesengebirges gelegene Hotel erweist sich als höchst angenehm. Im Kiosk des Hotels entdeckt Karl-Heinz einen Reiseführer über das Karkonosze, das Riesengebirge, mit Beschreibungen der Wanderwege, der Ortschaften und der Landschaft. Als Anhang ist dem Buch ein Register beigefügt mit den hauptsächlichen Ortsnamen der Region in Polnisch und in Deutsch. Karpacz ist Krummhübel (Aus Aufzeichnungen von Vati weiss ich, dass die Familie oft Urlaub in Krummhübel verbracht hat, was auch Karl-Heinz aus eigener Erinnerung bestätigen kann), Sniezka die Schneekoppe (Vati hatte von Skilaufen dort geschwärmt gehabt), Karkonosze das Riesengebirge (Es war Vatis Traumlandschaft gewesen), Jelenia Gora Hirschberg, Cieplice Zdroj Bad Warmbrunn (Da hatten Omi und Opa Kuraufenthalte verbracht gehabt), Szczawno Zdroj Bad Salzbrunn (Da hatten unsere Urgrosseltern grossmütterlicherseits sich kennen gelernt), Kamienna Gora Landeshut (Da hatten die Vorfahren von Omi Webereibetriebe besessen), Walbrzych Waldenburg (Da hatte der Vater von Opa, unser Urgrossvater, gelebt), Stary Zdroj Altwasser (Da war Opa geboren worden), Krzeszow Grüssau (Im dortigen Kloster, einer Gründung der Piastenfürsten, hatte sich ein Konzentrationslager für nichtarische Christen befunden, in das Omi gekommen war), Sklarska Peroba Schreiberhau (Hier hatte Vati mehrmals Ferien verbracht gehabt), Slacz Schlesien, Jawor Jauer (Wo Vati geboren ist und Omi und Opa lebten, bis sie nach Breslau zogen) und Wroclaw selbstverständlich Breslau.

Kaum in Krummhübel angekommen, teilt Karl-Heinz seine Erinnerungen mit uns. Als während des Krieges das Auto nicht mehr benutzt werden durfte, seien sie oft am Sonntag mit der Eisenbahn nach Krummhübel gefahren, um auf die Schneekoppe zu wandern. Auf dem Weg seien sie an der Kirche Wang vorbeigekommen, einer sehr speziellen Holzkirche, die ihn als Gebäude damals total fasziniert habe. Auf unserem ersten Spaziergang vor dem Nachtessen gehen wir den Weg in Richtung Schneekoppe. Karl-Heinz ist total gespannt. An diesen Weg erinnere er sich noch genau. Gleich werde die Kirche Wang kommen. Bei jeder Wegbiegung meint er, gleich dahinter komme die Kirche Wang. Wir anderen machen uns lustig über Karl-Heinz und seine Kirche Wang. Sind überzeugt, dass Karl-Heinz mit seiner Erinnerung einer Täuschung erliegt. Dann plötzlich am Wegrand ein Wegweiser, ‚Kirche Wang 40 Minuten'. Wir sind platt. An diesem frühen Abend vor dem Nachtessen schaffen wir es nicht, versprechen Karl-Heinz aber, gleich am nächsten Tag als Erstes zu seiner geliebten Kirche Wang zu pilgern.

Am nächsten Tag spazieren wir zur Kirche Wang. Die Kirche Wang ist im Ortsteil Brückenberg gelegen. Sie wurde im 12. / 13. Jahrhundert im Wikingerstil in Südnorwegen gebaut. War anfangs 18. Jahrhundert vom Abriss bedroht. Der preussische König Friedrich Wilhelm kaufte die vom Abbruch bedrohte Kirche zum Schmuck seiner Pfaueninsel in Berlin. Die Bestandteile der Kirche Wang wurden in Berlin gelagert, doch nicht aufgebaut. Durch Vermittlung von Graf Christian Leopold Schaffgotsch aus Bad Warmbrunn wurde die Kirche Wang in Krummhübel aufgebaut und 1844 im Beisein des Monarchen eingeweiht.

Auf dem Weg zur Kirche Wang lernen wir ein junges Paar auf Hochzeitsreise kennen, Renata und Jacek, beide geboren 1967. Beide sind Lebensmittel-Ingenieur-Studenten an der Universität Posen. Beide sind in Akademikerfamilien aufgewachsen, sind äusserst differenziert, interessiert und gebildet. Sie sprechen sehr gut Englisch und Deutsch. Ihr Studium hatten sie kürzlich für ein Jahr unterbrochen gehabt, um nach Brüssel zu gehen. Dort hatte Renata als Hausgestellte, Jacek auf dem Bau gearbeitet, um Geld für eine Eigentumswohnung zu sparen. Nun haben sie sich auf die Hochzeit eine Eigentumswohnung in Zielona

Gòra gekauft, dem Wohnort der Eltern von Renata. Karl-Heinz sagt uns, Zielona Gòra sei das ehemalige Grünberg.

"Ach, sie kennen Grünberg," fragt Renata erstaunt.

"Eine vage Erinnerung von früher. Ich bin in Hirschberg, in Jelena Gòra aufgewachsen."

"Und sie sprechen nicht Polnisch?" fragen Renata und Jacek erstaunt.

"Damals war Schlesien, Slacz, noch preussisch gewesen."

Renata und Jacek glauben, dass Karl-Heinz ihnen einen Witz erzählt. Es braucht einige Überredungskünste, bis die beiden uns glauben, dass Schlesien bis nach dem zweiten Weltkrieg preussisch und Teil Deutschlands gewesen ist. Sie können es kaum glauben. Sie haben davon noch nie gehört, weder in der Schule, noch von den Eltern oder sonst jemandem.

Unser erster Ausflug mit dem Mietwagen führt uns nach Hirschberg. Karl-Heinz will uns zeigen, wo er aufgewachsen ist. Sie hätten in einem riesigen Haus in einem grossen Park gelebt. Im Park hätte es auch Rehe gehabt. Ich benötige Präzisierungen. Meine Tante Ilse, die Mutter von Karl-Heinz, war zwar getauft. Omi und Opa aber, waren als Juden geboren worden. Tante Ilse galt, genau wie Vati, für die Nazi nach den Rassengesetzen als Volljüdin, beziehungsweise Volljude.

"Tante Ilse war nicht der Verfolgung ausgesetzt, in ein Konzentrationslager gesteckt, konnte immer mit Euch leben?", wage ich es zum ersten Mal, Karl-Heinz auf diese ganz persönlichen Dinge und seine Zeit während der Nazi-Herrschaft in Deutschland anzusprechen.

„Papa, dein Onkel Karl, war Arier gewesen. Weil er sich nicht von Mami trennte, verlor er seinen Job als Sparkassendirektor in Jauer. Kaufte sich ein riesiges Anwesen in Hirschberg, damit Mami, die in privilegierter Ehe lebte, zuhause genügend Auslauf hatte, weil sie sich ja in der Öffentlichkeit nicht zeigen sollte. Klar, wir lebten zusammen, doch die Verfolgung blieb. Papa tat alles für uns. Mami durfte unser Haus kaum verlassen. Ilsetraut und ich wurden aus der Schule geworfen. Papa arrangierte für mich mit dem Leiter meiner Schule, dass er mich heimlich zuhause privat unterrichtete. Es ist vorbei. Ich habe es überstanden. Lassen wir das. – Ach, da fällt mir ein. Als immer klarer wurde, dass wir eines Tages in Richtung Westen werden fliehen müssen, haben wir unser Silber, Papa und ich, bei Nacht und Nebel unter der Eiche im hintersten Teil des Parks vergraben. Ob das Silber noch da ist? Es war ausdrücklich verboten, uns individuell in Richtung Westen abzusetzen, nach dem Krieg. Wir mussten den Befehl von oben abwarten. Unsere Koffer für die Flucht waren vorbereitet. Standen im oberen Stockwerk unseres Hauses bereit, für den Fall, dass die Flucht plötzlich angeordnet würde. Doch als der Befehl zum Verlassen der Stadt kam, haben die Soldaten uns sogar daran gehindert, unsere vorbereiteten Koffer im oberen Stock zu holen. Wir musste ohne alles fliehen, wurden vertrieben … Ob das Silber noch unter der Eiche vergraben ist?"

„Wir gehen hin zum Haus, fragen den jetzigen Bewohner," werfe ich hin, „uns einen Pickel und eine Schaufel zu geben, wir hätten im Garten noch etwas zu erledigen. Wenn wir das Silber haben, nun ja, du wirst wohl einverstanden sein, dass du es mit dem jetzigen Besitzer teilst."

Die Vorstellung, auf dem Grundstück, das jetzt anderen gehört, nach einem verborgenen Schatz zu graben, belustigt uns und wir malen uns aus, welche urkomischen Szenen sich dabei ergeben könnten. Obwohl wir unsere Fantasien nicht ernst nehmen, erwägen Karl-Heinz und ich dennoch, falls sich eine günstige Gelegenheit ergeben sollte, einen Vorstoss in Richtung Schatzsuche zu wagen.

Karl-Heinz findet das Haus auf Anhieb. Ein Mädchen steht gerade vor der Haustüre und spricht uns, als wir uns nähern, auf Polnisch an. Als wir sagen, wir sprechen bloss Deutsch oder Englisch, lacht das Mädchen und sagt, es lerne Deutsch in der Schule. Wir können uns angemessen verständigen. Es macht ganz grosse Augen, als Karl-Heinz ihr erklärt, als er so alt wie es gewesen sei, habe er hier gewohnt. Den Namensschildern und Klingelknöpfen entnehmen wir, dass in dem Haus, wo früher die Familie von Karl-Heinz gelebt hatte, nun mehrere Familien wohnen. Das Mädchen bestätigt, dass im Haus vier Familien wohnen. Doch sei im Moment niemand zuhause ausser ihrer Familie. Sie wohnen in einem Teil des ersten Stockes. Grossvater, Grossmutter, Mutter und noch eine Schwester. Der Grossvater tritt aus dem Haus, wohl um nachzusehen, mit wem seine Enkelin redet. Er spricht weder Deutsch, noch Englisch. Die Enkelin übersetzt. Bei der Mitteilung, das dieser Mann da, Karl-Heinz, als Kind hier gewohnt habe, verdüstert sich der Gesichtsausdruck des Grossvaters, was wir alle mitbekommen. Karl-Heinz erklärt gleich lachend, auf uns andere zeigend, dass er uns bloss zeigen wolle, wo er als Kind gewohnt habe. Nichts weiter. Karl-Heinz schärft dem Mädchen ein, ihrem Grossvater zu übersetzen, dass wir wirklich bloss sehen wollten, nichts weiter. Das Gesicht des Grossvaters hellt auf. Nun bittet er seinerseits uns, mit ihm hoch in seine Wohnung zu kommen, auf einen Kaffee. Es ist uns unmöglich, die Einladung zu Kaffee abzulehnen. Uns gibt es die Gelegenheit, auch einen Eindruck vom Innern des Gebäudes zu erhalten. Zuerst werfen wir noch einen Blick in den Park. Das Mädchen übersetzt, das Grün und die Bäume hinter dem Garten gehörten zu einer anderen Liegenschaft, die demnächst bebaut werden wollte. Beim Kaffee mustert uns die ganze Familie des Mädchen neugierig und wir mustern sie. Es gibt Kaffee und Pfefferkuchen. Als Karl-Heinz vom Mädchen übersetzen lässt, auch er habe vor Jahrzehnten als Knabe in diesem Haus bereits Pfefferkuchen gegessen, freuen sich alle. Unseren Traum mit der Schatzsuche können wir klar begraben.

Am nächsten Tag ist Jauer angesagt. Karl-Heinz will uns unbedingt das Haus zeigen, in dem Omi und Opa gelebt haben.

„Den Aufzeichnungen von Vati ist zu entnehmen, dass dieses Haus gegen Ende des Krieges von einer Bombe zerstört worden war, Karl-Heinz. Das Haus können wir nicht mehr finden. Zudem hatten Omi und Opa, obwohl sie sonst mehrere Gebäude besassen, ihr Wohnhaus nie besessen. Waren da bloss Mieter gewesen. Zufällig habe ich noch ein Foto des Hauses bei mir, das ich in den Akten von Vati gefunden habe. Schaut, da haben Omi und Opa und auch Vati gewohnt. Im ersten Stock. Im Parterre hatte Opa seine Arztpraxis gehabt. Mich würde vielmehr das Haus an der Wilhelmstrasse 10 interessieren, das ihnen gehört hatte …"

„Ich erinnere mich noch genau," erinnert sich Karl-Heinz, „wie man zur Schützenstrasse 7a zu Omi und Opa gelangt ist. Wie die Strasse heute heisst, keinen blassen Schimmer. Ich möchte aus Sentimentalität die Strasse sehen …"

Meine Liebste, Doris und ich werfen uns Blicke zu, verdrehen unsere Augen und latschen hinter Karl-Heinz her. Plötzlich wendet er sich um und raunt ehrfurchtsvoll, das sei sie, die Strasse. Wir sehen ein Strassenschild, Uliza Fryderyka Chopina. Ich vergleiche die sichtbare Strassenflucht mit dem Foto.

„Das könnte ungefähr hinhauen. Hübsche Allee, gesäumt beiderseits von bürgerlichen, niedrigen Mehrfamilienhäusern. Haben wir also dank dir, Karl-Heinz, die Strasse, wo Omi und Opa gewohnt hatten, gesehen und können uns vorstellen, wie es da gewesen ist. Kommt, gehen wir weiter," sage ich, wende mich um, will den Abstecher, den Karl-Heinz uns gleichsam aufgezwungen hat, beenden und zurück gehen, um unsere Stadtwanderung nach dem zuvor gefassten Plan fortzusetzen. Doch Karl-Heinz möchte noch ein paar Schritte, „bloss ein paar Schritte", in der ehemaligen Strasse von Omi und Opa entlang gehen. Noch einmal gehen wir, leicht genervt diesmal, hinterher.

„Das ist das Haus", ruft Karl-Heinz plötzlich und bleibt vor einem Haus stehen.

„Quatsch", werfe ich verärgert hin, „das Haus wurde zerbombt. Das Haus von Omi und Opa gibt es nicht mehr …"

Während ich noch an den Worten bin, die Karl-Heinz gleichsam abkanzeln, wandert mein Blick von dem Haus, das Karl-Heinz im Visier hat, zu dem alten Foto, das ich erneut hervorgezogen habe. Ich traue meinen Augen kaum. Das Haus sieht tatsächlich haargenau so aus, wie das Haus auf dem Foto. Das tatsächliche Haus trägt die in Stein gemeisselte Hausnummer 7a. Auf dem Foto, wenn ich ganz nah ran gehe, erkenne ich die klar in Stein gemeisselte

Hausnummer 7a. Ich bin total perplex. Die Damen seufzen über das, was ihre Männer jetzt schon wieder entdeckt zu haben glauben. Karl-Heinz geht wie traumwandlerisch durch die Gartentüre, um eine Ecke des Hauses. Bleibt stehen. Zeigt mit einer Hand zum ersten Stock. „Das war der Wintergarten."

Ich gehe etwas geniert durch das Betreten eines fremden Grundstücks nach und schaue ebenfalls rauf. In dem Moment öffnet sich im ersten Stock ein Fenster, eine Frau lehnt raus und spricht uns auf Polnisch an. Als sie erkennt, dass wir Ausländer sind, gibt sie Handzeichen, wir sollten warten, sie komme gleich runter. Die Frau ist sichtlich irritiert, dass Fremde den Garten durch die Gartentüre betreten. Ich versuche ihr klar zu machen, dass wir bloss schauen möchten. Dass mein Begleiter, Karl-Heinz, das Haus von früher kenne. Die Frau beruhigt sich zwar. Doch bin ich mir nicht sicher, ob sie verstanden hat, was ich ihr mitzuteilen wünschte. Ich zeige ihr das alte Foto. Nun staunt sie echt. Lacht. Sagt, auf das Foto weisen, stari, oder etwas ähnlich Klingendes, was ich als alt interpretiere. Nun nicken wir uns lachend zu. Sie begleitet uns zur Rückseite des Hauses. Ich versuche ihr zu erklären, wie seien davon ausgegangen, eine Bombe habe das Haus zerstört. Auf das Wort Bombe, der Bewegung beider Hände wie eine Explosion und dem dazugehörigen Zischlaut, nickt die Frau wie wild und zerrt an meinem Ärmel, um mir zu bedeuten, dass sie mir im Hausinnern etwas zeigen will. Wir steigen die Treppe hoch zum ersten Stock, der offensichtlich in zwei Wohnung aufgeteilt ist. Betreten, die andern im Schlepptau, die Wohnung der Frau, die uns alle eintreten lässt, um hinter der letzten Person die Wohnungstüre zu schliessen. Dann stellt sie sich wieder an die Spitze und geht uns voraus durch zwei Zimmer von beachtlichen Ausmassen, bis zu einem dritten, im Innern des Hauses gefangenes Zimmer, wo sie zur Decke zeigt und mehrmals Worte wiederholt, die wir nicht verstehen. Wir alle starren zur Decke hinauf. Auf der Decke befindet sich eine kreisrunde Fläche mit einem Durchmesser von etwas über zwei Metern, die sich farblich vom Rest der Decke unterscheidet. Heller ist. Als ob sie später erst verputzt worden wäre als der Rest der Decke. Als die Frau sieht, dass mir ein Licht aufgeht, nickt sie wiederum wie wild, deutet gestisch an, dass eine Bombe durch das Dach und durch das ganze Haus gefallen, ein röhrenhaftes Loch gerissen, das übrige Haus aber nicht zerstört habe. Sie schiebt auch den Teppich unter dem Kreisrund vom Fussboden, zum Beweis, dass auch der Boden an dieser Stelle neu sei. Sie lacht triumphierend und es hätte wenig gefehlt, dass wir uns in die Arme gefallen wären. Ein Tässchen Kaffee und etwas Gebäck konnten wir nicht ausschlagen. Mich berührt s, in einem Raum zu sein, wo Omi und Opa und auch Vati lange vor meiner Zeit gelebt hatten.

Wir können Jauer nicht verlassen, ohne das Mehrfamilienhaus gesehen zu haben, das Omi und Opa besessen, doch nicht bewohnt hatten. Die Adresse kennen wir, Wilhelmstrasse 10. Karl-Heinz hat eine Wegbeschreibung von seiner Mami, Tante Ilse. Am Schloss der Piastenfürsten vorbei gelange man zum Bahnhof. Stelle man sich mit dem Rücken zum Bahnhofsgebäude und gehe den Geleisen entlang bis auf die Höhe des Bahnüberganges, sehe man vor sich die grosse Strasse, die zurück in die Stadt führe. Das sei die Wilhelmstrasse. Das heutige Strassenschild gibt den Namen, Uliza Stanislawska Poniatovska. Das Haus Nummer 10 befinde sich auf der linken Seite, nach einem Park oder Feld das zweite Haus. Ein sehr hohes

Backsteingebäude mit Balkonen. Wir finden das Haus ohne weiteres. Stehen davor. Gucken hoch. Die Haustüre ist verschlossen. Viele Namensschilder und Klingelknöpfe deuten auf etliche Wohnungen hin. Die Backsteine sind vom Verkehrsstaub geschwärzt und wirken zum Teil angefressen, genauso wie die Steinbalkone. Das Haus, obwohl imposant, ist in einem jämmerlichen Zustand.

„Weisst du, wie," frage ich Karl-Heinz lachend, „wenn wir bei der Wiedergutmachung dieses Haus zurückbekommen hätten und uns jetzt um diesen Schrott kümmern müssten. Glück gehabt!"

Wir stehen unbeschwert und ohne schlechte Gefühle lachend vor dem Haus, das die Geschicke der Politik unseren Grosseltern geklaut hatten, weinen unserem Schicksal keine Träne nach, vergiessen bloss ein paar Tränen wegen des Lachens.

Insel Sainte Marie

Madagaskar 1993

Einakter in sieben Szenen

Personen   Tourist 1
Tourist 2
Einheimischer / Geist

Ort   Insel Sainte-Marie

Zeit   Gegenwart

Erste Szene

Strahlende Sonne, tiefblauer Himmel, das Rauschen des Meeres, Zirpen von Grillen, eine Naturstrasse – rote Erde, Steine – , gesäumt von üppiger Vegetation – Palmen, Blütensträucher – , auf einer Seite der Strasse Palmen, Sandstrand und Meer. Paradiesische Unberührtheit. Am Strassenbord auf der anderen Seite der Strasse zwischen Bäumen und Sträuchern eine Grabstätte, eingefriedet mit einem niedrigen Erdwall, durch Sträucher leicht verdeckt, mit rund einem Dutzend einfachen Stein- und Holzkreuzen, Stein- und Holzsärgen.

Tourist 1 und Tourist 2, zwei Weltbummler, tauchen auf und spazieren der Strasse entlang. Tourist 1 hat einen kleinen Rucksack umgehängt. In einer Hand hält er eine Dolde von Bananen. Er schwitzt. Tourist 2 betrachtet die Welt durch seine Videokamera.

Tourist 1	Banane gefällig?
Tourist 2	Bloss keine Banane!
Tourist 1	Im Land, wo die Bananen wachsen!
Tourist 2	Höchstens eine flambierte Banane, zur Nachspeise.
Tourist 1	Ich schmeisse die Bananen weg. – Ich schaff's nicht! Mein schlechtes Gewissen. Diese Frau hat uns die Bananen geschenkt.
Tourist 2	Die Leute haben Bananen. Also verschenken sie Bananen. Sie haben zuviel davon.
Tourist 1	Ich möchte die Bananen wegschmeissen, weil es mir im Moment stinkt, sie mit mir rumzuschleppen. Später habe ich wieder Lust auf eine Banane, mit Sicherheit sogar. Dann werde ich mir neue Bananen kaufen, für wenig, sehr wenig Geld. – Die Frau hat uns die Bananen geschenkt, weil sie uns ihre Freude über unsere kurze Unterhaltung zeigen wollte, ohne Hintergedanken, einfach so: Offenheit uns Fremden gegenüber, spontane Herzlichkeit. – Die Menschen hier sind arglos. Mir sind noch selten so arglose Menschen begegnet. Ehrlich, wir können hier noch Vieles lernen. – Ich darf die Bananen nicht wegschmeissen. Stell dir vor, sie sieht mich, die Bananen wegschmeissen. Sie wäre

	entsetzt darüber, dass dahergelaufene Protzen Bananen achtlos wegschmeissen.
Tourist 2	Hier ist es Sitte, Fremden Geschenke anzubieten, die die Fremden zurückweisen müssen. Fremde, die Geschenke annehmen, gelten als habgierig und schlecht.
Tourist 1	Und das sagst du mir erst jetzt! Ja, ja, man kann sich noch so Mühe geben, rücksichtsvoll zu sein und alles richtig zu machen. – Woher weisst du das?! – Du machst dich lustig über mich.
Tourist 2	Geniesse die schöne Umgebung! Hör auf zu analysieren und tu ganz einfach, was dir Spass macht. Dann gibt's keine Gewissensbisse.
Tourist 1	Na ja, wenn es so einfach wäre

Kleine Pause

Tourist 1	Postkartentext. Super Land, super Ferien, alles super. Bloss ich liege quer. Ich fühle mich überhaupt nicht super. Klar, ich schaue mich um und tue so, als ich ausflippe, „super, super, super!" Palmen, dieser Himmel, türkisblaues Meer. Gleissende Sonne und halbnackte Einheimische, die uns verschmitzt zulachen. Ich glubsche mich selbstverständlich an dieser Nacktheit fest und schon brennt meine schmutzigste Fantasie mit mir durch! – Wir haben ein Paradies entdeckt. Von dieser Entdeckung MÜSSEN wir profitieren. Wie ziehe ich

daraus den grössten Profit? Knallharte Frage. – Die Schock der Schönheit. Mit einem Mal wird mir bewusst, in welcher Hässlichkeit und in welcher Widerwärtigkeit ich in meinem gewöhnlichen Alltag stecke. Ohne mir etwas dabei zu denken. – Sobald ich meine Augen schliesse, löst sich das Bild dieser Schönheit auf, verflüchtigt sich …

Tourist 2   Du bist patschnass!

Tourist 1 entnimmt seinem Rucksack eine Flasche Wasser und trinkt daraus. Er reicht die Flasche an Tourist 2 weiter. Danach verstaut er die Flasche und auch die Bananen im Rucksack.

Tourist 1   Wie blöd man sein kann. Ich hatte diese Seidenhemden eingepackt. Seidenhemden sind luftig, leicht, trotz der langen Ärmel, die wir zum Schutz vor der Sonne brauchen. Diese Seidenhemden flattern fröhlich im Wind und kühlen, hatte ich mir vorgestellt. Keine Rede davon. In diesen Seidenhemden schwitzt man wie eine Sau. Ich kann es mir nicht erklären. Dennoch muss ich einer Fehlüberlegung erlegen sein. – Das darf nicht wahr sein. Ein Fahrradschlauch. Mitten im Busch ein Fahrradschlauch. Sind wir hier genau gleich weit wie bei uns. Das Zeugs wird achtlos weggeworfen. Irgendwohin. Bedenkenlos. Keine Verantwortung für die Umwelt. Unsere Zivilisations-Wurstigkeit holt uns selbst hier ein. Wir können wieder

	nachhause gehen. Das Paradies existiert nirgends mehr, ausser vielleicht in unseren Köpfen. *Voller Entsetzen* Das Ding bewegt sich!
Tourist 2	Eine Schlange.
Tourist 1	Eine SCHLANGE!
Tourist 2	Sie wird dich gleich auffressen.
Tourist 1	Eine Schlange. Habe ich nicht heute früh im Reiseführer gelesen, dass es hier keine giftigen oder sonst gefährlichen Schlangen gibt? Ich war so beruhigt gewesen. Doch kaum kriecht so ein verflixtes Ding rum, krieg ich Herzflimmern und raste aus. Obwohl ich weiss, keine Gefahr.
Tourist 2	Niemand hat hier ein Interesse daran, dir dein Leben zu nehmen oder dir zu schaden oder dir zu nützen oder was auch immer. Weder ein höheres, noch ein niedrigeres Wesen.
Tourist 1	Blödmann! Die Welt durch eine Videokamera zu betrachten! Sag mal, schaust du nie etwas unmittelbar an?
Tourist 2	Nein.
Tourist 1	Kann mir egal sein, blöder Tourist und Idiot.
Tourist 2	Das Leben ist eine Geschichte ohne Bedeutung, erzählt von einem Idioten. Shakespeare.

Kleine Pause

Tourist 2	Wird diese Reise dich verändern?

Tourist 1	Mein Bart wächst und wuchert, weil ich mich mit bloss kaltem Wasser nicht rasieren kann.
Tourist 2	Am Montag nach der Rückkehr werde ich noch zuhause bleiben. Ich werde erst am Dienstag ins Büro gehen. Dort liegen Briefe und Akten stapelweise herum und warten auf mich. Es wird Tage dauern, bis ich alles durchgesehen haben und informiert sein werde. Auf dass ich danach wieder richtig in meine Arbeit einsteige, die während der Ferien liegengeblieben ist. Alle werden fragen, „Und, wie ist es gewesen?" Doch keiner rechnet damit, eine Antwort zu erhalten. Fragen sind Konvention. Bleiben die Fragen aus, stutzt man und denkt, „nanu". – Wen wird schon echt interessieren, was wir hier erlebt haben! Gut, ich nehme mir zumindest vor, den Video-Film zuhause zumindest einmal anzuschauen. Ihn vielleicht sogar auf eine erträgliche Länge zusammenzustutzen. – Die Erfahrung zeigt, dass der Alltag mich im Nu wieder voll und ganz auffrisst. Wie vor den Ferien. Ohne Veränderung. So geht es auch. Das Paradies von hier – aus meinem Gedächtnis weggeblasen. – Du bist total anders. Du kannst aus dem Stehgreif alle Orte, Namen, Daten von vor –zig Jahren runterleiern.

Ein Palmblatt saust von einer hohen Palme runter und knallt unmittelbar neben dem Touristen 1 zu Boden.

Tourist 1	Hätte ich bloss ein paar Zentimeter weiter drüben gestanden, hätte dieser Palmwedel mich erschlagen. Wie ein kleiner Baum.
Tourist 2	Obacht Kokosnuss!
Tourist 1	Sich vorzustellen, dass plötzlich alles aus sein kann. Ich bin beinahe erschlagen worden. Ich fühle nichts. Ich halte mich in einem Paradies auf. Und ich fühle nichts. Was fühlst du? – Blöde Frage. Du bist in deine Kamera hineingekrochen und erlebst einen permanenten Orgasmus. Dein Glück ist perfekt, wenn dein Akku jeden Nacht eine Steckdose findet auf dieser gottverlassenen Insel. – O Schreck, mich hat's, glaube ich, erwischt.
Tourist 2	Was?
Tourist 1	Durchfall. Nein, Fehlalarm, bloss ein leiser Furz. Noch einmal Glück gehabt. Ich muss unbedingt mehr trinken. Das verhindert Durchfall. So viel Wasser habe ich meiner Lebtag noch nie getrunken – Schon so viele Tage hier und noch kein Durchfall. Was sagst du dazu! Sind wir nicht toll, wie wir selbst in den Tropen perfekt funktionieren. Das heisst, unsere Gedärme funktionieren perfekt.
Tourist 2	Bis auf meine Verstopfung seit fünf Tagen! – Ich bin der Herr der Bilder. Ich suche und finde neue Bildausschnitte, hole sie mit dem Zoom ganz nah heran oder sause im Weitwinkel über die gesamte Landschaft hinweg …

Tourist 1	Wir sind wegen dieser verdammten Exotik hier, doch du verschanzest dich hinter deiner Kamera!
Tourist 2	Ich schnipsle das, was mich packt, das sich Spiegelnde, das im Winde Tanzende, das Irritierende, das von Schattenspielen Überlagerte zu viereckigen Bildern zusammen.
Tourist 1	Wir sind Kolonialisten-Arschlöcher. Wir können es drehen und wenden, wie wir wollen. – Der Silberschmied, dieser klevere Typ hatte recht. „Wir haben keine Chance, ausser ihr zieht euch mit euren Waffen zurück. Ihr alle. Wir brauchen euch nicht. Weder die die vorgeben zu helfen, noch die, die uns bekämpfen um ihres eigenen Profits willen. Ihr habt uns in eurer langen Geschichte hier nichts als Waffen gebracht." Selbst wir sind Waffen. Verkappte Waffen vielleicht. Doch explosiv.
Tourist 2	Na ja, so einfach, wie der Silberschmied die Welt sieht, ist sie nicht.
Tourist 1	Wer weiss. Die Einheimischen hier. Wissen sie überhaupt, was mit ihnen geschieht! Wie können sie sich gegen uns zur Wehr setzen! Gegen unsere Politik. Scheinheilig, verlogen – immer geht's ums Geld!

Tourist 1 wird auf die Grabstelle am Strassenrand aufmerksam. Er betritt die Grabstelle. Tourist 2 folgt ihm und filmt. Tourist 1 schiesst Bilder mit seiner Pocketkamera.

Tourist 2	Politiker sind nicht da, um das Volk glücklich und reich zu machen. Weshalb setzt man bei Politikern andere Massstäbe an, als bei Durchschnittsbürgern und Geschäftsleuten? Geschäftsleute bewundert man, wenn sie reich werden, und man unterstellt ihnen sogar, dass sie glücklich sind. Idealisten wollen die Verhältnisse verändern. Vielleicht braucht es auf unserer Welt sogar die Hoffnung, dass sich alles zum Besseren wenden wird. Obwohl es im Wesentlichen so weitergeht, wie es immer gelaufen ist. Oder die Gegensätze sich zuspitzen.

Tourist 1 steckt die Pocketkamera weg und zieht einen Reiseführer hervor. Er blättert darin herum.

Tourist 1	Sich vorzustellen, ein Horde von Wilden greift uns an. Die Wilden sehen friedlich aus. Doch sie greifen uns an. Es geht um unser Leben. Könnten wir uns überhaupt noch aufraffen, um unser Überleben zu kämpfen? Würden wir nicht einfach palavern, bis es zu spät ist? Wozu sich wehren? Wir gehen im Gemetzel unter und ich lache mich zu Tode. Eine perverse Schadenfreude. Ich geniesse es, wenn's mir endlich an meinen Kragen geht. Verdientermassen. Mentale Distanz, doch aus Bequemlichkeit schwimmt man obenauf auf der Masse, die einen irgendwie trägt. Weshalb, zum Teufel, kann ich kein

Zeichen setzen! Sagen, jetzt ist endgültig genug. Irgendwie geht's immer weiter. Nicht einmal schlecht. Schlecht ist bloss das Gewissen, dann und wann. Und die diffuse Angst vor irgendwelchen wilden Horden. Nicht greifbar. Diese irrationale Angst ist mir peinlich. Dennoch fürchte ich mich vor den wilden Horden und sehne sie gleichzeitig herbei, um endlich für meine Verlogenheit niedergemacht zu werden. Im Gemetzel verschmelze ich mit den wilden Horden ...

Tourist 2   Hast du die Güte, für einen Moment weg zu treten, mir aus dem Bild.

Tourist 1   Du erträgst die Vorstellung nicht, dass wir, die vermeintlich Starken, Allmächtigen, Wissenden dem Animalischen unterliegen könnten.

Tourist 2   Verteufle mir die friedlichen Einheimischen nicht.

Tourist 1   Wie, zum Teufel, gehen wir mit den kulturellen Gegensätzen um?! Hirngespinste! Okay, okay, alle Farben leben friedlich zusammen. Weiss, Schwarz, Rot, Gelb und so weiter. Okay, okay, ich halte meine Klappe. Obwohl, im Grunde gehören Bild UND Ton zusammen. Lass dir gesagt sein, als Videofilmer solltest du mein Gefasel dankbar auf deine Tonspur bannen. Es relativiert die ästhetischen, allzu ästhetischen Bilder. So entsteht eine neue Wahrheit ... – „Zentraler Punkt ...", hör mal, „Zentraler Punkt der madagassischen

Religion ist der Glaube an die Macht der Ahnen, die nicht als tot gelten ..." Hast du das gehört? Tot und doch nicht tot. Okay, okay! Sie treten „ in religiösen Riten, wie Bilo oder Tromba, mit den Seelen der Verstorbenen in Kontakt, ...", die Einheimischen, „... fragen um Rat und bitten um Hilfe ..." Ach, die heile Welt, wo alles mit eingeschlossen ist.

Zitiert nach Wolfgang Därr, Madagaskar, DuMont Verlag Köln 5. Auflage 1991

Tourist 2   *Hört auf mit Filmen*   Ich rate dir, vor Ehrfurcht auf deine Knie zu sinken, deinem Atheismus oder Agnostizismus schleunigst abzuschwören und dich zum Ahnenkult zu bekennen.

Zweite Szene

Auf dem Weg taucht der Einheimische auf. Er ist mit alten Shorts und einem Strohhut bekleidet. Auf einer Schulter frägt er ein Bündel frisch geschnittener Zuckerrohre. In einer Hand hält er eine Machete, ein sichelartiges Messer.

Tourist 2   Originalton lenkt von den Bildern ab. Ich werde zuhause eine Tonspur mit madagassischer Musik ... Ich muss irgendwo einen Tonträger mit madagassischer Musik ...

Der Einheimische wird auf die beiden Touristen in der Grabstätte aufmerksam. Erstarrt zuerst. Dann schreit er wutentbrannt – auf Französisch – auf die beiden Touristen ein, die gewaltig erschrecken. Wie begossene Pudel dastehen, während der Einheimische wie wild gestikuliert und sie mit wilder Handbewegung, die Machete in der Hand, zu verscheuchen versucht. Tourist 2 rappelt sich auf und geht lächelnd aus der Grabstätte auf die Strasse und auf den Einheimischen zu. Tourist 1 folgt zögernd.

Einheimischer	C'est pas bien d'être ici! Pas bien du tout ! Allez! Allez! Quittez ce cimetière! Messieurs, Messieurs, venez! C'est défendu. Défendu! Venez, venez! (Es ist nicht gut hier zu sein. Überhaupt nicht gut. Gehen sie, gehen sie. Verlassen sie den Friedhof. Ihr Herren, ihr Herren, kommt. Es ist verboten. Verboten. Kommen sie, kommen sie!)
Tourist 1	*Flüsternd zu Tourist 2* Los, los, rennen wir davon.
Tourist 2	Pardon, Monsieur. Pardon, Monsieur. Pardon.
Einheimischer	*Erregt und beschwörend* C'est bien d'avoir quitté le cimetière. N'entrez plus jamais dans un cimetière ! (Gut, dass sie den Friedhof verlassen haben. Betreten sie nie wieder einen Friedhof!)
Tourist 1	Pourquoi, Monsieur ? (Weshalb, mein Herr ?)
Einheimischer	C'est comme-ça ! (So ist es)
Tourist 1	Hauen wir ab !

Tourist 2	Merci bien, Monsieur. (Vielen Dank, mein Herr)
Einheimischer	De rien, Monsieur. (Schon gut, mein Herr)

Der Einheimische schüttelt die Hand des Touristen 2. Während Tourist 1 und der Einheimische sich die Hände reichen, entnimmt Tourist 2 seinem Geldbeutel ein paar Geldscheine und steckt sie dem Einheimischen zu, der sich zuerst ziert und das Geld, nicht heftig, zurückweist, dann es aber lächelnd einsteckt.

Einheimischer	Que le bon dieu vous protège, que le bon dieu vous protège, Messieurs. (Möge der liebe Gott sie beschützen, meine Herren)
Tourist 2	Was sagst du jetzt ?!

Der Einheimische geht weiter seines Weges. Tourist 2 sieht ihm amüsiert nach. Der Einheimische sieht noch einmal zurück. Tourist 2 und der Einheimische winken einander freundlich zu. Der Einheimische verschwindet.

Dritte Szene

Tourist 2	Na, wie haben wir diese schwierige Situation wieder gemeistert!
Tourist 1	Mir schlottern jetzt noch die Knie. Man weiss ja nie … Du hättest ihm nicht Geld geben dürfen. Du hast ihn in seiner Würde verletzt. Er hat das Geld bloss genommen, um nicht unhöflich zu sein. – Was ist?
Tourist 2	Ich habe vergessen, ihn zu filmen! Wart, ich frage ihn ob …

Tourist 1	*Hysterisch* Bleib hier!
Tourist 2	Er hätte bestimmt nichts dagegen. – Ein Wahnsinnsbild. Dieser Einheimische mit Zuckerrohr und Machete. Schade. – Hattest du tatsächlich Angst, dass er dir mit seiner Machete deinen Bauch aufschlitzt.
Tourist 1	Für dich zählt bloss der Film, der Film und nochmals der Film.
Tourist 2	Nimm diesen Einheimischen nicht todernst. Nimm mich nicht todernst. Nimm dich nicht todernst.
Tourist 1	Vorsicht ist die Mutter der Porzellankiste. Wir haben diesen Einheimischen wie einen Lakaien behandelt. Mit Überheblichkeit und Herablassung, wie es eben so unsere Art ist. Es würde mich nicht erstaunen, wenn er uns hinter einer Wegkurve mit seinen Freunden auflauert. Glaub bloss nicht, dass diese Einheimischen nicht spüren, wie wir mit ihnen umspringen.
Tourist 2	Ich harre gespannt der Dinge die du ankündigst.
Tourist 1	Es ist unwahrscheinlich, dass er uns mit seinen Freunden auflauert.
Tourist 2	Weshalb malst du dann den Teufel an die Wand?
Tourist 1	*Wütend* Ich verfluche unseren Entschluss zu dieser Reise. Was haben wir hier verloren?! Immer diese Ungewissheiten. Wie reagieren die Leute? Was ist giftig? Wie schütze ich mich vor den Gefahren? Weshalb bloss liefere ich mich freiwillig

	dieser allgemeinen Verunsicherung aus? Bin ich etwa nicht ganz dicht?
Tourist 2	Unser Einheimischer trottet seinem Dorf entgegen. Denkt, diese Touristen geben mir soviel Geld! Anstatt dass er das Geld für seine Familie ausgibt, geht er in die Bar und bezahlt seinen Freunden Runden um Runden. Dann sind alle Männer in seinem Dorf besoffen. Gehen nachhause. Machen Kinder. Genau wie bei uns. Ausser dass es bei uns mit der Empfängnisverhütung klappt.

Tourist 2 zückt auf dem Weg seine Videokamera und filmt dem Weg entlang. Tourist 1 wendet sich um und bleibt in Gedanken versunken stehen.

Vierte Szene

Tourist 1 schaut unversehens auf und zuckt zusammen. Vor ihm steht im heiterhellen Himmel der Geist. Tourist 2 filmt derweil ungestört weiter, ohne den Spuk bei Tourist 1 zu bemerken.

Der Geist, eine schwarze, übergrosse Gestalt mit einer Machete, steht bedrohlich und vorerst stumm da. Er sieht dem Einheimischen verdammt ähnlich, ähnelt auch dem Tod, einem Mönch, einer Schattengestalt, einem Engel, einem Adler. Tourist 1 reibt sich seine Augen, traut seinen Augen nicht. Er schaut weg. Schaut wieder hin. Starrt den Geist gebannt an. Der Geist wächst. Tourist 1 versucht, den Geist mit Gesten abzuwehren. Zuerst leise, dann immer lauter setzt Klang rhythmischer Schlaginstrumente ein.

Tourist 1 tritt, ohne seinen Blick vom Geist abzuwenden, einen Schritt zurück, stolpert und fällt zu Boden. Bleibt auf dem Rücken liegen. Zappelt wie wild mit Armen und Beinen. Schreit hysterisch, bis er zusammengekauert am Boden liegt und still vor sich her wimmert.

Tourist 1 Was willst du? Was willst du? Bringe mich um! Schlag zu! Los, schlage schon zu! Mach schnell! Lasse mich nicht länger leiden. Ich kann mich nicht wehren. Ich will mich nicht wehren. Ich gebe dir, was du forderst. Fordere, was du willst. Stich mich ab. Ich lasse alles mit mir geschehen. Mach vorwärts, endlich vorwärts.

Geist La paix. Respectez notre paix. Nous, les ancêtres, sommes sages. Méfiez-vous de notre vengence ! (Frieden. Respektieren sie unseren Frieden. Wir, die Ahnen, sind weise. Seien sie auf der Hut vor unserer Rache.)

Der Klang der Schlaginstrumente kulminiert zu einem ohrenbetäubenden Lärm, worauf der Spuk vorüber ist. Tourist 1 steht wieder, wie zu Beginn der Szene in Gedanken verloren da, in der paradiesischen Umgebung.

Fünfte Szene

Tourist 1 wacht in die Wirklichkeit auf.

Tourist 1	Kehren wir um! Komm schon, kehren wir um.
Tourist 2	*Hört auf mit Filmen* Wo bleibt deine heitere Gelassenheit!
Tourist 1	Mir ist schlecht. Ich muss dringendst aufs Klo.
Tourist 2	Hier hat's genügend Büsche. Genierst du dich vor mir? Ich schaue nicht hin. Ehrenwort. Ich muss nicht jedes noch so kleinste Detail unserer Reise einfangen und für alle Ewigkeit festhalten. Das Scheissen ist – ach, lassen wir das.
Tourist 1	Gehen wir zurück ins Hotel.
Tourist 2	Mach dir nichts vor. Der geschützte Rahmen des Hotels alleine reicht dir nicht. Um zu entspannen, wirst du wieder etliche Pastis deine Kehle runterschütten. Nimm's locker, Kumpel. Habe ich's doch geahnt, das Klo war bloss ein Vorwand.
Tourist 1	Du Lust auf dieses ganze Zeugs ist mir vergangen. Macht keinen Spass mehr. Du immer bloss mit deiner Kamera. Und …
Tourist 2	Und ? – Okay, ich werfe meine Kamera weg. In hohem Bogen. Die Kamera ist blöd. Alles ist blöd. Es gibt bloss Blödsinn auf der Welt. Ist erst mal die Kamera weg, bin ich ein freier Mensch…
Tourist 1	Ja, wirf sie weg.
Tourist 2	Mit meinen Filmen will ich keine Geschichten erzählen. Geschichten sind blöd. Langweilen zu Tode ..
Tourist 1	Wirf deine Kamera weg!

Tourist 2	*Lachend* Die Geister der Menschen und Dinge, die ich mit meiner Kamera einfange, rächen sich, machen einen Aufstand, wollen unbedingt ihre Freiheit wieder haben. Geschrei und Gewalt. – Du zitterst ja. Dir klappern die Zähne.
Tourist 1	Blödian! Lächerlich! Wer soll sich hier wofür rächen!!!

Tourist 1 und Tourist 2 stehen sich kopfschüttelnd und lachend gegenüber.

Sechste Szene

Tourist 1 und Tourist 2 treten aus der Szenerie heraus, vor das Publikum. Jeder monologisiert für sich vor dem Publikum.

Tourist 1	Ich bin der friedfertigste Mensch. Ich kann keinem Lebewesen ein Härchen krümmen.
Tourist 2	Zu filmen ist nicht blöder als nicht zu filmen.
Tourist 1	Manchmal explodiere ich. Ich bin ein Pessimist. Stelle mir immer spontan das Schlimmste vor. Und wenn ich dann erkenne, wie blöd meine Vorahnungen sind, fühle ich mich total erleichtert und möchte die ganze Welt umarmen.
Tourist 2	Eine technische Spielerei. Mit Knopfdruck bin ich ganz Auge und – das ist ja der Witz der Sache – halte die Bilder fest. Die Bilder, die sich sonst jagen und im Nu vorüber

sind. Ich halte mich an den Bildern fest. Ich klammere mich an die Bilder. Die Bilder sind für mich … Bestätigung, Grund, Vorwand, Beschäftigung, Erfüllung, Trost, Lust, Genuss, Ekel, Fremdes, Vertrautes. Kurz das Leben, wie es im Geist herumwuselt.

Tourist 1   Ich glaube ja nicht wirklich an Geister. Ich käme mir lächerlich vor, mich vor Geistern zu fürchten. Doch ist man so total sicher, ob es nicht doch Geister gibt.

Tourist 2   Weshalb unbedingt immer mit der Kamera? Weil mir nichts Gescheiteres einfällt. Und weil ich in der Volkshochschule diesen Kurs besucht habe. Der Lehrer sagte, Ton und Bilder, die auseinanderklaffen, erzeugen Spannung, fangen erst etwas Ganzheitliches ein. Dann erst funktioniert die Kunst und kann sie etwas bewegen. – Vielleicht sollte ich das Geschwätz von ihm auf der Tonspur doch nicht löschen.

Tourist 1   Er wirft mir immer vor, zu analysieren, Thesen aufzustellen. Ich sei so stur und lebe wegen meiner Sturheit am Leben vorbei. Er rennt seiner Kamera hinterher. Ich werde verschüttet unter meinen Gedanken und ziehe spontan den Schwanz ein.

Tourist 2   Geist

Tourist 1   Und Seele

Tourist 2   Zwei Seelen ach

Tourist 1   In meiner Brust

Siebente Szene

Tourist 1 und Tourist 2 treten wiederum in die Szene zurück, als ob nichts gewesen ist. Tourist 2 zückt seine Kamera und filmt.

Tourist 1	Ich esse eine Banane. Willst du auch eine?
Tourist 2	Bloss das nicht! – Ich werde dich filmen, während Du die Banane isst.
Tourist 1	Bloss das nicht! – Ich habe gar keinen Hunger. Ich esse keine Banane.
Tourist 2	Angsthase. Genierst dich, eine Banane essend von mir gefilmt zu werden.
Tourist 1	Ach wo!
Tourist 2	Doch, doch!
Tourist 1	Ich und mich genieren! Du hast sie nicht alle.
Tourist 2	Als Kopfmensch ist dir alles Körperliche peinlich.
Tourist 1	Du ganz Kamera, gehst nie auf einen Menschen zu !
Tourist 2	Du ganz Analyse und Theorie, bekommst ärgste Schwierigkeiten mit deiner Verdauung.
Tourist 1	Wie kann man nur so sein wie du!
Tourist 2	Wie kann man nur so sein wie du!

Während des Filmens stolpert Tourist 2 und fällt zu Boden. Die Kamera schlägt auf den Boden auf. Tourist 2 ist wütend. Er schreit.

Tourist 2	Scheisse! Scheisse! Scheisse! Sie ist futsch! Scheisse! Dieser Urlaub ist im Eimer! Ich habe die Nase voll. Verdammter Mist. Ich

	hätte die grösste Lust, auf der Stelle nachhause zu fliegen. Diese blöde Strasse ist voller Schlaglöcher. Dass diese Zulukaffer mit allen Entwicklungsgeldern nicht mal ihre Strassen ordentlich in Stand halten können!
Tourist 1	*Lachend* Scheisse!

Tourist 1 und Tourist 2 schauen einander an. Beide lachen. Sie setzen sich je unter eine Palme und geniessen das Leben.

Tourist 2	Ich bin ein Idiot.
Tourist 1	Wir sind Idioten. Um kein Haar besser, als …
Tourist 2	Als ? Wir sind nicht idiotischer. Wir sind nicht besser. Wir sind nicht gescheiter. Wir sind nicht friedfertiger. Wir sind nicht lieber. Wir sind nicht zahmer.
Tourist 2	Wir sind nicht harmloser. Wir sind nicht gefährlicher. Wir sind nicht giftiger. Wir sind nichts, …
Tourist 1	… aber auch gar nichts. Oder wir sind alles.
Tourist 2	Wir sind der Schall dessen, was wir hier produzieren!
Tourist 1	Ergibt keinen Sinn.
Tourist 2	Vor allem sollten wir uns auf nichts etwas einbilden.
Tourist 1	Obacht, Kokosnuss!

Der Einheimische nähert sich. In einer Hand trägt er eine Dolde Bananen.

Einheimischer Messieurs, ma femme a dit, peut-être ces étrangers aimeraient des bananes. Voici quelques bananes (Ihr Herren, meine Frau hat gesagt, vielleicht mögen diese Fremden Bananen. Hier sind ein paar Bananen)…

Schlösser in Rajastan

Indien 1997

Meine Liebste zu einer Indienreise zu überreden bedarf eines Tricks.

„Nein, nein, nein, keine Sorge! Rajastan ist zwar Indien, doch es unterscheidet sich gewaltig von dem Bild, das man von Indien hat. In Rajastan gibt es etliche Maharadschas mit schönsten Schlössern. Diese Schlösser öffnen sie für Touristen als Hotels. Du wirst sehen, wir wohnen in schönsten Schlössern und werden einen Wagen mit Chauffeur haben, der uns von Schloss zu Schloss chauffiert."

„Schlösser, o! Und denkst, da können wir gewöhnlichen Leute verkehren? Ja, ja, ich begreife. Hotels. Doch ist es auch erschwinglich. Ich meine, wir sind nicht Krösus. Doch, bitte, ganz gewöhnlich, mit einem Mietwagen. Chauffeur! Das ist mir zu hochgekotzt. Nein danke!"

Der erste Schritt ist geschafft. Der zweite Schritt ist eine Herausforderung. Ich kann meiner Liebsten lange erklären, dass selber zu fahren in Indien tödlich enden kann. Die halsbrecherische Fahrweise der Inder. Oft bloss eine Fahrspur. Die Fahrzeuge rasen aufeinander los und dann ist der Nervenkitzel, welches Fahrzeug zuerst zum Strassenrand fährt und dem andern freie Fahrt lässt. Abends oft ohne Licht. Das heisst, das Licht wird oft im letzten Moment angezündet. All die Autowracks an den Strassenrändern. Die Ochsenkarren. Die Massen von Menschen.

„Du willst mir bloss das Fahren vergraulen. Ich kenne deine Übertreibungen."

Meine Beteuerungen, dass ich jetzt ausnahmsweise nicht übertreibe, würden nichts nützen. Ich muss nach einem andern Trick hirnen. Ich gehe einkaufen, in den Coop. An der Kasse ist Frau Singh. Frau Singh stammt aus Bombay. Sie fragt mich nach meinem Befinden. Ob ich wieder eine schöne Reise plane. Ich erwähne Indien. Sie fragt sogleich, wo in Indien. Ich sage Rajastan.

„Rajastan! So wunderbar. Es wird ihnen gefallen. Ich habe doch letzten Herbst meine Ferien, wie ich ihnen bereits berichtet hatte, bei meiner Familie in Bombay verbracht. Da habe ich meine beiden Schwestern für eine kurze Rundreise durch Rajastan eingeladen. Udaipur, Jodhpur, Jaipur. Mietwagen mit Chauffeur. Genial, sage ich ihnen."

„Sie sind nicht selber gefahren?"

„In Indien selber ein Auto zu lenken! Sind sie ganz von Sinnen. Von ihrer früheren Indienreise sollten sie wissen, dass nur Verrückte in Indien selber das Auto lenken!"

Meiner Liebsten, die bisweilen auch im Coop einkauft und daher Frau Singh ebenfalls kennt, rapportiere ich die Aussagen von Frau Singh. Ich rate ihr, bei ihrem nächsten Einkauf bei Coop Frau Singh selber auf das Auto mit Chauffeur anzusprechen. Meine Liebste meint, wenn selbst eine so einfache Frau, die ihr Geld an der Kasse eines Coop hart verdienen müsse, sich einen Mietwagen mit Chauffeur leiste, sei mein Vorschlag wohl nicht so verwegen. Im Reisebüro kann meine Liebste es nicht lassen, nochmals auf den Mietwagen mit Chauffeur zurückzukommen. Die

Reisefachfrau lacht, selber einen Wagen zu lenken in Indien sei selbstmörderisch. Damit ist, wie es volkstümlich so schön ausgedrückt werden kann, der Mist geführt.

Unser Chauffeur ist Mister Rawat, der haargenau weiss, was wir wünschen, und bei dem wir mit eigenen Vorschlägen nicht landen können. Da das Reisebüro die Reise perfekt zusammengestellt hat, geraten wir mit Mister Rawat bloss selten aneinander. Mit dem Wissen, dass in Indien viele Menschen Vegetarier sind, frage ich Herrn Rawat, ob er Vegetarier sei.

„I eat vegetarian. I eat non-vegetarian. I eat everything. (Ich esse vegetarisch. Ich esse nicht-vegetarisch. Ich esse alles.)"

Mister Rawat chauffiert uns sicher von Schloss zu Schloss. Selbst meine Liebste muss eingestehen, dass sie mit einer solchen Rumpelkiste, wie wir sie hier als Mietwagen haben, nie selber fahren könnte. Auch die Fahrweise hier in Indien sei äusserst gewöhnungsbedürftig.

In Jodhpur trifft mich beim Anblick des riesigen, pompösen Umaid-Bhavan-Palast, der für ein paar Tage unser Zuhause sein soll, beinahe der Schlag. Ein monstruöseres Gebäude mit gigantischen Treppen und dem Wiederhall jeden Wortes im Treppengebäude kann ich mir nicht vorstellen. Dennoch darf ich mir nichts anmerken lassen. Ich bin mich grosse Häuser gewohnt, kann mich in riesigen Räumen bewegen, doch diese Dimensionen erschlagen mich beinahe. Irgendwie, so empfinde ich es, ist es eine Zumutung, in solch übermenschlichen Dimensionen zu planen und zu bauen. Erst noch, weil der Palast keineswegs alt ist, sondern neueren Datums. Anscheinend kann ich mein Entsetzen über diesen Bau so gut überspielen, dass meine Liebste nichts davon merkt. Am Empfang des Hotels gebe ich mich jovial. Eine ältere Dame bekommt unseren Hotelschlüssel gereicht und erklärt, sie werde uns zu unserem Zimmer führen. Ich bin echt erstaunt, dass dieses in meinen Augen hochgekotzte Hotel nicht ausschliesslich hübsche junge Mädels an der Front hat, aber auch reife Damen.

Das Zimmer ist okay. Während die Dame des Hotels meiner Liebsten die technischen Einrichtungen erklärt, schaue ich mir die Schwarz-Weiss-Vergrösserungen von alten Fotos an, die gerahmt an den Wänden hängen. Die Fotos fesseln mich. Sie zeigen die Baustelle, die Bauarbeiten, die Bauarbeiter. Ein Foto zeigt eine elegante herrschaftliche indische Familie. Die Dame des Hotels und meine Liebste kommen aus dem Badezimmer zurück. Die Dame lächelt, als sie sieht, dass ich die Fotos betrachte. Ich frage sie, ob dieses Foto den Maharadscha zeige. Die Dame tritt zu mir hin. Bestätigt mir, dass das Foto den Maharadscha, ihren Cousin, mit seiner engsten Familie zeige. Der kleine Junge da sei der gegenwärtige Maharadscha.

„Dann gehören sie zur Familie des Maharadscha?"

Die Dame lacht. Was so erstaunlich daran sei. Falls mich die Geschichte des Umaid-Bhavan-Palasts interessiere, könne sie mir diese schon einmal erzählen. Jetzt habe sie keine Zeit. Es würden noch etliche Arrivagen erwartet und sie werde die Honneurs machen. Falls ich Lust hätte, könnte sie mir das Notwendige morgen um Zehn in der Bibliothek erzählen. Ob es okay sei. Sie müsse sich nun mangels Zeit zurückziehen.

Am nächsten Morgen um Zehn finde ich mich in der Bibliothek ein. Die Dame erscheint pünktlich und begrüsst mich freundlich.

„Es freut mich, wenn die Hotelgäste Interesse zeigen. Ohne Erklärungen ist dieser Palast nicht wirklich zu geniessen. Oder finden sie etwa, er strahle Gemütlichkeit aus? Eben. Sie lachen. Das ist es. Dieser Palast ist ein Denkmal. Kein gemütliches Wohnhaus. Hier, in dieser Broschüre lesen sie die architektonischen Gegebenheiten: ‚Architektonisch gesehen ist das Bauwerk eine Mischung aus östlichen und westlichen Baustilen. Während die 56 Meter hohe Kuppel an die Renaissance erinnert, wurden die kleineren Türme in der Tradition der Rajputen gestaltet. Der überwiegende Teil des Gebäudes jedoch ist, genauso wie das Interieur in den 347 Räumen, im damals üblichen Art Déco gehalten. Der Palast hat eine Länge von 195 Metern, eine Breite von 103 Metern und nimmt eine Grundfläche von 14.000 Quadratmetern ein. Die Gärten erstrecken sich über 61.000 Quadratmeter.' Mein Onkel war der sechsunddreißigste Spross seiner Dynastie die den Fürstenstaat Marwar-Jodhpur, der um 1300 zum ersten Mal urkundlich erwähnt wurde, regiert. ‚Als in der Mitte der 1920er Jahre eine Dürre die Region um Jodhpur heimsuchte, beschloss der Maharadscha – angeblich dem Rat seines Hofastrologen folgend – einen Palast zu errichten, um der hungernden Bevölkerung Arbeit zu verschaffen. Dafür konsultierte er den englischen Architekten Henry Vaughan Lanchester, der auch mehrere Bauten für den ehemaligen britischen König Eduard VII. entworfen hatte.' 1929 begannen die Bauarbeiten. ‚Am Bau des Palastes aus Sandstein waren knapp 3.000 Arbeiter ungefähr 14 Jahre lang beschäftigt.' Der Bau wurde voll aus dem Privatvermögen meines Onkels finanziert. 1947 starb mein Onkel. Im selben

Jahr wurde Indien unabhängig. ‚Mit der Gründung der Bundesrepublik verloren die Fürstenstaaten ihre Autonomie. Marwar-Jodhpur ging zusammen mit 22 anderen Fürstentümern in dem neuen Bundesstaat Rajastan auf. Die Maharadschas durften ihre Adelstitel zwar behalten, hatten allerdings keinerlei politisches Mitspracherecht mehr.' (alle Zitate nach **https://de.wikipedia.org/wiki/Umaid-Bhavan-Palast**) Mein Cousin wurde der neue Maharadscha. Er kam 1952 ums Leben. Sein 1948 geborener Sohn wurde sein Nachfolger und ist heute noch das Oberhaupt des Hauses Rathore. Soviel zur offiziellen Geschichte. Tatsächlich ist der Palast ein Zeichen seiner Zeit und war ein genialer Schachzug meines Onkels. Politisch hatte es schon lange gebrodelt. Die Stimmung gegen die Engländer war immens gewesen. Die Armut der Bevölkerung gross. Und da plant mein Onkel ein immenses Bauprojekt. Seine Vorgabe war, sein Palast muss grösser sein als Buckingham-Palast in London. Um es den Engländern auf subtile Art zu zeigen und sie zu demütigen. Der Bau hat unzähligen Menschen in der Region ein Einkommen gegeben und den Bauherrn zum Helden gemacht. Die Bevölkerung stand voll und ganz hinter meinem Onkel und seinen Vorstellungen der Unabhängigkeit. Die politischen Auswirkungen dieses Baus waren immens und führten dazu, dass unsere Dynastie von der Bevölkerung geliebt wird und Repräsentanten unserer Familie ins neue Parlament gewählt wurden. So irritierend der Anblick des Baus auch sein mag, seine Bedeutung, seine Wirkung waren und sind noch heute immens, für die Bevölkerung unserer Region. – So, nun muss ich weiter. Mein Leben? Ja, ich wurde während elf Jahren in der Schweiz und in England erzogen. Als ich dann nach Indien zurückkam, war ich zu gebildet, um noch einen Mann zu finden. Daher bin ich ledig geblieben. Doch ich habe eine Tochter adoptiert! – So, nun muss aber tatsächlich. Geniessen sie ihren Aufenthalt!"

Die Anfahrt zum Dundlod Fort, einem weiteren, 1750 erbauten Palast erfolgt über eine sehr staubige Strasse durch karge Landschaft. Mister Rawat erklärt, im Dundlod Fort sei er noch nie gewesen, doch dies sei der richtige Weg. Durch ein in der Umfassungsmauer aus Stein eingelassen Durchgang gelangen wir mit dem Wagen in den Innenhof des Forts. Sogleich stürzt sich ein Inder auf uns, begrüsst uns überschwänglich und heisst ein paar herbeieilende Kulis, unser Gepäck auf das Zimmer zu bringen. Während der mich etwas befremdenden Begrüssungszeremonie, sehe ich, dass der Hotelempfang auf einer anderen Seite des grossen Innenhofs angeschrieben ist. Ich erkläre dem uns in Beschlag nehmenden Herrn, dass ich gerne zuerst zum Hotelempfang gehen wolle. Der Herr sagt, es sei nicht nötig. Alles sei arrangiert und er will mir den Gutschein, den wir vom Reisebüro für diese Unterkunft erhalten haben und den ich in meiner Hand halte, entreissen. Ich fauche den Herrn an. Was ihm einfalle. Ich würde nun zum Hotelempfang gehen.

Der Mann beim Hotelempfang entschuldigt sich für meine Unannehmlichkeiten. Er seufzt, im Palast befänden sich zwei Hotels mit je anderer Leitung. Der andere Hotelbesitzer stürze sich immer auf die ankommenden Gäste. Versuche, sie in sein Hotel reinzuziehen. Obwohl sie keine Reservationen bei ihm, aber in diesem Hotel hier hätten. Ich reiche dem Mann unseren Hotel-Gutschein. Er betrachtet das ihm überreichte Papier und runzelt seine Stirne. Gemäss Gutschein sei das Zimmer für uns tatsächlich im anderen Hotel reserviert.

Der Herr, der bei unserem Auto und unseren Koffern stehen geblieben war und sich nun mit meiner Liebsten unterhält, triumphiert nicht, als ich ihm wortlos den Hotel-Gutschein überreiche. Das Zimmer, das uns gegeben wird, befindet sich in einem oberen Stockwerk dieses Seitenflügels des Palastes, zu erreichen über durch ein düsteres Treppenhaus. Meine Liebste und ich sind entsetzt. Das Zimmer ist eine düstere, kleine Kammer, notdürftig mit alten Möbeln möbliert. Es stinkt in diesem Raum. Das einzige Fenster gibt auf eine Mauer. Mir platzt der Kragen. Der Kuli, der unser Gepäck raufgetragen und uns vorangegangen ist, versteht offensichtlich kein Englisch und sieht mich nur schulterzuckend an. Der feine Herr Hotelbesitzer ist uns scheinbar nicht gefolgt. Ich rase nach unten, finde den Herrn, der sich händereibend windet und erklärt. Es sei kein anderes Zimmer erhältlich. Alle übrigen Zimmer seien durch eine indische Reisegruppe besetzt. Er wisse, dass das Zimmer etwas bescheiden sei. Er werde uns dafür die Mahlzeiten, das Nachtessen und das Frühstück nicht berechnen. Ich bin ausser mir. Der Herr verspricht, er werde tun, was er könne. Wir sollten vorerst im Speisesaal das Abendessen einnehmen. Er zeigt mir den Weg zum Speisesaal und den sehr bescheiden aussehenden Speisesaal.

Meine Liebste und ich begeben uns zum Speisesaal. Ich erkläre meiner Liebsten, dass der Reinfall mit der katastrophalen Unterbringung in diesem angeblichen Schlosshotel eine Art Ruhepause für uns sei. Immer nur Begeisterungsstürme und Allerschönste Räume seien auf die Dauer ermüdend. Da müsse ein Antagonismus her. Wir müssten unser Blut unbedingt wieder einmal in Wallung bringen, um danach wieder für echte Freude und

Begeisterung bereit zu sein. Trotz allen guten Zuredens meinerseits hebt sich die Stimmung meiner Liebsten nur mässig. Als wir an unserem Tisch im Speisesaal sitzen und ich ahne, dass meine Liebste, die ihren Blick hat umherschweifen lassen und nun grösste Enttäuschung zeigt, zu einer Klage anheben will, halte ich ihr mit einer Hand und sanftem Druck ihren Mund zu, greife mit meiner Rechten nach ihrer Rechten und führe sie zu meinem Mund, um sie zu küssen. Ein Kellner in indischer Kleidung und mit Turban reicht uns die Menu-Karte. Dann gibt es einen Knall und im fensterlosen Saal geht das Licht aus. Hastige Betriebsamkeit um uns herum. Personen wie Schattenrisse hasten herum. Kaum haben die Augen sich an die Dunkelheit gewöhnt, treten die Schattenriss-Figuren plastischer hervor. Ich glaube zu erkennen, dass wir die einzigen Gäste im Speisesaal sind und dass die Betriebsamkeit von einem Heer von Angestellten ausgeht. Ein brennender Kerzenstumpf in einem Glas wird auf unseren Tisch gestellt. Ein Mensch entschuldigt sich, Stromausfall. Leider hätte auch die Küche keinen Strom. Der Stromausfall werde bestimmt bloss kurz dauern. Wir sollten Ruhe bewahren. Ins Hotelzimmer zurückzugehen, bringe nichts. Der Stromausfall betreffe das ganze Hotel.

Ich kann nicht anders. Dieses Schlosserlebnis bringt mich zum Lachen. Ein Kellner schenkt Wasser aus einer Karaffe in die aufgedeckten Wassergläser. Ich wehre ab. Wir wünschten Mineralwasser aus der Flasche. Nach einiger Zeit bringt der Kellner eine Flasche Coca-Cola, zelebriert das Öffnen der Flasche mit einem Flaschenöffner.

Unversehens geht das Licht wieder an. Wir können unsere Bestellung aufgeben. Der Herr Hotelbesitzer nähert sich uns strahlend. Er habe es geschafft, für uns ein besseres

Zimmer, ein Luxuszimmer frei zu machen. Wir sollten unser Essen geniessen und danach ins neue Zimmer einziehen.

Das Essen ist sehr bescheiden. Meine Liebste traut den Kühlfächern dieses Etablissements nicht und ist dagegen, hier einen Wein zum Essen zu bestellen. Ich will sie nicht provozieren und bin ausnahmsweise mit allem einverstanden, was sie vorschlägt. In dieser Dynamik wird alles lächerlich. Anstatt dass ich total verärgert sein sollte, bin ich bester Laune.

Das neue Zimmer, nun ja, unterscheidet sich nicht wesentlich vom Zimmer, das wir zuvor hatten. Mit einer Ausnahme. Es verfügt über vier Fenster und einer Türe, die auf eine riesige Terrasse gibt. Die Terrasse erstreckt sich über den gesamten Mitteltrakt des Gebäudes. Der Blick ist frei auf den Innenhof, während gegenüber, wo Aussicht über das Tal zu vermuten ist, sich noch ein Trakt mit Zimmern befindet. In einem Zimmer am andern Ende der Terrasse scheint Licht zu brennen und eine Türe zur Terrasse hin steht offen. Ein Herr tritt aus dem Zimmer, geht zur Brüstung, um einen Blick in den Innenhof zu werfen. Wo er steht, befinden sich zwei Korbsessel und ein Tisch. Der indische Herr begrüsst mich auf Englisch und bittet mich, falls ich nichts anderes vorhätte, ihm etwas Gesellschaft zu leisten. Ob ich den unter dieser Terrasse liegende Diwan-i-Khana, die Audienzhalle mit den bunten Glasfenstern, den vielen Porträts der Damengalerie und das Zenena, den Frauenteil, bereits gesehen hätte. Hier würde ich den Mugal- und Raiputen-Stil der Architektur kennenlernen, in Kombination mit europäischen Einflüssen. Ich müsste diese Prunkräume morgen unbedingt als Erstes ansehen. Die Audienzhallte sei so gebaut, dass der Herrscher bei Bedarf vom Innenhof auf seinem Pferd hätte hineinreiten können. Wilde Kerle seien diese Krieger gewesen, die sich gegen die Mogule durchgesetzt hätten.

„Verzeihen sie, dass ich sie auf dem Trockenen sitzen lasse. Whisky und eine gute Zigarre? Sehen sie, ich kenne meine Pappenheimer."

Der Herr verschwindet im Innern des Gebäudes und kommt mit dem Angekündigten zurück. Überreicht mir zuerst seine Visitenkarte. ‚Ranbir Sin'. Er sei zusammen mit seinem Bruder der Besitzer des anderen Hotels. Ranbir Sin bittet mich, Platz zu nehmen, giesst mir einen Whisky ein. Nicht ohne die Bemerkung, ich könne bedenkenlos Eiswürfel in den Whisky geben. Die Eiswürfel würden aus sterilisiertem Wasser hergestellt. Er hält mir die Zigarrenkiste hin, damit ich mich bediene. Reicht mir die Geräte, um die Zigarre anzuschneiden und anzuzünden. Wir haben es sehr gemütlich. Ranbir Sin gesteht mir, er sei das schwarze Schaf der Familie. Er sei Schriftsteller und schreibe Theaterstücke. Mit grösstem Interesse und Amüsement nimmt er zur Kenntnis, dass auch ich schreibe. Wir unterhalten uns über Literatur. Er kennt die Werke von Friedrich Dürrenmatt. Zu meiner Schande muss ich eingestehen, dass ich die indische Literatur nicht kenne. Ranbir Sin lacht. Viel hätte ich nicht verpasst. Dann seufzt er. Seine Familie halte überhaupt nichts von seiner Schriftstellerei und habe bloss Verachtung dafür übrig. Ich bestätige ihm, dass es in meiner Familie, einer bildungsbürgerlichen Familie nicht gross anders sei. Ausser, wenn irgendwo irgendetwas über mich geschrieben werde, dann werde das stolz herumgezeigt. Ranbir Sin und ich lachen viel. Nachdem die Whiskyflasche, die bereits angebrochen gewesen war, leer ist, holt Ranbir Sin eine weitere Flasche, bittet mich, ihn ins Innere zu begleiten, zeigt mir sein Arbeitszimmer mit der beeindruckenden Bibliothek.

Dann fragt er mich, ob er mir noch die zwei Hotelzimmer auf dem gleichen Stock zeigen dürfe, die im Moment leer stehen. Ich traue meinen Augen kaum. Diese Hotelzimmer sind fantastisch eingerichtet mit einer Mischung aus wertvollen Antiquitäten und modernen Gegenständen.

„Ein nächstes Mal," lacht Ranbir Sin, „müssen sie unbedingt in meinem Hotel buchen. Ich weiss, wie heruntergekommen und schlecht die Zimmer im Hotel meines Bruders sind. Diesmal haben sie einfach Pech gehabt."

Als wir wieder draussen beim Whisky sitzen, erzählt Ranbir Sin, dass sie als direkte Nachkommen des Maharadschas vier Brüder seien. Leider seien sie heillos zerstritten. Bekämpften sich mit ihren beiden Hotels bis aufs Blut. Bloss in den Innenhof und in die Prachtsräume des Mitteltraktes des Palastes müssten sie sich teilen. Ich wundere mich, dass ich als passionierter Zigarettenraucher bis nach Dundlod reisen muss, um auf der Terrasse des Dundlod Fort mitten in der Nacht bei Whisky mit Ranbir Sin, dem Schriftstellerkollegen, eine Zigarre zu rauchen.

Schloss Nummer 9 unserer Indienreise ist das Laxmi Vilas Palace Hotel, etwas ausserhalb des Stadtzentrums von Bharatpur gelegen. Bei der Ankunft reibe ich mir meine Augen. Ein Zuckerguss-Palast in pastellenem Hellblau. Dieses Hellblau und die verschnörkelten Formen der Fassade setzen sich vom Blau des Himmels ab. Der Palast wurde 1899 als Frauenhaus, als Zenena, gebaut. Auf der weiss getünchten Umgebungsmauer mit den beiden Wache-Häusern, zwischen denen der Zugang zum Vorhof des Palastes ist, sind in naturalistischer Manier auf die beiden Wache-Häuser zugehende Prozessionen gemalt, die angeführt werden von

Elefanten mit ihren Mahuts auf den Rücken, gefolgt von Menschen und Sänften. Im Vorhof vor dem Haupteingang ein Springbrunnen aus weissem Marmor mit mehreren, sich der Spitze und dem Wasserausguss zu verjüngenden Wasserschalen. Wir fühlen uns an einem Ort, wie diesem, nicht von dieser Welt. Meine Liebste flüstert mir zu, ohne diese zauberhaften Unterkünfte würde ich es in Indien schlecht aushalten.

Die Seinsqualität ist einmal mehr vorzüglich. Eine Verwöhnung sondergleichen, so dass ich bei den Spaziergängen durch das Gewusel in der Stadt sogar die Phänomene des Fremden erträglich finde, die mich sonst schrecklich irritieren. Die fremden, penetranten Gerüche. Der Lärm. Der Gestank. Die einem ins Auge springende Armut. Der Dreck. Die schamlos und gezielt von den Einheimischen auf den Boden ausgespuckten Speichelauswürfe, die wegen des Kauens von Bethel rot sind. Wir hatten zu Beginn im Ernst geglaubt, dass die Menschen hier wohl an Tuberkulose leiden, bis wir das Bethelkauen mitbekommen. Wenn ich in meiner Nähe das Geräusch von Räuspern wahrnehme, ekelt mir davor, gleich einen roten Speichelauswurf an mir vorbeischiessen und auf dem Boden aufplatschen zu sehen. In unserem traumhaften Schlosshotel erholen wir uns von diesen ekligen Wahrnehmungen.

Das Abendessen ist vorzüglich. Ich schlage meiner Liebsten vor, dass wir versuchen könnten, auf die Dachterrasse, die es bei diesem Gebäude bestimmt gibt, zu gelangen, um im Schein der untergehenden Sonne vielleicht einen Blick auf die Silhouette der in einiger Entfernung liegenden Stadt zu erhaschen. Wir beratschlagen, wo wohl ein Aufgang zu dieser vermuteten Dachterrasse sein könnte.

In einem in die Fassade eingelassenen Turm, wo eine Türe offensteht, gibt es eine Wendeltreppe in einem engen, leicht düsteren Treppenhaus. Wir gehen hoch. Sehen, dass Türen zu den einzelnen Stockwerken des Gebäudes abgehen und landen tatsächlich auf einer Dachterrasse. Die Aussicht ist nichts Besonderes. Zumindest wissen wir nach dieser Entdeckung, dass es von der Dachterrasse des Hauses, die anscheinend nicht benutzt wird, keine besondere Aussicht gibt. Wir gehen wieder runter. Eine Inderin im Sari, eine ältere Dame kommt uns entgegen. Fragt lachend, was wir hier suchten. Wie seien doch Hotelgäste. Dies sei ein Dienstboten-Treppenhaus. Wir sollten das schöne Treppenhaus in der Mitte des Gebäudes benutzen. Sie kommt, obwohl sie im Begriffe gewesen war, hoch zu gehen, nochmals mit uns runter. Ob sie uns eine Frage stellen dürfe. Ob wir im Hotel gespeist hätten und wie wir das Essen fänden. Ohne zu erröten können wir begeistert berichten, wie vorzüglich, raffiniert und doch so natürlich das Essen sei. Ob uns das Essen nicht zu einfach sei?

„Sie müssen wissen, wir verwenden in der Küche ausschliesslich Produkte von meinem Bauernhof. Ich betreibe einen Bauernbetrieb und beliefere die Hotelküche. Zum Glück haben wir einen Koch gefunden, der meine Strategie für die Küche, wie ich finde, genial umzusetzen bereit ist und es tatsächlich sehr gut kann. Mein Sohn, dem als gegenwärtiges Oberhaupt unserer Familie dieses Haus gehört, war am Anfang total skeptisch gewesen. Er meinte, die verwöhnten Touristen aus dem Westen wünschten eine viel raffiniertere Küche. Wenn sie ihm zufällig in der Hotelhalle begegnen, erkennen sie ihn an seinem blauen Anzug. Er hasst es, als königliche Hoheit oder gar Maharadscha erkannt und angesprochen zu werden. Geben sie einfach vor, sie halten ihn für einen gewöhnlichen

Hotelangestellten und wiederholen sie ihm die Worte über das Essen unserer Hotelküche, die sie mir soeben gesagt haben. Es würde ihn sehr freuen und in seinem Entschluss bestärken, auf diesem Weg weiterzugehen. Und die Angestellten meines Bauernhofes danken es ihnen ebenfalls. Geniessen sie ihren Aufenthalt."

In Erinnerung an die schöne Indienreise schlage ich vor, dass wir, meine Liebste und ich, im Museum Rietberg, wo bisweilen auch Konzerte stattfinden, ein Sitar-Konzert eines indischen Künstlers besuchen. Meine Liebste ist begeistert von dem Vorschlag. An Ort und Stelle ergibt sich, dass das Konzert im Museum Rietberg von einem indischen Kulturverein organisiert ist und dass der indische Botschafter sich die Ehre gibt, als Gast dieses Konzert zu besuchen. Als der indische Botschafter mit Gefolge eintrudelt, wird er begleitet von einer der Organisatorinnen des Konzerts. Die Dame ist Frau Singh, unsere Kassierin vom Coop. Sie trägt einen sehr schönen Sari, dezenten, doch sehr schönen Schmuck. Sie hält auf charmante Art eine geistreiche und witzige Begrüssungsrede. Bevor sie sich in die erste Reihe neben den Botschafter setzt, entdeckt sie uns im Publikum und winkt uns herzlich zu.

Ein Blick ist ein Blick

Japan 1997

Nach der Landung auf dem Narita Flughafen und den Einreiseformalitäten finde ich ohne weiteres das JR-Kabäuschen, wo ich meinen Gutschein für den Railpass in den Railpass Green Car eintauschen kann. Die Dame am Schalter fragt höflich, welches meine erste Station sei. Shinjuku Station, antworte ich. Sie druckt mir eine Platzkarte für den nächsten Airport Express aus. Anzeigetafeln und Beschriftungen sind so gut, dass ich problemlos im Airport Express auf meinem Sitz lande, pünktlich an der Shinjuku Station ankomme und auch anhand des Stadtplan-Ausschnitts, den ich mir zuhause vor der Abreise noch ausgedruckt hatte, ohne Schwierigkeiten das nahe am Bahnhof gelegene Shinjuku Prince Hotel finde. Hinter dem elegant geschwungenen Empfangsschalter in der Hotelhalle wuselt es von adrett angezogenen, hübsch lächelnden, schlanken jungen Frauen und Männern. Das Check-In gelingt reibungslos. Knapp zwei Stunden nach der Landung in Tokyo sitze ich in einem beliebigen Hotelzimmer und schaue auf die belebte Strasse raus. Ich muss raus, mich unter diese Menschen mischen, das pulsierende Leben spüren. Und ich muss ein Ziel haben, um nicht kopflos herumzuirren. Da kommt mir die blendende Idee. Ich hatte mir vorgenommen, da ich alleine reise, meiner zu Hause das Haus hütenden Liebsten jeden Tag eine Ansichtskarte zu schreiben.

Ansichtskarten findet man bekanntlich überall. Hingegen sind Briefmarken bisweilen Mangelware. Ich werde als Erstes eine Post aufsuchen und mich mit den bis Ende der Reise benötigten Briefmarken eindecken.

Am Hotelempfang waren die jungen Frauen und jungen Männer sehr höflich und lächelnd gewesen. Hatten mir auch die Zeiten des Frühstücks ohne weiteres auf Englisch nennen können. Zwar hatte ich nachfragen müssen, weil ich mich an die Aussprache des Englischen von Japanisch sprechenden Menschen noch zu wenig gewöhnt hatte. Doch bei meiner erneuten Vorsprache am Hotelempfang löst meine Frage, wo sich die nächste Post befinde, beim Wust von jungen Menschen hinter der Theke Ratlosigkeit aus. Sie sehen mich fragend an. Verstehen meine Frage offensichtlich nicht. Weil wohl Touristen in der Regel einen Stadtplan wünschen, macht eine der jungen Frauen sich an einer Schublade zu schaffen, entnimmt ihr einen Stadtplan, platziert ihn so auf ihren Händen, dass sie ihn mir auf ihren beiden mit den Handflächen nach oben gekehrten Händen und ausgestreckten Armen lächelnd präsentieren kann. Die anderen jungen Leute atmen sichtlich auf. Ich bedanke mich. Entfalte den Stadtplan. Entdecke auf dem Stadtplan, dass ganz in der Nähe des Hotels eine Post eingezeichnet ist.

Nun kann ich mich auf den Weg machen. Die Post zu finden wird kein Kunststück sein. Nach einem gemütlichen Spaziergang erreiche ich den Hauserblock, in dem die Post sich befindet. Doch dann kommt das Erwachen. Keine Zeichen, keine Beschriftung an der Stelle, wo die Post sich gemäss Stadtplan befinden soll. Mein erster Gedanke, der Stadtplan ist alt und die Post befindet sich heute woanders. Der Stadtplan ist, am Rande vermerkt, vom letzten Jahr. Ich umrunde den Häuserblock mehrmals, spähe in die unzähligen Fenster rein, doch nirgends sieht es nach einer Post aus. Ich versuche, verschiedene Menschen anzusprechen. Die meisten lassen sich von mir nicht ansprechen, schauen durch mich hindurch, gehen an mir vorbei und signalisieren, dass sie nicht angesprochen werden wollen. Die, die kurz stehen bleiben, reagierten höflich lächelnd auf meine Frage, die sie jedoch nicht verstehen. Die Höflichkeit und das Lächeln sind wie ein Panzer, den ich nicht zu sprengen vermag, an dem ich abperle. Nach einigen vergeblichen Versuchen, erkenne ich die Unmöglichkeit, meine Frage nach der Post auf der Strasse beantwortet zu bekommen. Ein letztes Mal studiere ich den Stadtplan eingehend. Gehe bis zu dem Haus, in dem die Post sein muss. Betrete kurzentschlossen dieses Haus auf die Gefahr hin, dass ich in vielleicht verbotenes Territorium eindringe und allenfalls wieder rauskomplimentiert werde. Die Halle im Erdgeschoss ist zwar klar für Publikumsverkehr eingerichtet, doch begreife ich nicht, welcher Art die Geschäfte hier abgewickelt werden. Niemand schenkt mir Beachtung und so kann ich frei in diesem riesigen Raum herumgehen. Da ist eine Rolltreppe. Diese führt in ein oberes Geschoss, wo sich eine Schalterhalle befindet. Die sogar für mich, zu meiner grossen Erleichterung, als Post erkennbar ist. Jedoch mit so vielen Schaltern, dass ich nicht weiss, wo ich mich sich zum Kauf von Briefmarken anstelle. Ich versuche, verschiedene Personen um Auskunft zu bitten, doch niemand versteht mein Englisch. Jemand bedeutete mir, ich müsse an einem kleinen Kasten, der an einer Säule angebracht ist, auf den Knopf drücken, um seine Nummer zu bekommen, die dann über einem der Schalter aufleuchte, sobald die Reihe an mir ist. Als ich meine Briefmarken glücklich gekauft habe, ohne ein einziges Wort zu wechseln, bloss mit Gesten bedeutend, was ich zu kaufen wünsche, und mir der zu bezahlende Betrag auf einen Zettel aufgeschrieben wurde, das Geschäft getätigt ist, stehe ich wiederum vor dem Postgebäude und suche nach einem Zeichen, das auf die Post hinweist. Erst nachdem ich auf die andere Strassenseite gegangen war, entdecke ich an der Fassade des Hochhauses, vom Gehsteig auf der Gebäudeseite her nicht zu sehen, ein rot-weisses Logo, das bei der Eingangstüre verkleinert wieder auftauchte. Ein Logo, das mir zuvor nicht aufgefallen ist und das ich nicht mit der Post in Verbindung gebracht hätte, das in Japan aber für die Post steht.

Das Quartier, in dem ich mich befinde, ist zwar von mehrstöckigen Häusern geprägt, die an eher engen, verkehrsreichen und verwinkelten Strassen stehen. Eine stinkende Stadt mit Geschäften und Geschäftigkeit. Durchschnittlich städtisch. Nichts Besonderes, doch mit einem Mal öffnet sich der Blick aus der engen Strasse hinaus auf eine gleissend hell blendende futuristische Wolkenkratzer-Landschaft, aus dem Gewirr der begrenzten Perspektiven ohne noch wahrnehmbarem Himmel in einen blau strahlenden Horizont. Aus dem Türme, bestehend aus den vielfältigsten geometrischen Formen wie Kunstwerke in den Himmel hinauf ragen. Dreizehn Wolkenkratzer, in deren Mitte das Shinjuku Metropolitan Rathaus von Kenzo Tange steht. Ein zweitürmiger Palast mit postmodern gemusterten Fassaden. Der Palast hat eine für Publikum zugängliche Aussichtsplattform. Ich lasse mich von einem Lift emportragen, in das fünfundvierzigste Stockwerk. Schaue fasziniert vorbei an den übrigen Wolkenkratzern in die Normalstadt hinunter mit ihren zum Teil blauen Hausdächern und den Parks. Von diesem Quartier der dreizehn Wolkenkratzer weiss ich bereits aus Ryû Murakamis Roman ‚Coin Locker Babies'. Im futuristischen Teil des Romans liegt hier, unter diesem sich so strahlendend präsentierenden Quartier, das als Wunder der Technik und der Künstlichkeit bis beinahe in den Himmel wächst, die verkommene, verbotene, vergiftete Welt, die gleichsam zur Unterwelt mutiert ist. In der alle Freaks, die mit ihren Lastern nicht mehr in die Normalwelt passen, hier aber sich zu Tode leben, vegetieren, kopulieren, handeln, betrügen, kaufen, verkaufen, zerstören und lieben ohne Rücksicht auf Verluste. Mich schaudert beim Gedanken an Murakamis Geschichte. So faszinierend der Anblick ist, so erhebend es ist, zwischen diesen Türmen hindurchzugehen und mit ihnen gleichsam zu wachsen, genauso gut ist es möglich, dass die kaputte Welt sich in ihr bereits verbirgt, wuchert und am Zerfall arbeitet. Vom fünfundvierzigsten Stockwerk her erspähe ich einen Park, ganz in der Nähe, der mich nach diesem Betonerlebnis doppelt anzieht. Auf dem Stadtplan kann ich ihn Meiji-Park lokalisieren.

Ich wandere vom Shinjuku Metropolitan Rathaus zum Meiji-Park. Der Gedenkstätte von Kaiser Meiji, der nach der Shogun-Herrschaft ab 1868 nach der über zweihundertjährigen Absonderung die Öffnung zum Westen hin vorantrieb. Die Herrschaftszeit dieses Tenno dauerte von 1868 bis 1912. Auf Ölgemälden im Museum sind Kaiser Meiji und Kaiserin Shoken in westlicher Kleidung dargestellt. Ein klein und gedrungen wirkender Mann mit Vollbart, in Uniform mit unzähligen Orden auf der Brust. Eine Frau mit einer üppigen Robe aus viktorianischer Zeit, auf der hochgesteckten Haartracht über dem länglichen Gesicht ein hoch aufragendes Diadem aus Perlen und Brillanten. Beide steif und unbeweglich mit starrem Blick, Melancholie und

Traurigkeit im Ausdruck. Auf Ständern Festtags- und Alltagkleider westlicher Mode aus dem Besitz des Kaiserpaares. Zierliche Kleidungsstücke, Zylinder, Fächer. Hinter Schaukästen Schreibtische und Möbelstücke aus dem Fin de Siècle. In Schaukästen auf Schriftrollen kunstvoll hingepinselte Gedichte des Kaisers und der Kaiserin. Die schwer vergoldete Kutsche. Das Wissen um den Technik- und Wissenschaftsschub ausserhalb Japans war über Dejima in das abgeriegelte Land hineingesickert und der Sog der Entwicklung führte, als die Zeit reif war und die richtigen Leute ans Ruder kamen, zu einem grundlegenden Wandel im Land, das den gewachsenen Traditionen und einem für die Individualisierung hinderlichen Gemeinschaftssinn verpflichtet war. Genau gleich wie die Abschottung von oben verfügt worden war, wurde nun auch die Öffnung von oben diktiert. Die Öffnung schürte die Ambivalenz und die Verunsicherung der Japaner und der Japanerinnen den westlichen Werten gegenüber. Eine Situation, wie sie im Roman ‚Banzei' von John P. geschildert wird. Im Schrein, im Museum, überall ist alles auf Englisch beschriftet. Ich habe keine Schwierigkeiten, die Hintergründe der Sehenswürdigkeiten zu erfahren.

Hunger macht sich bemerkbar. Nach den Erfahrungen mit Passanten schrecke ich davor zurück, ein japanisches Restaurant zu betreten, ohne genau zu wissen, wie ein Restaurantbesuch vor sich geht. Zwar habe ich die Schaukästen vor den Restaurants längst entdeckt. In den Schaukästen sind Plastiknachbildungen der Speisen, die im Restaurant angeboten werden, mit dazugehörigen Preisschildchen ausgestellt – die Speisekarte gleichsam. Ich weiss, dass es üblich ist, bei Verständigungsschwierigkeiten die Bedienung vor das Haus zum Schaukasten zu bitten und auf das Gericht, das man möchte, zu deuten. In keines der Restaurants sehe ich von aussen rein. Einen mir unbekannten Raum zu betreten, überfordert mich. Nach den bisherigen Erfahrungen bin ich irgendwie geknickt und verunsichert.

Im Vergnügungsviertel von Shinjuku reiht sich zwar Restaurant an Restaurant, doch sind die Preise schrecklich hoch, wie ich den in den Schaukästen ausgestellten Preisschildern entnehme. Überdies irritiert mich, dass an den Türen etlicher Bars ein Schild mit der Beschriftung „only Japanese" angebracht ist. In einer Bar, wo ich ein Bier trinken will und in der mehrere Japaner an der Theke sitzen, wird mir der Zutritt mit der Begründung verwehrt, die Bar öffne erst später. Die Animatoren vor Gogo-Bars, die jeden Passanten anquatschen, meiden mich. Ich werde in dieser belebten Gegend nie angesprochen. Dann fällt mir spontan auf, dass niemand mich anschaut, kein flüchtiger Blickkontakt stattfindet. Keine Blickgeplänkel, keine verstohlenen Blicke, kein Zulächeln. Ich bin für diese Menschenmengen auf der Gasse Luft, unsichtbar.

Mein Blick fällt auf mit viel Chromstahl und Glas gestyltes Speiselokal. In der Auslage locken die Nachbildungen verschiedener Nudelgerichte. Im Innern sitzen Japanerinnen und Japaner auf Barhockern an Theken und essen Nudeln. Meine Rettung, ich sehe auf was ich mich einlassen werde, wenn ich dieses Lokal betrete. Die Frauen hinter der Theke sprechen kein Englisch. Kein Gast im kleinen Lokal schaut auf oder scheint hinzuhören, was sich da mit einem Ausländer, einem Gaijin, abspielt. Mit Gesten erklärte eine der Servierinnen mir, dass die Auslagen im Schaukasten mit Nummern versehen sind. An einem im Innern des Lokals befindlichen Automat ist die Nummer des

Gewünschten Gerichts einzutippen. Der angezeigte Betrag ist in den Automaten exakt einzufüttern. Dann spuckt der Automat spuckt einen Zettel aus. Mit diesem Zettel geht man zur Theke. Gibt den Zettel ab. Wartet, bis man sein Gericht erhält. Ein Selbstbedienungslokal. Kein Wort musste gewechselt werden. Geschafft. Ich habe was zu beissen. Und erst noch etwas das ich mag. Und das nicht viel kostet.

Nach den gemachten Erfahrungen ist mir die Lust auf ein Bier in einer Bar vergangen. Anstatt dessen erstehe ich in einem Hääggan Dazs, das ich sogleich erkenne, mit Zeichensprache ein Eis. Das Herumschlendern langweilt mich. Alle Gassen habe ich bereits mehrmals abgeklappert. In einer Papeterie, die noch geöffnet ist, erstehe ich mit einen Stapel Ansichtskarten. Zurück im Hotel suche ich vergeblich eine Hotelbar. Im Lift gerate ich an einen aufgebrachten Amerikaner, der mir vom ersten Erdgeschoss bis zum elften Geschoss seine gesamte Story ins Gesicht schleudert.

„Ich zerplatze beinahe. Diese Japaner können mich mal. Kreuzweise. Fliege ich eigens her, weil ich weiss, dass ich hier in Tokio das neuste PC-Zubehör bekomme, das bei uns noch lange nicht auf den Markt kommen wird. Ich finde das Geschäft. Ich finde die Gegenstände, die ich suche, benötige bloss noch eine Auskunft. Doch in ganz Tokio ist kein Idiot zu finden, der auch bloss ein Wort Englisch spricht. Seit zwei Tagen suche ich nach jemandem, der mir meine dringende Frage beantwortet. Ich drehe beinahe durch ...

Ich atme auf, als wir das elfte Geschoss erreichen und ich den Lift verlassen kann. Neben der Liftstation auf steht schön aufgereiht eine Armee von Automaten, in denen vom heissen Kaffee bis zum Sake alles zu kaufen ist. Ich habe zum Glück genügend Kleingeld, um drei Literbüchsen Bier und zwei kleine Büchsen Sake zu kaufen. So bewaffnet, ziehe ich mich in mein Hotelzimmer zurück. Im Nu päppelt der Alkohol meine Moral auf. Weil ich nicht eine Zigarette nach der andern rauchen will, drehe ich zum Spass den Fernseher an. Neben verschiedenen Kanälen gibt es zwei Kanäle, die mit ,adult movies' bezeichnet sind. Kaum habe ich den einen Kanal angeklickt, bloss um zu schauen, erscheint auf dem Bildschirm die Nachricht, dass mit der Wahl dieses Kanals soundsoviel Yen zusätzlich auf die Hotelrechnung gesetzt sind. Ich staune über diesen Automatismus und diesen hohen Preis. Also schaue ich zur Abwechslung an meinem ersten Abend in Tokyo etwas Porno. Mich amüsiert, dass die Geschlechtsteile der Darstellerinnen und Darsteller mit schwarzen Balken abgedeckt sind, die im Rhythmus der Bewegungen herumschwirren und herumzappeln.

Einige Tage später in Koyasan, der Stadt in den Bergen, mit den vielen Tempeln und Klöstern. Es gelingt mir, in einem Kloster ein wunderschönes Zimmer, eingerichtet im japanischen Stil, mit Tatami-Matten und schönsten Wandmalereien für drei Tage zu ergattern.

Ich öffne die leichte Schiebetüre mit den Pergamentpanelen im Korridor gegenüber meinem Zimmer. Die Miniatur-Gartenlandschaft im Innenhof, eine hügelige Landschaft, bodendeckend mit einer sorgfältig zusammengestellten und in jeder Richtung neue Perspektiven bietenden Vielfalt von Moos über Gräser zu Blumen und kleineren und grösseren Sträuchern bis hin zu einzelnen, knorrigen, alles überragenden Bäumen. Zwischen den Pflanzen kleine Wege aus lose aneinandergereihten flachen, grossen Steinen. Als ich den Mönch, der mich in mein Zimmer geführt hatte, frage ob es erlaubt sei, den Garten zu betreten, hatte dieser sanft gelächelt.

„Das ist der Garten. Dort hinten ist das Bad. Die Mahlzeiten werden ihnen um Sieben, um Zwölf und um Sechs ins Zimmer serviert. Den verschiedenen Andachten können sie ohne weiteres beiwohnen. Die Morgenandacht ist um Sechs, vor dem Frühstück, im Hondo."

Beim Gehen durch diesen Miniatur-Garten muss ich mich voll auf die Steine konzentrieren, auf die ich meinen Fuss aufsetze. Die kleinen Wege sind gewunden und kurz. Während des Gehens kann ich den Anblick des Gartens nicht echt geniessen. Ich als Mensch werde zum Riesen, der mit einem Fehltritt droht, die Pracht zu zerstören. Bei geöffneter Schiebetüre setze ich mich auf den Holzboden des Korridors. Lasse meine Beine herunterbaumeln. Betrachte den Garten. Geniesse diesen Anblick der in sich ausgewogenen Landschaft aus bewusst nebeneinandergereihten Pflanzen. Sauge diesen Anblick auf, atme ihn ein, schliesse beim Ausatmen meine Augen, um mich zu versichern, dass dieses Bild auch in meinem Innern als Erinnerung möglich ist. Die Konturen und Farben, die sich zu Bildern zusammensetzen sind flüchtig. Vermittelt werden diese Ruhe, diese Harmonie. Ich denke spontan, ich sollte sitzen bleiben. Ein Bein schwingt locker hin und her. An einer Stelle meines Körpers juckt und zuckt es. Die Ruhe kehrt nicht ein. Ich frage mich, ob das energetische Feld im Körperinnern noch zu aufgewühlt ist. Ich denke, ich sollte sitzen bleiben, im Betrachten erstarren, wie eine Statue. Der Körper als Käfig des Geistes, der aus den Körperöffnungen quillt und sich mit allem auf Zeit vereinigt.

Es gibt zwei Bäder. Beide Bäder sehen identisch aus. Neben beiden Türen ist eine Beschriftung auf Japanisch angebracht. Männer und Frauen. Welches sind die Männer, welches die Frauen? In keinem der Bäder befindet sich jemand. Kein Hinweis auf die möglichen Benutzer. Kimonos in zwei verschiedenen Musterungen auf einem Gestell im Korridor vor den beiden Bädern.

„Hi, du fragst dich bestimmt, welches welches ist. Rechts die Frauen, links die Männer. Merk es dir, rechts die Frauen, links die Männer. Diese Kimonos sind für Männer, jene für Frauen. Und nun zeige ich dir das Wichtigste, die Toilette. Es gibt bloss einen Toilettenraum, für Männer und für Frauen. Doch hier ist es gut zu wissen, die äusserste Toilette links ist im westlichen Stil, die andern sind Japanisch. Äusserste links, es tut gut, das zu wissen. Übrigens, mein Name ist Sherry Shepard. Ich bin buddhistische Priesterin und wohne für ein paar Monate hier im Kloster. Du bist wohl neu hier. Wir werden uns bestimmt noch sehen. Welches ist dein Zimmer? Ach, dort."

Eine monolithenhafte Amerikanerin, wie ein Fels, wie ein Berg.

Punkt Sechs ein leichtes Klopfen an den Rahmen der Schiebetüre meines Zimmers. Der junge Mönch mit dem kahlgeschorenen Schädel öffnet die Schiebetüre, verbeugt sich einmal und sagt mit gesenktem Kopf, „folgen sie mir, bitte." Ohne abzuwarten, wie ich reagiere, wendet er sich um und geht langsam den Korridor entlang. Mit kurzen Schritten. Die Füsse dem Boden nach schleifend. Sodass es scheint, als würde er seinen Körper nicht wirklich bewegen, als würde er geschoben. Er geht voraus durch die Korridore entlang des Innenhofes, schiebt Türen auf, lädt zum Eintreten ein. Hinein in den riesigen Raum mit kunstvoll bemalten Schiebetüren, am Boden Tatamimatten und in der Mitte des grossen Raumes ein kleines, niederes, rotes Lacktischchen, mit verschiedenen Schälchen drauf, Essstäbchen und einem Kissen neben dem Tischchen. Entgegen seiner Aussage bei meinem Empfang, wird das Abendessen mit nicht in meinem Zimmer serviert. Zu meiner Enttäuschung sitze ich alleine und verlassen in einem riesigen Festsaal und höre bloss durch die dünnen Wände das Geschnatter einer Gesellschaft, die in einem andern Raum tafelt.

Beim Aufwachen giesst es draussen wie aus Kübeln. Dazu wütet ein Wind. Böen bringen das alte Holzgebäude mit den traditionell japanischen Schiebetüren und -fenstern in unregelmässigen Abständen zum Erzittern.

„Taifun", sagt der alte Mönch mit einem Gesichtsausdruck, der von ich als ein verschmitztes Lächeln aufgefasst wird, vielleicht aber nichts weiter ist, als ein Hinweis auf die andern Sphären, in denen der Mann im dunkelblauen Kimono schwebt.

„Wie lange wird der Taifun dauern?"

Ich stelle meine Frage mehrmals. Ich versuche, sie gestisch umzusetzen. Der Mönch lächelt.

Die scheppernden Türen und Schiebefenster, die relative Dunkelheit draussen, die Feuchtigkeit, die die Temperatur als niedriger erscheinen lässt, als sie tatsächlich ist, die Neonröhre, die ein grelles Licht gibt, die gesamten Umstände lassen das sonst gemütliche Zimmer im traditionell japanischen Stil ungemütlich werden. Ich werde mir mit einem Mal bewusst, wie wenig ich mich hier gegen die Umwelt abschotten kann. In der Schweiz schliesse ich die Fenster und stelle die Heizung an und der Sturm wird zu einem Phänomen, das ich allenfalls als Beobachter, aus sicherer Warte, wahrnehme, sofern ich meine

Aufmerksamkeit gerade darauf lenke. Hier im Kloster muss ich mir in meinem Zimmer eine Ecke suchen, wo der Wind nicht durchzieht. Gegen die Kälte kann ich mich bloss schützen, indem ich mich in die Bettdecke einwickle. Zudem bleibt mir nichts anderes übrig, als entweder im Zimmer auf und ab zu gehen oder am Boden zu liegen. Ausser Kissen und dem Futon gibt es im Zimmer keine Sitz- oder Liegegelegenheit. Und bei diesem Sauwetter kann ich unmöglich das Haus verlassen. Wer weiss, wie lange dieser Zustand andauern wird?

Aus Gewohnheit, aus Untätigkeit, um die Lektüre, auf die ich mich wegen des Windes nicht konzentrieren kann, weil ich immer wieder spontan aufhorche und unwillkürlich über den Wind und was er anzurichten im Stande ist, nachdenke, trinke ich Bier aus Büchsen, die ich am Vortag in der Stadt aus einem Automaten herausgelassen hatte. Nun muss ich wegen der Kälte und wegen des Trinkens trotz erzitterndem Gebäude pissen gehen. Die Schiebetüre zum Toilettenraum steht ganz geöffnet, in die Wand hinein geschoben. Weil ich bloss ein Pissbecken benutzen will, das ohne Abschirmung oder Trennwand an einer Wand des Raumes angebracht ist und das man vom Korridor her sieht, schliesse ich aus Gewohnheit die Schiebetüre, bevor ich mich an einer der Pissbecken stelle und mein Geschäft erledige. Während ich dastehe und Wasser löse, durchbläst eine Windböe das Gebäude. Lässt die Schiebetüre des Toilettenraumes fürchterlich erzittern. Hebt diese aus ihrer Schiene am Boden. Sodass sie zuletzt gehoben vom kräftigen Windstoss waagrecht von der Deckenaufhängung her schwebte, bis der wieder Windstoss nachlässt und sie scheppernd zurück in die Vertikale fliegt.

Ein junger Amerikaner auf einer Strasse in Koyasan quatscht mich an.

„Ich bin nun bereits vier Monate hier. In USA studiere ich Theologie, bin verheiratet und wollte, bevor Kinder da sind, noch diese Erfahrung machen. Es ist schon hart, ich kann dir sagen, manchmal drehst du beinahe durch. Gestern, nach der Meditation, nachdem ich mich so sehr zusammenreissen musste, um durchzuhalten, um nicht aufzugeben, um nicht als Versager, als Nichtskönner dazustehen, wurde ich ins Büro gerufen, weil meine Mutter aus USA am Telefon sei. Ich bin hingerannt, habe sie nicht zu Wort kommen lassen, ich habe bloss gesagt, ich kann jetzt nichts sprechen, wenn ich deine Stimme höre, dann beginne ich zu heulen. Bitte, häng auf! Ich rufe dich in einer Stunde zurück. Ehrlich, ich konnte nicht sprechen. Ich war derart geschafft, dass ich es nicht ertragen hätte, ihre Stimme zu hören, mit ihr über diese Belanglosigkeiten zu sprechen, an die ich mich doch so gewohnt bin. Ich war, für eine gewisse Zeit mit den Nerven einfach am Ende. Ich kann dir sagen, Meditation ist nicht einfach und vor allem, du gewöhnst dich kaum daran. Ich hatte mir vorgestellt, mit etwas Routine übersteht man es besser. Doch dem ist nicht so. Es ist so hart, so hart. Und dennoch bin ich so dankbar, dass ich diese Erfahrung machen kann."

Eine weitere Begegnung mit Sherry Shepard in einem der Korridore des Klosters.

„Übrigens ich komme aus Kalifornien. Zürich kenne ich gut. Ich machte meine Ausbildung für Sandspiel-Therapie in Zürich. Ein Psychologie-Professor aus Kyoto holte mich als Dozentin nach Kyoto, doch als ich hier eintraf, nachdem ich meinen Haushalt in Kalifornien aufgegeben hatte, war der Professor einem Ruf an eine andere Universität in Japan gefolgt. Ich pochte zwar auf meinen Vertrag, der von beiden Seiten unterschrieben war, merkte jedoch bald, dass ich beim neuen Inhaber dieses Lehrstuhles nichts erreichen konnte. Also stellte ich mich hilflos, sagte, ich hätte ein Problem. Ich wurde vor einen Ausschuss von Professoren zitiert und diese Professoren bestätigten mir, ich hätte ein Problem. Langsam aber sicher zeichnete sich eine Lösung ab, die zwar nicht dem entspricht, was ich erwartet hatte, doch für mich dennoch stimmt. Ich konzentriere mich nun vor allem auf Therapien, was mit Japanern ausserordentlich spannend ist, da das Bewusstsein über die Individualisierung bei ihnen noch viel weniger entwickelt ist, eine Therapie, das Artikulieren eigener Bilder oft sehr neu und ein Abenteuer ist. Doch der eigentliche Grund meines Japan-Aufenthaltes ist die Tatsache, dass ich buddhistische Priesterin bin. Aufgewachsen bin ich ohne religiöse Erziehung, konvertierte dann aus Überzeugung mit Neunzehn zum Katholizismus, zu dem ich mich heute weiterhin bekenne, was ja die Beschäftigung mit Buddhismus nicht verunmöglicht, da die buddhistische Lehre tolerant ist. Ich lebe nun seit drei Jahren in Kyoto und habe hier, im Rengejoin, meinen Lehrer. Von Zeit zu Zeit verbringe ich jeweils ein paar Wochen hier im Kloster mit Meditation unter Anleitung meines Lehrers. Meine Situation hier im Kloster ist schon etwas sonderlich, erstens weil ich Ausländerin bin und zweitens weil ich die einzige Frau unter den Mönchen bin. Es gibt sprachliche Verständigungsschwierigkeiten, weil bloss mein Lehrer Englisch spricht. Ihn aber sehe ich bloss selten und wenn wir uns sprechen, geht es vor allem um Glaubensfragen. Im mönchischen Alltag lassen die Leute hier mich unbehelligt, das heisst, ich kann zwar an allen Zeremonien im Hondo, im Gebetsraum teilnehmen, doch hängt alles von mir ab, wenn ich gehe, ist es okay, wenn ich jedoch etwas nicht mitkriege oder verpasse, vermisst mich niemand und holt mich niemand. Oft ist es auch so, dass die Küche mich vergisst und ich mich dann selbst darum kümmern muss, dass ich noch was zu essen kriege, was äusserst mühsam ist, da die stundenlangen Meditationen sehr anstrengend sind und ich zum Schluss nicht mehr die Energie habe, mich mit dem alltäglichen Kram herumzuschlagen und mich mit meinen Wünschen durchzusetzen. Du brauchst kein schlechtes Gewissen zu haben, dass wir jetzt zusammen quatschen. Glaube ja nicht, du würdest mir meine Zeit stehlen. Ich befand mich gerade jetzt in einem solchen Tief und hatte solche Angst davor, immer weiter abzusacken, dass für mich das normale Gespräch mit dir wie eine Therapie ist, genau das, was ich brauche, das was mich wieder aus dem Loch herausholt."

Später klopft es leise an die geschlossene Schiebetüre meines Zimmers. Eine etwas verlegen wirkende Japanerin steht vor der Türe. Vorerst entschuldigt sie sich für die Störung und beginnt dann verlegen zu reden.
„Ich hatte gehört, wie sie sich mit einer Frau auf Englisch unterhalten hatten. Ich selber spreche Englisch, hätte mich gerne an ihrem Gespräch beteiligt, brachte aber den Mut nicht auf, an ihre Türe zu klopfen."

Ich bitte die Japanerin in mein Zimmer. Wir setzten uns auf Kissen auf den Boden. Die Japanerin ist gegen Vierzig, bieder gekleidet und wirkt wie ein Blaustrumpf.
„Haben sie aber ein schönes Zimmer! Das ist bestimmt das schönste Zimmer im ganzen Kloster. Diese Malereien auf den Schiebewänden, auf dem Goldgrund die Bäume und Vögel - das ist wie das Zimmer eines Shoguns! Die anderen Gästezimmer sind nicht so hübsch und nicht so

prächtig. Hier gibt es ja so viele Gästezimmer. Ich glaube, im Kloster ist Platz für 150 Gäste und oft sind so viele Gäste hier, meist Gruppen. Ich reise alleine. Ich bin Sekretärin in Yokohama. Ich liebe dieses Kloster und ich liebe es, hierher zu kommen, um zu beten. Doch mein liebster Tempel befindet sich in Nara. Alle Monate gehe ich für einen Tag nach Nara und einen Tag nach Koyasan. Es tut so gut, so unendlich gut. Sie müssen Nara besuchen. Nara ist, wie soll ich sagen, Nara ist so schön. Was, sie reisen drei Wochen in Japan herum?! Da müssen sie aber ein sehr reicher Mann sein!"

Gedankengeschwrubel / innerer Monolog in einem Moment von schöpferischer Langweile.

„Verdammt nochmal, weshalb sich nicht dieser Sehnsucht, diesem sich Verzehren hingeben?! Sich verzehren, was für ein blödes Wort, wie viel klangstärker ist das Italienische languir à la LANGUIR PER UNA BELLA, das der Tenor in Rossinis L'ITALIANA IN ALGERI hinschmettert, 'Languir per una bella e star lontan da quella è il piu crudel tormento che provar possa un cor' - und wenn er sie dann in Armen hält, ist sie da in Fleisch und Blut, mitsamt der dazugehörigen Erdenschwere und Sperrigkeit. DIES BILDNIS IST BEZAUBERND SCHÖN. Dann beginnt in der Oper, in der Komödie das eigentliche Märchen. Doch darum geht es nicht. Es geht um die Kräfte, die dieses languir freisetzt, dieser Drang nach Schönheit, dieses Verwirrspiel der Imagination, diese Hoffnung auf Perspektiven, die nie erfüllt werden kann, weil der Motor abstellen müsste, wenn ein Ziel erreicht und nicht durch ein immer neues Ziel ersetzt würde. Das Prinzip der Hoffnung, ganz im Sinne Ernst Blochs, ist ein perpetuum mobile, das uns am Leben erhält. Weshalb nicht verrückt sein nach diesem Anblick, der uns mit schrecklichem Entzücken erfüllt, uns taumelnd, bloss noch für das Traumbild ein Auge, in der Wirklichkeit den nicht perfekten Umweltssachen uns entlang tastend, abgehoben, schwebend einen Moment der Glücks erleben, ein Moment des Glücks, der sich nicht materialisiert, aber in unseren Augen, für die Umwelt sichtbar, ein Feuer entfacht, das ansteckend wirkt auf die Anderen und uns für ein Ziel entflammen lässt. Weshalb nicht dazu stehn, dass die Objekte dieser Begierde manchmal verdammt banal sind, der Lichteinfall im Tannenwald, eine graue Perle mit grün-blauem Glanz, ein glitzernder Stein, eine voll erblühte Rose, die sanft geschwungene Linie einer Lippe, ein frech praller Hinterteil, eine Bewegung, ein Garten, ein Baum ... Und wenn ich noch so von diesen Dingen gefangen bin, ich kann ja nicht abheben."

Inzwischen habe ich Koyasan hinter mir gelassen. Ryujin Onsen. Steile Berghänge. Von saftigstem Grün bewaldete, überwucherte Dickichte. Dazwischen der Bergbach. Ein Fluss. Ein kleiner Fluss und eine Brücke. Am Fuss der Abhänge, im gerodeten Teil kleben Häuser einer schmalen Strasse entlang, Holzhäuser im traditionellen Stil, ein paar Betonbauten. Keine pompösen Eingänge, die als Hoteleingänge zu erkennen sind. Offen stehende Türen bloss, die vielleicht in Privathäuser führen. Ein grösseres, modernes Gebäude mit Schrifttafeln. Doch der Eingang befindet sich nicht auf Strassenniveau. Eine Steintreppe führt steil hinunter zu einem unauffälligen Eingang. Der ebenfalls offen steht. Von draussen her sind ein Hotelempfang und eine gepflegte kleine Halle zu erkennen. Der Boden im Innern mit Tatami-Matten ausgelegt. Eine Stufe, die von Draussen ins Innere führt. Also sind die Strassenschuhe auszuziehen und gegen die bereit stehenden Pantoffeln auszutauschen. Die Strassenschuhe bleiben draussen.

Ich betrete die Halle und betätige die Klingel beim Empfang. Eine sich mehrmals verbeugende Japanerin erscheint und redet auf mich ein. Scheint dann festzustellen, dass ich kein Japanisch verstehe. Verschwindet. Kurz darauf kommt eine Dame in gepflegtem Seidenkleid in wesentlichem Stil. Eine klein gewachsene Dame mittleren Alters. Schön frisiert. Adrett geschminkt. Sie deutet vor mir eine knappe Verbeugung an. Lächelt mich an. Lässt einen Redeschwall auf mich los. Mit Handzeichen gebe ich ihr zu verstehen, dass ich nichts verstehe, und versuche ich ihr zu erklären, dass ich eine Unterkunft für mich, für eine Person, für zwei Nächte, benötige. Frage auch gestisch, wieviel es kosten möge. Die Dame tippt dann zwar einen Betrag in einen Taschenrechner ein und zeigt mir die Zahl auf dem Display. Diese Zahl mag durchaus dem Preis für eine Übernachtung entsprechen. Doch irgendwie scheint die Dame ein Problem zu haben. Wir werden uns nicht handelseinig. Ich begreife nicht, wo das Problem liegt. Ärgere mich über die Begriffsstutzigkeit der Dame, die offensichtlich die Hotelmanagerin ist. Würde die Dame mich nicht ständig so nett anlächeln, hätte ich den Ort längst wütend verlassen. Die Dame greift zum Telefon, wählt eine Nummer, redet auf Japanisch wie ein Wasserfall in die Sprechmuschel und reicht mir unvermittelt den Hörer. Am andern Ende des Drahtes meldet sich eine weibliche Stimme in bestem Englisch. Ich erkläre der unbekannten Frau, dass ich eine Übernachtungsmöglichkeit suche, für mich, für zwei Nächte. Die unbekannte Frau am andern Ende des Drahtes vermittelt und so habe ich zum Schluss die Zusage für die Übernachtung, inklusive Frühstück und Abendessen, wobei ich gefragt werde, ob es mir recht sei, das Nachtessen um Sechs einzunehmen. Das Essen werde im Zimmer serviert, das sei so üblich. Die unbekannte Frau anerbietet sich, am Abend vorbeizukommen, um mich kennenzulernen und mir behilflich zu sein, falls weitere Schwierigkeiten auftauchen sollten. Ich bedanke mich und äussere die Vermutung, dass ich keine Hilfe benötige und alleine zurecht kommen werde. Sie jedoch erklärt, sie werde vorbeischauen.

Die alte Dame lächelt. Packt mich am Arm und zerrt mich durch die Hotelhalle in ein hübsch mit antiken Möbeln traditionell eingerichtetes Zimmerchen, das offensichtlich so etwas wie ein Schreibzimmer ist, mit Blick auf einen hübschen kleinen Landschaftsgarten mit Steinpagode und Goldfisch-Teich, blauen Hortensien und etlichen Sträuchern, Gräsern und Moos. Sie heisst mich, mich auf dem Boden auf ein Kissen zu setzen. Verschwindet und schliesst hinter sich die Schiebetüren. Nach einiger Zeit bringt eine Angestellte mir grünen Tee und etwas Gebäck. Reicht mir einen Aschenbecher. Ich sitze da, trinke Grüntee, warte einige Zeit, nehme dann mein Buch aus meinem Rucksack und beginne zu lesen. Die Warterei dauert. Der Tee ist längst ausgetrunken. Das Gebäck gegessen. Mehrere Zigaretten geraucht. Bis endlich sich die Schiebetüre öffnet und eine Angestellte mir mit Gesten zu verstehen gibt, ihr zu folgen. Mich in mein Zimmer führt.

Das Nachtessen wird mir im Zimmer serviert. Während ich esse, klopft es an die Zimmertüre. Eine hübsche, lässig elegant gekleidete, junge Japanerin tritt ein, fragt, ob sie störe, ob sie sich zu mir setzen dürfe. Sie sei es, die als Dolmetscherin zwischen ihm und der alten Dame gewirkt habe. Sie sei die Schwiegertochter der alten Dame und sie arbeite etwas im Hotel mit, in der Administration. Nach kurzem gesellt sich auch ihr Mann dazu, ein gutmütiger, gross gewachsener, etwas untersetzter Typ mit eher chinesischem Aussehen, nicht den fein geschnittenen japanischen Gesichtszügen. Er ist nicht nur der Sohn, aber auch der Koch des Hauses. Er spricht kein Wort Englisch, doch seine Frau übersetzt, und obwohl er und ich nicht direkt miteinander sprechen können, entwickelt sich innert kürzester Zeit ein angeregtes Gespräch über das Essen, das hier serviert wird, über japanische Eigenheiten beim Essen, über japanische Geschichte, über Fussball und Autos, von welch letzteren Themen ich nicht das geringste verstehe. Der Mann ist, sehr zum Leidwesen seiner Frau, ein Fan von schnellen Autos. Die Frau findet, er sollte seiner jungen Familie gegenüber etwas mehr Verantwortung zeigen. Als die japanische Serviererin die ausgegessenen Schalen und Teller abträgt und den Futon für die Nachtruhe bereiten will, bitten die beiden mich in den kleinen Salon des Hotels, wo wir Tee trinken und rauchen.

Das junge Paar anerbietet sich, mit mir am folgenden Tag einen Ausflug in die Umgebung zu unternehmen. Wir verabreden uns auf zwei Uhr. Kurz vor Zwei ruft die Frau an, um mir zu sagen, sie werde nicht in die Hotelhalle runter kommen, sondern auf mich in ihrem Auto in der Nähe der Treppe, die vom Hotel zur Strasse hinauf führt, warten. Die Strasse sei zu eng, sie könne ihr Auto nirgends abstellen, doch wenn sie drinnen bleibe und ich gleich da sei, gehe es schon. Wenige Minuten vor Zwei verlasse ich mein Zimmer. Gebe meinen Zimmerschlüssel am Empfang ab. Will das Haus verlassen. Die alte Dame stürzt aus einem Nebenraum auf mich zu, lächelt herzlich, packt meine Rechte, um sie zu schütteln und übersprudelt mich mit einem Wortschwall. Meine Hand lässt sie nicht mehr los. Mit meiner anderen Hand versuche ich gestisch zu erklären, dass ich oben auf der Strasse erwartet werde. Die alte Dame schüttelt ihren Kopf. Zerrt und zieht mich an meiner Hand mit sanfter Gewalt ins Schreibzimmer. Sie lässt mit Tee servieren. Was ich mit allen mir zur Verfügung stehenden Gesten abzuwehren versuche. Meine Anstrengungen erweisen sich als nutzlos. Ich kann nicht anders. Ich muss mich den Wünschen der alten Dame fügen. Als diese verschwindet, gibt sie mir mit Gesten zu verstehen, ich müsse warten. Sie komme gleich wieder. Ich überlege mir kurz, ob ich abhauen soll. Entschliesse mich aber, zu bleiben. Um die alte Dame nicht vor den Kopf zu stossen. Ich warte. Die alte Dame taucht wieder auf. Voller Unternehmungsgeist, eine Fotokamera in der Hand. Von einem Gestell nimmt sie eine japanische Porzellanfigur, ein Kind darstellend, die sie mir in die Hand drückt. Dann bringt sie sich mit Kamera vor mir in Position und heisst mich, sie anzuschauen. Sie tritt eine paar Schritte zurück. Drückt ab. Ich schiele auf meine Armbanduhr. Es ist mir arg, dass ich nicht pünktlich, wie verabredet, an der Strasse stehen kann. Die junge Frau erscheint, nett lächelnd. Begrüsst mich,. Lacht über meine Entschuldigungen. Sie redet sanft auf ihre Schwiegermutter ein. Die alte Dame erklärt etwas und die Fotosession wird weitergeführt, in aller Ruhe, ein paar Möbel werden in diesem engen Raum nach Anweisungen der alter Dame herumgeschoben und sie knipst mich, ihren Gast aus der Fremde, in allen möglichen und unmöglichen Posen. Die Schwiegertochter wird aufgefordert, ein Bild von der alten Dame und mir in trauter Zweisamkeit vor dem antiken Schrank zu schiessen. Worauf ich noch ein Tässchen Tee eingeschenkt bekomme. Dieses möglichst rasch herunterstürze, mich dabei die Mundhöhle beinahe verbrenne. Dann endlich können die junge Frau und ich abziehen. Die alte Dame winkt lächelnd. Hinter dem Auto der jungen Frau, das auf der Strasse steht und diese versperrt, hat sich inzwischen eine Autoschlange gebildet. Hinter dem Steuer des Wagens sitzt ihr Mann und grinst. Mit im Auto ist das bald zweijährige Kind der beiden. Die Frau erklärt dem Mann die Situation. Er lacht und sagt etwas auf Japanisch, das die junge Frau für mich sogleich übersetzt.

„Hidey sagte, nun würdest du seine Probleme kennen. Ich kenne meine Schwiegermutter, du brauchst dich nicht zu entschuldigen, mir nichts zu erklären. Sie ist die traditionelle japanische Mutter, die Güte in Person, überschüttet einen mit Freundlichkeiten und Geschenken, doch kann man sich ihrem Eifer einfach nie, wirklich nie entziehen."

Die junge Frau schildert mir dann ihre eigene Mutter, die Klavierlehrerin sei, eine ganz andere Frau als ihre Schwiegermutter, eine Frau, die eher den westlichen Lebensstil pflege, ohne deswegen gleich alle Traditionen über Bord zu werfen. Ihre Mutter entspreche eher der modernen japanischen Frau, doch gebe es eben auch noch viele japanische Frauen, die dem traditionellen Muster entsprechen. Sie selber habe Englisch in England und Italienisch in Italien gelernt, habe dann während ein paar Jahren in einer Firma in Hong-Kong gearbeitet, sei dann aus dem Ausland zurück gekommen, um ihren Mann zu heiraten. Inzwischen aber stelle sie fest, dass sie es kaum mehr aushalte hier. Die traditionell verwurzelte Familie ihres Mannes umklammere sie zu sehr. Selbst ihr Mann leide darunter. Ihr Traum sei, dass sie mit ihrem Sohn, sobald er genügend alt sei, um in die Schule zu gehen, nach England reise, in London eine Wohnung nehme und ihr Sohn dort die

Schule besuche, während ihr Mann ihr das notwendige Geld schicke.

Weiter nach Beppu in Kyushu. In Beppu studiere ich den Stadtplan und erkenne, dass eine bestimmte Ziffer, die als Sehenswürdigkeit aufgeführt ist, wie dem Plan zu entnehmen ist, an schönster Aussichtslage über der Bucht liegt und ein Gebäude bezeichnet, das Suginoi Palace heisst. Ich stelle mir einen hübschen japanischen Palast in einem hübschen japanischen Garten vor. Die Beamtin im Büro für internationale Touristen sieht mich gross an.

„Den Suginoi Palace können sie vergessen. Das ist nichts für sie. Das lohnt sich nicht. Gehen sie besser einen Tempel anschauen, es gibt so wundervolle Tempel oder fahren sie mit der Seilbahn auf den Berg hinauf und geniessen sie die wunderschöne Aussicht."

Sie schiebt mir das Gästebuch unter die Nase. Ich blättere kurz darin, bevor ich mich darin verewige. Ich sehe, dass sich den Eintragungen zufolge bloss selten Touristen in dieses Refugium im dritten Stockwerk eines schwer zu findenden Gebäudes in einem Hinterhof verirren und schreibe hinter meinen Namenszug und die Herkunftsadresse ein hübsches Kompliment für die eifrige Beamtin, die trotz ihres bereits fortgeschrittenen Alters wie ein Backfisch verlegen lächelt und abwehrt, wenn ich ihr zu ihrem tadellosen Englisch gratuliere, das so tadellos tatsächlich nicht ist.

Der Suginoi Palace ist ein immenser Freizeittempel, mit Spielen, Bädern, Shows, Hotels, Läden, Museen, kurz, allem, was der verspielte Freizeitprototyp sich erträumen kann. Das Museum ist geschlossen, obwohl es gemäss Öffnungszeiten am Aushang geöffnet ist. Show, Spiele und Läden interessierten mich nicht sonderlich, doch reizt mich, herauszufinden, was es mit dem DREAM BATH auf sich hat. Also besuche ich das DREAM BATH, was trotz allem etwas Überwindung kostet, denn mir fehlt die Fantasie, mich vorzustellen, was mich da wohl erwartet. Zudem verunsichert mich die Ungewissheit, ob ich nach Betreten des DREAM BATH vom Personal oder anderen Gästen die notwendigen Informationen erhalten werde, falls ich verloren bin. Ich vermute, und das bewahrheitet sich, dass es sich bei diesem Bad um ein gross angelegtes, öffentliches Ofuro, ein japanisches Bad, handelt.

Inzwischen hatte ich mich ja an die Ofuros gewöhnt und besonders das Ofuro im Seaside Hotel Miamitsu war tatsächlich überraschend gewesen. Eine riesige Wanne auf dem Dach des mehrstöckigen Gebäudes, unter einem kleinen Vordach, mit Blick auf den kleinen Dachgarten und an den Palmen und exotischen Sträuchern vorbei auf das weite Meer hinaus. Ich erlebte zwar im Ofuro nie die ausgelassene Stimmung, die Janwillem van de Wetering in seinem Kriminalroman ,Ticket nach Tokyo' schildert. Mit stundenlangem Drinliegen und Bier. Mein grösstes Erlebnis war, als mit einem Mal eine Gruppe älterer Herren ebenfalls das Bad betrat. Sie waren geniert, ich war geniert und irgendwie herrschte eine komische Stimmung. Mir war bewusst, dass ich der Störfaktor war und ich überlegte mir, ob ich das Bad vorzeitig verlassen sollte. Nun, lange wäre ich sowieso nicht mehr im Wasser geblieben, doch irgendwie hätte ich mich als Feigling gefühlt, nun das Feld so mir nichts dir nichts zu räumen. Bei den älteren Herren, die mit mir im Plantschbecken lagen, tat sich etwas und wirklich, ein mutiger war bestimmt worden, das Wort an mich zu richten und er tat es, wie mit seinen Freunden abgesprochen, doch auf Japanisch, worauf ich zu meinem Notbehelf griff, der mir der adäquateste in solchen Situationen schien, mit dem, Zeigefinger meiner linken Hand auf meine Brust klopfte und auf möglichst Japanisch das Wort artikulierte, das mir als ,Schweiz' gelernt worden war, ,Suizu'. Alle älteren Männer starrten mich an, bis sich das Gesicht von einem erhellte und er ,Suizu' in etwas anderer Intonation als ich nickend wiederholte, lächelte und in die Runde schaute, worauf alle lachend, ,Suizu, Suizu, Suizu' sagten. Nachdem das Chorgeraune langsam verebbte, hob einer mit Solistenstimme an mit',,Mattelholrn'", wobei er dieses Wort mehrmals wiederholte, bis ich schaltete und wusste, dass er das Matterhorn meint. Doch dann wieder allgemeines Gelächter. Jemand wagte sich zum Wort skiing vor und auch das entpuppte sich als riesiger Erfolg. Doch diese Art der Kommunikation begann mich noch mehr zu nerven als das Schweigen, die Nichtkommunikation, und so hatte ich mich lächelnd und immer wieder ,sayonara' sagend in mein Zimmer zurückgezogen.

Der Eintritt DREAM BATH in Beppu gelingt. Eintritt bezahlen. Gummi-Slippers und ein Handtuch in Empfang nehmen. Obwohl der Mann am Schalter mich genau so wenig zu verstehen scheint wie ich ihn. Doch während wir uns sinnlos Worte zuwerfen, aufnehmen und wieder zurückwerfen, jeder jeweils über den Pass des anderen erstaunt und nicht begreifend, was das nun wieder soll, habe ich genügend Zeit, während ich meine Augen verdrehe und genervt, scharf nachdenkend im Raum herumschaue, welche Richtung die eintretenden Männer einschlagen. Inzwischen ist die Kommunikation zwischen mir und dem Mann am Schalter mittels Gesten so gediehen, dass wir uns zum Schluss wie gute alte Freunde lächelnd zunicken.

Wäre ich mit Freunden zusammen gewesen, hätten wir zuerst einmal einen Lachanfall bekommen und uns dann ernsthaft gefragt, ob die Erbauer dieses Undings für verrückt zu erklären sind. Was sich meinen Augen als Landschaft darbietet, übertrifft alles, was an kindischem Kitsch vorstellbar ist. Es zu beschreiben lässt unterschwellig bereits die Begeisterung aufsteigen, die sich dann einstellt, wenn man seine Scham überwindet und sich ehrlich eingesteht, dass das was vor dem Auge als Feuerwerk von schönen Träumen durch die Sinne flackert und ein kindliches Staunen hervorruft, weil es den Sinnen so wohlig schmeichelt, nicht unbedingt Kitsch zu sein braucht, sondern in der richtigen Situation selbst in seiner Unechtheit die Erinnerung an das schöne Echte, das man schon erlebt und in seinen Gehirnschubladen gespeichert hat, neu belebt und ein Gefühl der Beruhigung auslöst. Da ist eine weite Landschaft aus Wasserfällen, Treppen, Felsen, Brücken, Tempeln, in der Ebene unten sogar ein Shinkansen-Waggon aus Beton, in dessen Inneren sich Rundum-Integralduschen befinden, mit Düsen auf allen Körperhöhen, dann Palmen, Orchideen, exotische Gewächse und Blumen, Papageien und Paradiesvögel, dazwischen überall Plantschbecken mit verschieden heissem Wasser oder mit verschiedenen Mineralien, Sandhaufen, in denen man sich einbuddeln kann, der schöne rotlackierte Tempelpavillon mit einem weissen Marmorboden, der erwärmt ist und einlädt, nackt darauf zu ruhen. Als nüchterner Mensch, der vor allem das Echte schätzt und überall die Wahrheit sucht und auf seiner Suche durchaus bereit ist, die Bedürfnisse des Körpers und der

Sinne hinten anzustellen, erfasst einen in einer Umgebung, die man bloss mit frohem, kindlichem Gemüt anschauen darf, durch kindliche Augen gleichsam, das Grauen. Was hat man, vernunftbegabtes Wesen, in einer Umgebung, wo einem eine farbige und hübsche Scheinwelt vorgegaukelt wird, verloren?! Perpetuiert man den Unsinn, der auf unserer guten alten Welt schon zur Genüge wuchert, nicht noch mehr, wenn man sich frisch, frei und fröhlich in das Vergnügen schmeisst und unreflektiert in ein Becken legt, wohlig den Körper im heissen Wasser erwärmen spürt, den Kopf auf den Beckenrand zurücklehnt und durch halb zugekniffene Augen hindurch Blumen, Tempel und das Licht, das Sonnenlicht, den Lichteinfall, den ein geschickter Architekt als glitzernde Berieselung über die ganze phantastische Kitschlandschaft ausgiessen lässt. Den spielerischen Umgang mit Phantasien und mit Materie aufnehmen, in sich aufsaugen und nach und nach die Scham abstreifend, nackt und bloss, alleine. Wen kümmert's wenn jemand einen dabei beobachtet, wohlig sich unter einem Wasserfall rekelnd und tanzend, wie das Wasser über den Körper rieselt. Und keiner, niemand stört sich an deiner Lust, das Wasser hier zu geniessen. Den Dialog von deinen Sinnen mit dem Wasser, mit den Steinen in den Wasserbecken, mit dem Sand, mit allem, was sich dir hier bietet, auszukosten. Und im Shinkansen setzt man sich so wohlgelaunt den 1001 Wasserdüsen aus, die den Körper aufs Mal kitzeln und kühlen.

Aus dem DREAM BATH so angetörnt, dass ich nach dem Verlassen, gleich gegenüber ins AQUABEAT gehe, nicht ahnend, was mich da erwartet. Und doch erwartet mich da etwas, das mir nicht gänzlich unbekannt ist. Zuhause, als ich die Japan-Reise plante, fiel mir im Tagesanzeiger ein Foto auf, das eine halbe Seite füllt. Es zeigt eine Strandlandschaft, wie man sie sich am Meer vorstellt, mit Strand und leicht ins Wasser abfallendem Ufer, Liegestühlen und Palmen in einer Halle. Alles künstlich in einer immens grossen Halle. Zuhause hatten wir die Köpfe über die verrückten Japaner geschüttelt und uns über solchen Unsinn erhaben gefühlt. Genau das ist das AQUABEAT.

Auf dem Foto zuhause nicht zu sehen gewesen war, dass es sich beim Sand um eine kompakte Plastikmasse handelt, beim Bad um ein Wellenbad und vor allem, dass es auch Installationen für Bodyslide und Superroulette hat. Im Geheimen sich mit sich selber zu beschäftigen, mit Gedanken oder auch körperlich sich selbst zu befriedigen und es noch und noch bis zur Bewusstlosigkeit zu tun, damit hat man ja im Allgemeinen keine Schwierigkeiten. Doch sich öffentlich, vor anderen, wildfremden Leuten sich etwas Gutes zu tun, das zu wagen, was man aus Scham, aus Angst oder aus welchen Gründen auch immer als kindisch abtut und meidet, mit der Gefahr, sich allenfalls sogar noch zu blamieren, weil man als ausgewachsener Mann im Grunde Angst davor hat, sich in eine feuchte Röhre zu stürzen, die über ein paar hundert Meter mit Windungen von der Höhe des Daches der immensen Halle bis hinunter in ein Wasserbecken führt und aus der man dann, sichtbar für alle Zuschauer mit einem Gesichtsausdruck des Schreckens, des Entsetzens, des Angstschreis oder des Kämpfermuts in ein Wasserbecken schiesst, nun, das braucht nun doch etwas Überwindung. Und noch mehr Überwindung braucht es bei dem weniger langen Röhrensystem, das in einen Trichter mündet, in dem der beschleunigte Körper auf der feuchten Innenoberfläche rundum und nach unten zur Öffnung hin schliddert und von wo man ungefähr einen Meter tief in ein Wasserbecken platscht, kopfvoran oder Füsse voraus, wie es sich gerade ergibt, und das Wasserbecken Glaswände hat, um die herum Zuschauer stehen, die amüsiert zuschauen, wie der soeben ins Wasser Geplatschte sich unter Wasser aus seiner Verwirrung wieder auffängt. Sicher, es handelt sich dabei um Spiele. Spiele für Kinder, Jugendliche, junge Menschen. Soll man als alter Trottel die Lust auf Sinnenkitzel verlieren. Ich meine, es wird auch in Europa analoge Anlagen geben, doch hier, in Japan, in der Fremde, weit weg von zu Hause, alleine gelassen, mir selber überlassen, mit Zeit, die totzuschlagen ist, mit dem Bedürfnis, trotz der Traurigkeit, wenn alle Vorstellungen abprallen, zerbersten, abstürzen, sich nicht aufzugeben, ja dann spürt man plötzlich, aus diesem Überdruss und dieser Enttäuschung über das, was das Leben einem bietet, heraus, das kindliche Gemüt, die Freude an der Bewegung, die Freude daran, einfach Schritte zu wagen, nicht zu verzagen, etwas zu tun, den eigenen Trieben, Begierden zu folgen und, verdammt nochmal, nicht immer gleich darum besorgt zu sein, was die Andern von einem denken. Sollen diese Japaner, die sowieso nicht mit mir reden, die an mir vorbei schauen, die mich mit aller Kraft ignorieren, sich mir entziehen, obwohl ich sie so anziehend finde, sollen diese Japaner doch von mir halten, was sie wollen! Ich rutsche hier runter! Und ich habe einen Heidenaus daran. Und das Erleben dieser eigenen Möglichkeiten, die, zugegeben, klein sind, aber dennoch Manifestationen eines positiven Lebensmutes sind, beflügelt und lässt einen immer mehr wagen und entdecken.

Vom Suginoi Palace her ist mir ein wahnwitziger Turm auf einem Hügel in einer Entfernung, ungefähr auf halbem Weg zwischen der Bucht am Meer, wo mein Hotel sich befindet, und da, wo ich mich gerade jetzt aufhalte, ins

Auge gestochen. Ich fühle mich in der Laune, geradewegs auf diesen Turm zuzugehen. Um herauszufinden, wie es sich damit verhält. Den Bus, der mich ins Zentrum der Stadt zurückbringen könnte, Bus sein zu lassen, links liegen zu lassen. Der Turm ist tatsächlich wahnwitzig. Erhebt sich über ungefähr zweihundert Meter aus dem zur Bucht hin leicht abfallenden Gelände. Ragt empor und besteht aus einem senkrecht stehenden, sehr schlanken Pfeiler - später sehe ich, dass sich darin die zwei Lifte, die zur Aussichtsplattform führen, befinden - und einem gespannten breiten Bogen, der der eigentliche Turm ist und sich über den Pfeiler biegt. Der Pfeiler sieht metallig dunkel aus, der Bogen hell. Am Boden stehen Pfeiler und Bogen weit auseinander, treffen sich in luftiger Höhe und wo sie sich treffen, ist eine Aussichtsplattform angebracht. Dieser höchst inspirierte Turm, der alles überragt, von überall her zu sehen ist, steht neben dem neu erstellten Kongressgebäude und der Philharmonie. Ja, bevor ich in Japan den Zugang zu den Menschen finde, zieht mich die Architektur in ihren Bann. Die Architektur im Kleinen, wie auch im Grossen. Verblüffende Bauten, die spielerisch als plaisirs des yeux in der Landschaft, in den Städten stehen, dicht gedrängt neben alten Tempeln oder zeitlosen, traditionellen Gebäuden oder auch hässlichen Wohnblocks. Und am Automaten für das Ticket zum Lift und zur Plattform des Aussichtsturmes stutze ich, beim Knopf für die reduzierten Tickets lautet die Beschriftung ,schoolchildren', bei den Tickets für die Erwachsenen ,high school students and above'. Das erinnerte mich an einen Wegweiser in Myajima, zur Seilbahn hin, wo geschrieben steht ,8 minutes to walk, 5 minutes if you run a little'.

Ausgesöhnt mit Japan, offen für die kulturhistorischen Höhepunkte in Kyoto, im Park des Ginkaku-Ji, des silbernen Pavillons, eines sehr alten Tempels, verwittertes Holz, anmutige Form, unmittelbar an einem Teich in einem reizvollen Park. Ich frage mich unwillkürlich, was den Reiz dieser Sehenswürdigkeit ausmacht. Während ich mich frage, setze ich mich da und dort hin, schaue den silbernen Pavillon, der nicht im Geringsten silbern ist, immer wieder an, die Spiegelung des Pavillons auf der Wasseroberfläche des Teiches. Ich sauge die Ruhe in mich auf, die dieser Ort ausstrahlt. Den Pavillon selber darf man nicht betreten. Spontan denke ich, eigentlich hätte ich gerne ein Foto von mir vor dem Pavillon stehend, den Teich zwischen dem Pavillon und mir. Und während ich darüber nachdenke und mir den Ort ausmale, wo ich mich hinstellen würde, wo der Fotograf zu stehen hätte, höre ich eine Stimme.

„Würde es sie stören, mich mit meinem Apparat vor diesem Gebäude hier abzuknipsen."

Wir erweisen uns diesen Dienst gegenseitig. Sie ist Amerikanerin, ein hübsches, junges Ding aus Kalifornien, studiert Gartenarchitektur und besucht ihre Schwester, die für kurze Zeit mit deren Ehemann in Kyoto wohnt und arbeitet. Sie klagt darüber, wie teuer Japan ist, dass sie zwar gerne herumreiste, ihr Budget ihr aber grössere Reisen nicht erlaube, zudem habe sie Angst davor, nicht mehr weiter zu wissen und schlicht niemanden zu finden, der sie verstehe und ihr weiterhelfen könne. Sie staunt darüber, wie ich herumgekommen bin und sie erkundigt sich, ob ich nicht die gleichen Schwierigkeiten habe, mit denen sie zu kämpfen hat. Ob denn alles in Japan so sei, wie dieser Garten hier oder dieser Pavillon? Es sei ja alles hübsch, doch irgendwie haue es einen nicht aus den Socken. Sehr wahrscheinlich liege es nicht einmal so sehr an den Verständigungsschwierigkeiten oder an den Kosten der Reisen, die sie so lethargisch machen, aber an ihrer Fassungslosigkeit, wenn sie so eine Sehenswürdigkeit aufsucht, wie zum Beispiel jetzt den silbernen Pavillon, an dem nichts Silbernes zu entdecken ist und der Park, nun ja, es sei alles gedrängt, so klein, so beengend. Mit fünf Schritten habe sie den grössten Teil dieses Parks durchmessen. Nun sei sie eine langbeinige Amerikanerin und überrage alle Japaner und Japanerinnen um Etliches, doch daran könne es nicht liegen. Dann unterhalten wir uns über die Gartenarchitektur in USA oder auch Europa, wo die Weite, der weite Raum, der Horizont und die Linien, die möglichst in die Weite führen, die wichtigste Rolle spielen, während hier auf kleinstem Raum die verschiedenartigsten Gartenlandschaften geschaffen werden. Landschaften, die nicht so sehr zur Bewegung inspirieren, aber zum sich Niederlassen und zum Meditieren, zum ruhig Hinsehen. Ich mache die Amerikanerin darauf aufmerksam, mit wie wenig Schritten man in diesem Park aus einer Mooslandschaft, in einen Irisgarten oder eine kunstvolle Komposition von Büschen komme. Wie hier der Platz noch relativ üppig vorhanden ist, während an anderen Orten, die ich besucht habe, ein kunstvollster Garten mit Goldfischteich, Steinlaterne, Hortensienstrauch und etlichen anderen Pflanzen mit Steinen kunstvoll durchmischt auf einem beinahe verlorenen Stück Land, vielleicht einen auf sechs Meter, eingequetscht zwischen einem hoch aufragenden Gebäude und der vertikalen Böschung, die zur Strasse führt, ein so kunstvoller Garten liegt, dass selbst die unteren Räume des Gebäudes einen wundervollen, beruhigenden, vom Treiben auf der Strasse entrückten Blick gestatten. Ich erzähle der Amerikanerin auch, dass ich den

Rundgang durch diesen Tempel nicht in der angeratenen und durch Pfeile auf kleinen Wegweisern angeratenen Richtung begonnen habe, weil ausgerechnet als ich durch die Eingangspforte ging eine grössere Gruppe von Touristen sich anschickte, ebenfalls den Rundgang zu beginnen. Um die Masse der Menschen zu meiden sei ich in der entgegengesetzten Richtung zum Pfeil, der den Ausgang bezeichnet, losgezogen und durch Hecken hindurch zur Rückseite eines gewöhnlichen Holzgebäudes gelangt, von dem ich mir nicht genau vorstellen konnte, welche Funktion es hat. Das Holz sieht verwittert aus, doch je mehr ich das Gebäude anschaue, desto mehr fasziniert mich die Harmonie der Konstruktion, der Veranden, der Türen, der Fenster und ich staune über die Japaner, sogar die unscheinbarsten Nebengebäude auf einem Gelände vom ästhetischen Standpunkt her perfekt errichten. Die Tatsache, dass irgendein unscheinbares Gebäude mich so sehr gefangen nimmt, dass ich nicht mehr die geringste Lust verspürt, auf diesem Gelände mir noch etwas Anderes zu Gemüte zu führen, amüsierte mich, und ich entschloss mich, nicht zu verleugnen, dass ich bisweilen exzentrisch bin. Auf die weitere Suche nach dem silbernen Pavillon verzichte ich und haue beschwingt und fröhlich ab. Doch das Gebäude will ich noch kurz umrunden und auch von vorne sehen. Da entdecke ich, dass das Gebäude auf mindestens zwei Seiten in einen Teich oder kleinen See hinein gebaut ist und ich nicht um das Gebäude herum gehen kann, aber rund um den Teich herum gehen muss, um auch die Vorderseite zu sehen. Als ich über den Teich hinweg nun die Vorderfront des Pavillons sehe, bin ich total hin von so viel Ausgewogenheit und der Ruhe, die dieses Gebäude ausstrahlte. Nun ist mir sofort klar, dass es sich dabei keineswegs um ein Nebengebäude handelt. Falls die Fassade des Gebäudes einen

Hauch von Silber aufgewiesen hätte, wäre mir sofort klar gewesen, dass es sich um den silbernen Pavillon handeln muss. Ich setze mich auf eine Bank am Ufer des Teiches und lese im Führer nach und muss laut auflachen, als ich zu der Stelle komme, wo beschrieben ist, wie der silberne Pavillon zu seinem Namen gekommen ist. Nachdem es bereits einen goldenen Pavillon, den Kinkaku-Ji, gegeben habe, habe 1489 ein Ashikaga-Shogun, ein oberster Heerführer in der Muromachi-Periode (1336-1573) gewünscht, die Aussenwände eines zu bauenden Pavillons mit Silberfolien belegen zu lassen. Der Pavillon sei zwar gebaut worden, wobei alles bloss erdenkliche Geschick auf den Bau verwendet worden sei, doch sei es dann nicht mehr dazu gekommen, die Fassade auch tatsächlich, wie geplant, mit Silberfolie zu überziehen. So trage der Pavillon bloss den Namen, der an den ursprünglichen Plan erinnere.

Im Ryoanji-Tempel befindet sich der berühmte Felsen- und Sandgarten, der ein Musterbeispiel des Karesansui-Stils ist, wie er vom 14. Bis zum 16. Jahrhundert für Zen-Tempel entwickelt wurde. 15 Steine sind in einer einzigartigen Zusammenstellung auffällig auf flachem mit weissem Sand bestreutem Boden aufgestellt. Der Garten soll 1525 von Soami, einem Maler und Gärtner, errichtet worden sein. Der Steingarten selber kann, wie alle übrigen Steingärten, nicht betreten werden, aber ist von der Holzveranda eines Gebäudes aus zu betrachten. Die Veranda zieht sich ungefähr anderthalb Seiten des Steingartens entlang. Als Erstes erstaunt mich, dass das Viereck des Steingartens verhältnismässig klein, vielleicht zehn auf vier Meter ist, und von einer eher hässlichen, verputzen, vielleicht zwei Meter hohen Mauer umgeben ist, wo er nicht an das Gebäude grenzt. Sitzt man auf den Stufen der Holzveranda und schaut den Steingarten an, sieht man auch unweigerlich die öde Mauer und die Bäume, die sie auf der andern Seite überragen. Als der Garten angelegt worden sei, habe man darauf geachtet, die Mauer genügend hoch zu ziehen, damit der meditierende Betrachter des Gartens nicht noch Bäume sah. Inzwischen sind die Bäume so hoch, dass der Steingarten mit seiner öden Mauer sich von der üppigen Vegetation absetzt. Ich sitze recht lange auf der Holzstufe, umgeben von japanischen Touristen. Trotz der Masse der Leute wird die Ruhe durchaus gewahrt. Auf den vordersten Stufen der Veranda sitzen die Menschen und lassen ihre Blicke über den Steingarten schweifen. Daher zirkulieren die übrigen Besucher. Viele Japaner tragen Turnschuhe. Die Japaner sind grundsätzlich leise, wobei allenfalls Lachen und Gelächter von Zeit zu Zeit zu hören ist. Ich kann unbehelligt vom gesamten Treiben mich dem Steingarten widmen. Neben mir nehme ich eine Gruppe von vier jungen Männern wahr. Sehr wahrscheinlich Studenten. Ich schiele verstohlen zu diesen Betrachtern des Steingartens. Wie sie unbeschwert staunen, ihre Augen weit aufreissen und sich hingebungsvoll über etwas unterhalten. Spontan gehe ich davon aus, dass ihr Thema der Steingarten ist und wundere mich über so ernsthafte junge Leute. Dann fällt mir auf, wie die Gruppe von jungen Männern mit einer Gruppe von jungen Frauen schäkert, die ganz in der Nähe auf der gleichen Stufe sitzt. Ich bin beruhigt. Die Jugend findet überall die Gelegenheit zu flirten.

Einer der jungen Männer bemerkt, dass ich ihn und seine Freunde und die Mädchen anschaue und an ihrem Spiel Gefallen finde. Er lächelt. Dann zückt er eine Kamera und fragt mich mit Gesten, ob ich ihn und seine Freunde ablichten würde. Die Mädchen kichern hinter vor den Mund gehaltenen Händen. Dann bitte ich den Jungen, nun auch mich vor dem Steingarten mit meiner Kamera abzulichten. Der Gajin, der Fremde, der sich von einem Japaner ablichten lässt, erregt bei allen, die sich auf den Holzstufen befinden und es mitbekommen Aufsehen. Sie stecken ihre Köpfe zusammen, kichern und tuscheln. Die Gruppe der vier jungen Männer erhebt sich. Diese jungen Männer haben so etwas Feines, Verspieltes, Zierliches, Kuscheliges, etwas, das ich als jungmädchenhaft bezeichnen würde, weil es einen mit Scham erfüllt, dass es Männer gibt, offensichtlich Männer, denen der Anschein der Härte fehlt. Diese jungen Männer fühlen sich offensichtlich in ihrer kleinen Gruppe wohl und können sich so geben, wie sie eben sind. In ihrer Gruppe brauchen sie sich nicht als Machos zu geben. Sie nicken mir lächelnd zu. Winken auf eine rührende Art mit raschen Handbewegungen, um sich dann mit diesen kurzen, trippelnden Schritten über die Veranda zu entfernen.

Ich suche auf der Veranda den Punkt, an dem sich mir der reizvollste Anblick dies Steingartens präsentiert. An einem Punkt bleibe ich stehen und wundere mich, dass genau diese Stelle einen Ausschnitt ergibt, wo die Linien der Mauer und die vordere Begrenzungslinie des Gartens genau parallel sind und wo zwar lange nicht alle fünfzehn Steine sichtbar sind, doch die Steinlandschaft sich als besonders gegensätzlich präsentiert. Während ich die Augen ein wenig zukneife, um mich den Bildausschnitt vorzustellen, den ich sogleich mit dem Sucher meiner Kamera einzufangen hoffe, beginnt ein etwa gleichaltriger Japaner mich in perfektem Amerikanisch anzusprechen.

„Der Punkt, wo sie stehen, ist, wie Zen-Buddhisten seit jeher wissen, die beste Stelle, um den Steingarten zu betrachten und sich in die Meditation zu versenken. Sie sehen zwar verhältnismässig wenig der fünfzehn Steine. Es gibt Standpunkte, von denen aus sie mehr sehen, doch alle fünfzehn sehen sie von nirgends her. Das ist die Essenz des Zen-Buddhismus. Die Welt ist zwar komplett, doch für uns ist sie nirgends in ihrer Ganzheit zu sehen. Wir müssen uns immer damit abfinden, bloss einen Teil dessen, was da ist, wahrzunehmen."

Ich geniesse es, neben diesem Mann zu stehen, der mir, dem Fremden, unaufgefordert, ohne Notwendigkeit, das Schönste sagte, was es an diesem Ort zu sagen gibt, und ich fühle mich diesem Japaner verbunden. Ich bin neugierig. Ich laure auf den Moment, um meinen Blick vom Steingarten loszulösen und dem Mann in der Leinenhose und dem dunkelvioletten Lacoste-Leibchen ein paar Fragen zu stellen. Ich spreche ihn auf sein vorzügliches Amerikanisch an. Ob er in USA lebe? Der Mann nickt, lächelt, gibt keine klaren Antworten. Er tritt einen Schritt zurück und ist umringt von einer Schar Japanerinnen und Japaner, die ihn und mich freudig erregt anschauen. Der Mann stellt mir alle einzeln vor. Seine Mutter, seine Frau, seinen Bruder, dessen Frau, die Kinder des Bruders, die eigenen Kinder. Jedes, das bezeichnet wird, nickt mir freundlich zu. Nach der Vorstellungszeremonie der Mann mich, woher ich komme. Ich sage es. Er übersetzt es seiner Familie. Ich ernste dafür bewundernde Blicke. Der Mann erzählt, er sei auch schon einmal in der Schweiz gewesen. Ein sehr schönes Land. Er sagte es. Der Japaner sagte, er sei auch einmal in der Schweiz gewesen, ein sehr schönes Land. Er habe in USA studiert, lebe nun in Tokyo. Für ihn und seine Familie, sei ein Ausflug nach Kyoto immer so erhebend und er wünsche, dass ich Kyoto und vor allem diesen Steingarten ebenso geniesse wie er es tue.

Beim Spazieren durch den Park des Tempel begegne ich immer wieder abwechselnd, den vier jungen Männern und dem Mann mit seiner Familie. Von weitem bereits lächeln alle mir immer zu und winken in dieser ganz eigenen Art, mit bloss halb ausgestreckt flachen, knapp vor der Brust hin und her bewegten Händen. Die Art des Winkens, der ich so animiert, fröhlich und vehement und gleichzeitig schüchtern, verstohlen, bloss in Japan begegnet bin, die mich jedes Mal erheitert und freut.